舉案齊眉

1

風文創 144

蘇月影 著

目錄

自序

蘇月影

這是一個重生歸來，努力改變命運的故事，而女主角並不是孤身一人在戰鬥，男主角跨越了前世今生，與她相互扶持、並肩同行。

之所以構思出這個故事，源於今年初自己的感情亮起紅燈。原本是一路晴好的感情，正要走向四週年的時候，被對方一條簡單的訊息畫上了句號。而時間挑得正正好，就在二〇一二年十二月三十一號晚上23：59分，我看完那條訊息，外面立馬就響起了震天的鞭炮聲，新的一年到了。

我是一個比較固執又很好面子的人，把所有的難過情緒都封在自己心裡不曾和任何人說，到了現在已經過去快一年，和朋友聊天無意再談起以前，已經能一笑了之。

而當時所有的情緒得到化解，都是因為心中漸漸地勾勒出了《舉案齊眉》這個故事。

現在是網路資訊的全新時代，無論什麼東西都會被很快地更新甚至替代，網路上也鋪天蓋地地存在著各種各樣讓人遺憾的情感故事。

即使如此，即使我也親身經歷，但我依舊相信。

於是把還相信愛情這樣的感覺化作文字，寫成了這個故事。

「穿越了前世今生，我還是記得你、認得你、愛著你。而愛不是全部，我還有更沉重的擔子，不想把你牽連其中，想讓你能過著幸福快樂的生活。」

「今生我拚盡全力為自己、為家謀一個幸福安穩的將來，卻沒想到，穿越了前世今生，我還是坐上了去你府中的花轎，依舊冠上了你的姓。」

女主角從小患有哮喘症，重生而來學習了竹笛鍛鍊肺部，從而身體漸漸好轉直到康復。寫的過程中曾經有讀者質疑過這樣怎麼可能會治好病，其實是真的，因為我就是小時候患有哮喘症、還外加支氣管炎，童年幾乎都在醫院裡度過，也無法好好的走路，更別提和其餘同齡的小孩一起玩耍。睡覺的時候也沒辦法躺下，只能坐著靠牆睡。在我小學五年級，學習了長笛，不過一年的時間，我的哮喘和支氣管炎都好了。

文中的女主角並不是全能，沒有厲害的金手指，而男主角更非完美，兩個人在前世都有著十分遺憾的結局。今生兩人都努力改變命運，從相遇，到相識、到相知，到最後心意相通，攜手努力，並肩同行，舉案齊眉。

文中沒有一個萬能的人，都是普通的人，也沒有完全的好人或者壞人，我盡力描繪出他們的故事、人生，直到自己也差點陷入其中。他們都在努力為自己的將來而努力，手段或者低劣或者高明，而結局或者遺憾或者歡喜。

即使前路盡毀也不會回頭，也根本不需要回頭，因為只要停下腳步，身邊的他（她）便會牽著你的手給你力量，且與你同行。

世界上已經有這麼多讓人遺憾的地方，生活也總有著它的不堪重負，如果這個故事能給現在正讀著此篇序言的你帶來舒緩的心情，那就是我最開心的事。

第一章

「子秋姊！我趁劉媽媽沒發現，偷了一個雞蛋來！」迎夏高高興興地跑進來。

「吃不死妳，被劉媽媽發現不剝了妳的皮！」子秋轉頭數落起來，只十歲的她一副小大人的模樣。

「我是偷來給五小姐吃的……」迎夏撅著嘴，委屈地嘟囔。

陶齊眉被這陣喧鬧聲給吵醒，動了動身子，把薄薄的被褥掀開想起身倒水喝，卻冷不丁地打了個噴嚏。

剛入春，天氣還是凍得很，可她禦寒的東西一如往常的只是一條薄被褥。

「小姐，奴婢來給您倒水。」子秋眼尖的看到齊眉的動作，快步走過來，迎夏跟在她身後，表情十分雀躍。

齊眉依言坐回了床榻上，還是止不住的咳嗽，抿了口接過來的熱茶，好好地緩和了下，卻從咳嗽轉而開始喘氣。

這副病弱的身子，可真是糟糕透頂，如前世一樣，她這個陶府嫡五小姐是早產兒，生下來只有三斤六兩，雪上加霜的是還染上哮喘。這樣病弱的身子本該受到極好的照顧。可出生那日，陶老太太忽然急病了，不知道是如何傳的，總之她就被說成是不祥之人……

齊眉苦笑了下，十幾天過去了，心悸從未消失。

在她眼看家門遭遇巨大的變亂後，哮喘復發而死，睜眼卻發現小手小腳的自己，打了盆水來，水裡清晰地映照出她蠟黃蠟黃的削瘦小臉。

她重生回到了七歲時。

齊眉因為自小被說成不祥，而被陶家送到小莊子裡，說得好聽是靜養，說得直接點兒就是自生自滅。以前齊眉不曾這樣認為過，只一心以為住在莊子裡就是她該得的。

她憶起前世匆匆二十二載，遺憾太多，痛苦太多，無法承受的也太多。

所幸，她人生裡第一次大的變故還未發生，重生或者是老天見憐賜予她的機會。

「小姐，奴婢偷了雞蛋來給小姐吃，吃了就不會喘了。」

迎夏蹲在床榻邊，八歲的年紀，雙丫髻梳得亂亂的，雙手捧著雞蛋遞到她面前，臉蛋因為興奮而紅撲撲的。

齊眉猶疑了半會兒，沒有接過去。

迎夏稚嫩的眉眼間，讓齊眉憶起其以前的模樣，是從她記事起就陪著她的人，出嫁時還做了她的陪嫁丫鬟。

「小姐？」迎夏喚了她一聲。

齊眉輕輕地開口，聲音裡卻滿是篤定。「把雞蛋放回去。」

迎夏不明所以，但還是放了回去。

第二日過得風平浪靜，傍晚時分，子秋和迎夏悄悄地溜進裡屋，本來在假寐的齊眉睜開眼，看著安好的子秋便露出了淡淡的笑容。

今年是弘朝第四十二年，這一年子秋因為幫迎夏頂下偷雞蛋的事，而被劉媽媽打死，性格本就懦弱的齊眉嚇得要命，第一次眼睜睜的見到有人在她面前失去生命，但即使這樣，她卻還是執拗的覺得劉媽媽是好人。

之所以對這年印象深刻，還因為年末發生了影響她之後一生的事……

在這個城郊的莊子，負責照顧她的奴僕除了子秋和迎夏這兩個粗使丫鬟外，還有劉媽媽和丫鬟梨棠。

齊眉看著梨棠隨意地把裡屋打掃一番，而後就扭著腰走了出去。

劉媽媽則是假惺惺的把極少準時奉上的藥端到她面前。

「小姐。」劉媽媽皮笑肉不笑。「乖乖喝了這碗藥，可別說老奴待妳不好。」

「劉媽媽待齊眉最好了。」齊眉仰著頭，一如前世那般一臉純真又感激的笑容。

劉媽媽滿意地摸了摸她的頭，遠遠看去，不知情的人倒還以為這一老一小是多親的關係。

齊眉的小拳頭在衣袖裡攥緊。

喝完藥，苦澀的味道從舌苔蔓延到整個口腔，劉媽媽似是沒看到一般，收了托盤跨出門，到半道兒了又折回來。「明兒個小姐早些起身，得收拾收拾屋子。」

齊眉的笑容一直持續到門砰地關上。

重生回來的半個月，齊眉努力地回想很多事，但多是徒勞無功，小時候的記憶太模糊，清晰的事只有那麼一、兩件。

但對於齊眉來說，與人相處的記憶都是又少又珍貴的，所以全部深深地扎根在她心底。

劉媽媽是怎樣的人，她現在才看得清晰。

外邊門鎖響動，迎夏探頭探腦地跑進來。

「小姐小姐，這花兒可好看？」

淡白色的月季花在齊眉眼前晃悠，她抿住唇沒有回答，起身坐到窗邊，看著朦朧的月色，好半天了才開口。「明兒是什麼日子？」

「小姐不記得？」迎夏十分訝異。「明兒是大太太來看小姐的日子啊！半年才一次，小姐以前可期待了，掰著手指頭數呢！有兩次大太太有事未能前來，小姐眼睛都哭腫了。」

迎夏有模有樣的模仿讓齊眉心裡酸了一下，是啊，半年一次——母親來看她的珍貴日子。

齊眉閉上眼，夜晚的春風拂面而過，又輕又溫柔，好像以前小時候窩在母親懷裡，母親伸手摸著她的腦袋，又是憐愛又是心疼。

深夜坐在床榻上，齊眉把被褥往肩膀上拉，卻還是覺得冷，迎夏走之前明明已經把窗戶關上了，不知道冷意是從何而來。

呆呆地看著前方，齊眉想，至寒的滋味或者是從心底來的……

她試著想躺下睡覺，可還未完全躺好就已經喘起了粗氣。齊眉有些懊惱地坐起來，一會兒眼眶就濕濕的。

煩悶地起身，褻衣裡掉出一個小小的香囊，齊眉趕忙撿起來，打開香囊檢查著。

裡邊是個巧奪天工的玉珮，可惜的是只有左半部，玉珮上刻著「居安」兩個字。這是前世的好心人在埋葬她的時候掉落的，不知為何重生回來，她手裡會緊握著半邊玉珮，許是握得太緊了，手上被玉珮勒出的紅痕直至這幾日才消失。

玉珮捏在手裡，齊眉忽然覺得有了力量。

良久之後，齊眉猛地睜開眼，清澈的眼眸裡滿是堅毅。

她決定了。

不能在這個莊子裡坐以待斃，不然等待她的依然會是一樣的路子，重生回來，並不是讓她再懦弱地活一世的。

若是用一切方法，避開即將到來的劫難，幸福，應該就可以握在自己手裡。

翌日一清早，齊眉的哮喘藥就端上來了，劉媽媽比往日要恭敬不少，只是因為今日大太太要來了，表面功夫是一定要做的。

齊眉安安靜靜地坐著喝藥，大太太約莫會在午後時分過來，正是一天中最暖和的時候，齊眉記得，大太太的身子從生她之前就愈來愈差，在她十歲那年，大太太終是垮了，撒手人寰。

齊眉腦裡依稀浮現起那時候模糊的場景，她哭得雙眼通紅，不停地問別人母親是不是只是睡著了，可無奈大太太再也沒能醒過來，也沒有人再保護她。

小時候的記憶大部分都是不清晰的，但是大太太病逝的場景，和自己七歲這年發生的事情，齊眉無論什麼時候想起都記憶猶新。

齊眉瞇著眼，看了會兒外邊漸漸有些勢頭的太陽光。

時間臨近午時，齊眉看著劉媽媽叉腰使喚著子秋和迎夏在屋裡跑來跑去。

這個她有印象，小時候總能見到這樣的場景，在大太太來之前，自個兒的屋子一定會比平時住的要好看上許多，本來破舊的木桌被換成劉媽媽屋裡的梨木八仙桌，床榻上的被褥也全部換成繡工精緻的絲被，還在床的兩角掛上紗帳，今兒個還把銅鏡給搬來了屋子裡。

子秋和迎夏兩人累得氣喘吁吁。

齊眉把藥喝得精光，把藥碗放上托盤，劉媽媽笑著誇她乖。

齊眉面上笑得甜甜的，心裡確是平靜無波，要是以前的她一定會高興老半天。

小娃子時期的她真是好騙，吃著粗糙的食物，睡著硬硬的床板，走快了幾步就直喘粗氣。從記事起，身邊和她一起的大人就只有劉媽媽和梨棠，那時候她還傻乎乎地覺得，劉媽媽和梨棠是待她好的人。

因為陶家不要她，但劉媽媽和梨棠天天陪著她，還有子秋和迎夏和她一起玩兒，在子秋被打死後，齊眉心裡有了陰影，但還是固執的覺得劉媽媽不是壞人。

太容易滿足、太容易相信人，如果誰對她好，她一定就不顧一切地牢牢抓著。

離大太太過來還有一陣子，齊眉靜下心，思索著事。

一人之力她無法阻止過年前將發生的事，但她可以借助他人之手，子秋和迎夏定是要用的，劉媽媽和梨棠雖然靠不住，但也不是沒有能幫到她的事。

而今日母親要來探她，看上去是個機會，可她不可以輕易改變，七歲的年紀，若是話說得太聰慧，母親大概又要擔心。

而且，母親在陶府太柔弱，沒有主見……

齊眉搖搖頭，還有時間，先走一步算一步。

不過即將能見到母親，還是讓她心情雀躍了起來。

這時候梨棠進來把托盤端走，和劉媽媽對了個眼色。

「外邊有馬車的聲音。」迎夏高興地跑進來，子秋跟著幾步過來，把迎夏拉回去，兩人一起站在門口。「劉媽媽、梨棠姊姊，大太太來了。」

劉媽媽和梨棠扶著齊眉小步地走出去，齊眉心裡有點兒打起小鼓，但更多的是高興。她多久沒有見過母親了，已經快忘了母親的模樣，前世怎麼都想不到竟然還會有再次相見的機會，齊眉越想越開心，唇上含著掩不住的笑意，蒼白的小臉也多了點兒血色。

劉媽媽和梨棠兩人手重，扶著齊眉力氣很大，她被拉著快步走了幾下，眉心皺得越來越緊，終是忍不住地掙脫她們，手撐著膝蓋不停站在一旁喘氣，痛苦的喘息聲正好讓剛進門的大太太瞧見了。

劉媽媽和梨棠立即過去幫齊眉順氣，她們在大太太面前向來表現得對齊眉無微不至。子秋拉著迎夏躲到一邊，她們是粗使丫鬟，不可以和大太太在一個地方待著。

「喘得這樣厲害，怎麼還是不見好呢？」

齊眉眼眶一濕，這是母親的聲音，和記憶裡一模一樣的溫柔。

腦裡閃過前世城門口的那一幕，她的親人們被兩個侍衛隨意地抬起來往板車上一扔，板車推動的時候，一個人的頭側了過來，唇角流下的是喝完毒酒逼出的黑血。雖然母親早在她十歲就逝去，但若是還在，也免不了這樣的命運。

母親身上好聞的淡淡香氣環繞在周身，齊眉失聲痛哭。慘狀和遺憾還在腦海裡，此刻她卻能幸福地抱著母親。

面對瘦弱的女兒放聲大哭，大太太有些愕然，手溫柔地撫摩著齊眉的青絲，抬頭看著劉媽媽。

劉媽媽腳底有些發涼，五小姐現在哭成這個模樣，大太太的眼神明顯帶著質問，雖然大太太是信她的，可都說童言無忌，小娃子的話才是最真實的，何況齊眉還是大太太的女兒，若是大太太真的細究起來……

劉媽媽其實也並不是沒一點怕頭，每次還是知道要在大太太來之前把五小姐的屋子收拾得像模像樣，其實她一開始並不是待齊眉差的。

最開始被派來莊子，她和梨棠一起盡心照顧齊眉，這也是大太太信任她和梨棠的最根本原因。

只不過一年不到的時間，在小齊眉學會走路了後，有人過來說，不用待她這般好，還塞銀子給她，劉媽媽和梨棠便開始隨便起來。

虧得五小姐年紀小，又從小是她來照顧，根本一點都不覺得自己待她差，反而還她說什麼就聽什麼。

耳邊都是齊眉的哭聲，劉媽媽腦子裡有點兒亂，但面上還是不動聲色。

「齊眉，妳說，是不是哪個膽大的奴才敢委屈妳？」大太太的聲音帶了幾分嚴厲。

劉媽媽哆嗦了下，大太太的語氣含著怒意，劉媽媽又看了眼伏在大太太懷裡的齊眉，才立馬跪在地上，一句話都不說。

一邊的梨棠背上也開始冒冷汗，劉媽媽狠拽了下她的裙襬。

梨棠這才跪下，嘴裡不知道在悄悄嘟囔什麼。

劉媽媽大氣都不敢出，她雖然低著頭只能看到粗糙的地面，但大太太好一會兒沒說話了。

想了想，劉媽媽還是開口道：「小姐許是太想念大太太了才哭得厲害。」聲音提高了半分。

子秋和迎夏雖然在一邊躲著，但大太太的表情從一開始的擔心到現在的陰沈，子秋和迎夏不約而同地跪在地上。

一會兒工夫，小莊子裡就跪了一地的人。

大太太身子晃了下，陪著她來的倪媽媽上前扶著。

「母親以後可不可以多點兒時間來看齊眉？」哭了老半天的齊眉吸了吸小鼻子，仰起頭拉著大太太，聲音軟軟糯糯的，因為剛剛哭過所以還帶著濃濃的鼻音。

剛劉媽媽的話還在耳邊，眼下齊眉又這樣，大太太心一下子軟了。

「都是母親不好。」大太太別過眼，嘆了口氣，千言萬語在心頭卻說不出一個字。

若不是她身子愈來愈差，齊眉也不會早產，說不準哮喘也不會染上。

「只是想母親而已？說實話，剛為何哭得那般厲害？」大太太還是回到了這個問題，她從沒看過齊眉哭，印象裡這個可憐的女兒一直都是特別黏她的，而且很愛笑。說著大太太又望向劉媽媽。

劉媽媽緊張得呼吸都停住了。

「只是因為想母親了。」齊眉很認真地答道，略彎的眼眸裡閃著點兒淚花，但她卻努力忍回去了。

大太太心一軟，俯身蹲下，掏出絹帕，親手給齊眉擦著淚。

齊眉乖乖地站著不動，擦完淚後瞇著眼兒一笑，小女娃的活潑神態看得人心裡歡喜。

但大太太卻越看越難過，由著齊眉拉住她的手，一路走去屋裡。

大太太生怕齊眉走得快了又發哮喘，急著道：「慢點兒，慢點兒。」

齊眉笑咧咧的。「喘了的話再吃藥就好了。」

走到門口，齊眉瞥了眼劉媽媽和梨棠，前者正舒了口氣。

「反正三天飲一次藥，飲完就會好受些。」齊眉又道，難得有笑意的臉，這會兒小虎牙都出來了，說完還踮腳攬著大太太的胳膊。

劉媽媽一口氣才剛喘完，被這句話噎得差點沒背過氣去，藥必須得是日日都服的……

「劉媽媽。」大太太聲音冷了下來。

「大太太饒命，小姐……老奴……」劉媽媽嚇得魂飛魄散，連連磕著頭，一會兒腦門就磕出血來。

梨棠也跟著咚咚咚地磕頭。

在劉媽媽開口之前，齊眉皺著眉頭，苦惱地道：「藥汁黑乎乎又苦苦的，我總不願意喝藥，劉媽媽也就不給我糖葫蘆吃。」

原來是齊眉鬧性子不愛喝。

大太太收回了凌厲的眼神，摸了摸齊眉的小腦袋。「身子才是最重要的，苦點兒不怕。」

劉媽媽停住了磕頭的動作，齊眉被大太太一下抱起來，入到屋子裡。

門關上的那一刻，劉媽媽一眾都癱軟到地上。

齊眉一句話就能決定她們大起大落，劉媽媽大喘著氣。

梨棠和劉媽媽站起來，一起去了廚房裡，劉媽媽一聲不吭地倒茶。

「劉媽媽，小姐也真是笨呢。」梨棠笑嘻嘻的，一看就是個缺心眼兒的。「咱們那麼待她，她居然一直覺得咱們對她好，明明是……」

「閉嘴。」劉媽媽轉頭怒斥了一句。

第二章

屋裡，齊眉正窩在大太太懷裡說著話，半個時辰後，大太太就得回府。

時間短暫，相隔的時間更長，齊眉每次都尤其的珍惜，現在的她更珍惜。

因為這樣的相處是失而復得的，或者她之所以重生是因為上天憐見，上輩子過得太窩囊太悲慘，老天爺便把她送回來。

齊眉聞著大太太周身散出的花香，味道有些濃郁。齊眉冷不丁地打了一個噴嚏，大太太忙拍拍她的背。

大太太身上的香味之所以濃，都是為了遮蓋身上的藥味。

「齊眉記得別耍性子，藥一定要按時喝，用飯也是，不可以挑剔，吃得越多越好，妳的身子才能好得越快。」大太太說道。

齊眉乖巧地點點頭。「齊眉一定會好好的，母親也要好好的，所以母親也要乖乖吃藥、乖乖用飯。」

大太太聽著齊眉奶聲奶氣的娃娃音，說著比同齡小姐懂事太多的話，眼眶又濕了一圈。

劉媽媽在外邊敲門，裡邊應了聲後便推門進去，把茶和小糕點端到八仙桌上。

「大太太、五小姐，請。」說著劉媽媽退到一邊。

「劉媽媽。」大太太其實聲音很柔，齊眉的嗓子就和她很像，說起話來總是溫溫軟軟的，讓人一聽就覺得好欺負。

「老奴在。」劉媽媽一點兒都不敢怠慢，上前一步福身。

「五小姐身子不好，哮喘的藥和平時補身的湯不要因為她嫌不好喝就真的不給她喝，雖然她是主妳是僕，但她年紀小，不懂什麼可以做什麼不可以做，可妳不同，妳都是老媽媽了，切記不可由著她的性子來。」大太太說著又抿了口茶。

補身的湯……劉媽媽悄悄看齊眉，齊眉卻正站在和她一般高的八仙桌旁，努力地伸手去拿糕點，一臉認真的樣子似是完全沒聽見大太太的話。

「是，老奴一定會好好照顧小姐。」劉媽媽應著，去幫齊眉拿了一塊糕點遞到她手裡。

「謝謝劉媽媽。」齊眉瞇起眼，用瘦巴巴的小手捧住糕點，高高興興地吃了起來。

到了時辰，劉媽媽去送大太太，齊眉又坐回了床上，閉目想要歇息下，門卻突然敲響。

「進來。」

來人是劉媽媽。

「子秋和迎夏呢？」齊眉有些訝異地看著門口，眼睛瞪得圓圓的。

劉媽媽說道：「她倆在做活兒。」

「原來是這樣，那今天就來不及把屋裡的東西搬回劉媽媽屋裡了。」齊眉笑了笑。

劉媽媽卻低下頭。

齊眉笑得甜甜的，又道：「今兒母親來了特別開心，吃了以前吃不到的糕點。」

「以後小姐好好地喝藥，那老奴就每次都給小姐做糕點吃。」劉媽媽的嗓音有些乾巴巴的。

過了幾日，齊眉的屋裡還是大太太來時的模樣，劉媽媽一樣東西也沒有搬回去，不知為何和齊眉說話也開始恭敬。

靠在床榻上，齊眉皺著眉頭細細的想著，大太太脾氣好計較得少，但對下人還是心裡明白得很，那日劉媽媽送大太太出去，想必被大太太教訓了一頓好的。

但遠水救不了近火，相信過不多久，劉媽媽又會恢復原樣。

她必須要想個法子，把劉媽媽納為己用，接著她才能好好地為過年前將發生的事做準備。

屋裡子秋也在，和迎夏說著話，看齊眉手撐著下巴發呆，迎夏大著膽子走到床榻邊，忽然伸手嚇唬她。

齊眉卻是一臉淡定，眉頭都沒皺一下。齊眉餘光老早就看到迎夏過來，心裡早就偷偷地笑起來了。

「迎夏，別胡鬧。」子秋斥道：「小姐身子不好，妳還嚇唬她，我們本來就是粗使丫鬟不可以進裡屋，都是小姐好才允了我們，等被劉媽媽發現，少不了一頓打的。」

迎夏吐了吐舌頭，給齊眉福身道歉。

齊眉不在意地笑笑，問道：「劉媽媽去哪兒了？」

「今兒是清明，劉媽媽去她小孫兒的墳頭了。」子秋道。

傍晚時分，齊眉聽著裡屋外有響動，小步小步地慢慢走到門口，拉開一條縫，劉媽媽正在外屋收拾著，背對著她看不見表情。

爬回床榻上，齊眉手敲著床榻，一下一下的極有規律。

外邊門咚咚地敲響，門簾掀開，梨棠走了進來。

齊眉把她叫到身邊。

梨棠素來對齊眉隨便，直接走過來就坐到一旁，齊眉挑了下眉，沒說什麼，臉上掛著純真無邪的笑容。

頓了會兒，齊眉脆著聲音道：「今兒一日都沒見著劉媽媽，她是去哪兒了？」

梨棠翻了翻白眼，把她叫過來就是問這個？「去看她小孫兒了，這會兒已經回來了，若是小姐找劉媽媽，那奴婢去把她叫過來。」

「不必。」齊眉擺擺手。「倒是不知道劉媽媽還有個小孫兒呢，生得好看嗎？和齊眉比的話如何？」

梨棠噗哧一下笑出聲，這小姐看上去軟軟糯糯的年紀又小，本想著她從小在莊子裡長大，幾乎是過著與世隔絕的生活，幾年來見過的人也就她們這幾個奴婢和大太太，卻不想已經有了比較的心思。

齊眉好奇地問道：「梨棠笑什麼？」

「沒什麼。」梨棠無可奈何地搖搖頭。「劉媽媽的小孫兒去年在樹林裡玩兒，被野狼給叼走了，劉媽媽一家人找了三天三夜，連一根骨頭都沒尋到，可慘了。」

齊眉嘆了口氣，而後眼眸瞪圓了些，道：「為何我不知這事兒？」

「小姐素來都不愛說話，又總待在屋子裡，去年劉媽媽尋孫兒的那三日，小姐正病得厲害，不記得了？」

齊眉搖搖頭，這麼遠的事她哪裡記得。

拉著梨棠又說了幾句，齊眉愈來愈睏，說著話說著話，就坐在床榻上睡著了。

梨棠看了也沒管，本來齊眉就是坐著睡的，她若是躺著睡會一直喘得厲害。

第二日一早，齊眉把子秋叫了過來，問她會不會梳頭，子秋笑著道：「小姐可算是找對人了，奴婢就這個活兒最厲害。」

齊眉甜甜地一笑。

「小姐要梳什麼頭？」子秋已經拿起了紅木梳，齊眉坐到銅鏡前。

看著銅鏡裡臉色蠟黃的小女娃，齊眉道：「男娃的頭。」

在這個天下，最大的是皇帝；而在朝中，最大的是丞相；在城郊的這座小莊子裡，權力最大的看似是齊眉，實則為劉媽媽這個老婦人。

齊眉穿著月牙白的襦衫，靠在外屋門口，劉媽媽正呆坐在前院的田邊，裡邊什麼也沒種，但劉媽媽卻看得出神。

「劉媽媽。」齊眉軟軟地喚了聲。

劉媽媽頓了一下，回頭看到門口的小身影，訝異地走了過來。

「小姐？」劉媽媽聲音比以往的要沙啞，眼眶也紅紅的，看來昨兒個哭得厲害，到現在眼睛還是腫的。

齊眉在門後邊，腦裡一刻不停地轉動著，面上帶著純真笑容。

劉媽媽仔仔細細地打量著齊眉，一身洗得發白的襦衫，平日向來只是一根髮帶綰在背後的青絲被一根木簪束於頭頂，眼眸略略彎起洩出幾分笑意，看著她的眼神頑皮又淘氣。

「阿南……」劉媽媽一下子有些失控地蹲下來，一把將齊眉摟到懷裡。

「劉媽媽……」齊眉顯得不知所措，被劉媽媽抱得緊緊的，幼小的肩膀濕了一片。

齊眉身子瘦弱得不行，抱在懷裡跟紙片一樣，和孫兒阿南不一樣。劉媽媽很快就醒悟過來，放開齊眉。

「老奴只是覺得小姐今兒個這一身打扮像極了我那已故的孫兒阿南，所以一時失禮，還望小姐莫要怪罪。」

若是換了平日，劉媽媽斷不會對她這般客氣，應該說壓根兒就不會抱她。齊眉等劉媽媽起身，衝她一笑。

劉媽媽心思卻轉了起來，為何五小姐好端端的要扮成這個模樣？聯想起前幾日，劉媽媽面色微變。

齊眉卻拉著她乾枯的手。「劉媽媽為何不開心？」

「老奴沒有不開心。」劉媽媽嘴裡好似是哄著，眼睛卻盯著齊眉，想要把她看穿。站在她面前的還是那個照顧了幾年的病殼子小姐，但神態之間好似有點兒不同，沒有以前那般死氣沈沈的，面上也總掛起笑容。
這段時日來五小姐確實有些變化，但真真變化在何處，劉媽媽卻說不上來。
小娃子多少都是長得有幾分相似的，五小姐這一打扮，還真的像極了她的可憐孫兒。
剛剛的失態也是因為這個，劉媽媽忽然想到了什麼，心裡一沈。
這五小姐年紀小小，又和外界無接觸，自個兒還以為她是個多麼純淨好哄的小姐，不想腦子裡裝了不少詭計。
劉媽媽暗暗思索著，也沒管齊眉，逕自往廚房走去。
齊眉瞇起眼，看著劉媽媽離開，嘴角一抹笑意浮現。
慢慢地走回裡屋，坐在八仙桌旁讓子秋磨墨，迎夏找宣紙，一筆一劃的畫起畫來。
「子秋，妳打聽到的事兒都是真的吧？」畫了會兒，齊眉覺得疲累起來，這個身子就是無用，連畫畫這樣不費體力的事兒都會讓她覺得難受。
齊眉先把迎夏打發走，再轉頭問著子秋。
「千真萬確。」子秋的語氣十分確定。
齊眉放心地點頭。
算著時間差不多了，齊眉放下筆，拿著宣紙往外邊走去，莊子不大，但走了一圈後齊眉就已經氣喘吁吁，沒有人能比她更痛恨自己這副羸弱的身子了。若不是這兩個大膽的奴婢，她也不會落得回到陶府後，吃了多少補身子的藥都效果甚微。更不會在陶府被滅門後，哮喘復發而亡。

後院劉媽媽正在曬著衣裳，齊眉按下心底的情緒，小心翼翼地走到劉媽媽身後，怯怯地道：「劉媽媽。」

「小姐？」劉媽媽訝異身後的聲音，五小姐素來都極少出裡屋的，今兒個卻像外邊有好吃的似地，一個勁兒地出來。轉頭看著齊眉還是那身裝扮，劉媽媽心下了然。

劉媽媽眼神的細微變化，齊眉都捕捉得一清二楚，劉媽媽在來小莊子前做了十幾年的丫鬟，吃的鹽比齊眉吃的米還多，即使齊眉再活一世，也不及劉媽媽老沈。所以她必須小心謹慎，劉媽媽並不是那麼好對付的人。

心思千迴百轉，齊眉的面上卻是小心翼翼的樣子，好似有些害怕，仔細一看又帶了絲期待。

劉媽媽不待她開口，先道：「小姐這幾日好似精神好了不少，雖然小姐都住在小莊子內，但說到底小姐可是陶府的嫡五小姐，穿著男娃的衣裳，還梳著男娃的髮式……」說著搖搖頭。「太不合規矩了。」

齊眉的眼神一黯，抿著唇不出聲。

劉媽媽繼續轉身幹活兒，老半天了身後才傳來小小的聲音——

「劉媽媽不喜歡齊眉這身打扮嗎……」

背對著小姐，劉媽媽冷笑了下，果真如她所想，五小姐之所以這樣，都是為了把自己打扮得像阿南，來討她歡心。

齊眉看著劉媽媽一動不動的背影，嘴唇微微牽起。她知道，昨兒個梨棠一回屋裡就告訴了劉媽媽她問起阿南的事。

劉媽媽這麼聰明，哪裡會想不到個小小的娃子打著什麼算盤？

「哪裡有什麼喜不喜歡的，小姐是主，老奴是僕。」劉媽媽頭也沒回，語氣更是冷淡，手腳麻利的把麻繩子綁在杆上，轉身去外屋拿洗好的衣裳準備晾乾。

齊眉輕輕地扯住劉媽媽的衣角。「劉媽媽，齊眉只是……」

劉媽媽卻逕自走了，齊眉站在原地一動不動，看不出什麼表情。

身後一陣輕輕的腳步聲，是子秋過來了，把齊眉拉到門口，齊眉卻不願意走了。

「小姐……」子秋看著齊眉落寞的樣子，一臉的擔憂。

「我只是想讓劉媽媽開心……」齊眉輕輕地開口，聲音低了下去，低著頭的樣子卻莫名地讓人心裡一顫。

成長的環境太過簡單，齊眉這個人也給別人一種單純的感覺，無論說什麼話都不覺得造作。

「那天母親來了，我差點闖了禍害了劉媽媽和梨棠對不對？齊眉不笨，都知道的。

「問過了梨棠，她說劉媽媽去看阿南了，我還特別不懂事的要比較，真的不是故意的。」齊眉啜泣起來。「不知道要怎麼跟劉媽媽道歉，所以才想了這個笨笨的法子，劉媽媽一定很想阿南的，齊眉打扮成阿南的樣子，期待能讓劉媽媽心情好起來，可是劉媽媽好像一點都不覺得開心，反而還很嫌惡。」

「小姐別難過。」子秋看著齊眉有些喘起來，抬手幫她撫背順氣。

齊眉緩了緩，繼續道：「我自小在這個莊子裡長大，我身邊的人就只有妳們，而最大的長輩是劉媽媽。子秋妳也知道，我從沒把妳們當下人，劉媽媽更是……前幾天發脾氣，我也不知道是怎麼回事。我一直覺得，陶府不要我，但是劉媽媽願意一直照顧我……」

啜泣的聲音實在是讓人聽得心裡過意不去，門口忽然一陣響動。

「小姐。」

齊眉和子秋都停下了動作，訝異地回身。

劉媽媽站在門口，手裡抱著一堆濕濕的衣裳，迎夏從後邊冒出個小腦袋來瞅著，好似在看裡邊發生了什麼事。

一見齊眉眼睛紅紅的，也顧不得別的就跑進屋。「小姐是不是哪裡不舒服了？」

「沒事。」齊眉一見門口站的是劉媽媽，背轉過去哭得更厲害。

子秋和迎夏退到一邊，劉媽媽走了進來。

「小姐……」劉媽媽蹲在齊眉身後，喚著她，聲音帶著訝異和些許模糊的感動。

齊眉不願意轉身。「劉媽媽妳已經不要我了。」

「小姐，老奴怎麼會不要小姐？」劉媽媽富態的臉露出了十分驕傲的表情。

這麼小的娃兒——陶府五小姐，現下對她這個老奴說著這樣真摯的話，攬著瘦小的齊眉，劉媽媽心裡萬般滋味。她覺得自己整個人一下高大起來了，能讓一個千金小姐這樣依賴和喜歡，她劉媽媽可真是混出了名堂。趕明兒出莊子買珠寶的時候，她又有材料可以炫耀一番了。

劉媽媽鬆開了齊眉，掏出絹帕幫她抹淚。

齊眉抬起烏黑的眸子，唇咧開，小虎牙露了出來，笑得特別的甜。
劉媽媽擦淚的動作停住，這個表情可真真是像極了阿南啊……
母性被勾出來的劉媽媽難得地把齊眉抱上床榻，好言好語地哄了她好一陣子。
待到齊眉眼皮一下一下的耷拉，劉媽媽才起身退下。
過了會兒，門外一陣窸窸窣窣的聲音響起，門小小地吱呀了兩聲。
齊眉悄悄地睜開一隻眼，子秋和迎夏正偷偷摸摸的進來。
三個女娃妳看看我，我看看妳，噗哧一下笑出聲。
「小姐可真厲害！」迎夏興奮得不行，在齊眉的示意下搬了張方凳坐到床榻邊。
子秋也走過來，站在一旁，把食指放在唇邊。「小聲點兒。」
迎夏吐了吐舌頭。
「我還要謝謝妳們倆呢。」齊眉笑著靠在床頭，按時服了幾天藥，她的精神沒有之前那般差勁了。
原來在去找劉媽媽之前，齊眉仔仔細細地吩咐了子秋和迎夏，她篤定了劉媽媽肯定不會主動聽完她那番話，所以讓子秋來找她，兩人站在門口。
而迎夏則是去絆住劉媽媽，不讓她從門口離開。
劉媽媽是個什麼樣的人，前世的齊眉自是不清楚，但可那是前世的她。在看了這麼多人情冷暖後，齊眉早就知道劉媽媽的性子。
虛榮又貪小便宜，但萬幸的是，劉媽媽心裡還是有最柔軟的地方，阿南。

齊眉和迎夏又湊一塊兒鬧了會兒，眼見著齊眉開始出氣不勻，子秋一下揪著迎夏的耳朵。「妳個野丫頭！還鬧是不是，小姐需要歇息，妳快隨我出去！」

迎夏齜牙咧嘴的。「子秋姊，好姊姊！我不敢了！」

看著一路被拖走的迎夏和小大人一般的子秋，齊眉面上浮起了淡淡的笑意，這是她這天露出的第一個真心的笑容。

子秋、迎夏都是她可以信任的人，雖然年紀太小，但在這個莊子裡，齊眉的對手並不是什麼閻羅王。兩個小丫鬟都是從心底裡對她好，齊眉也清楚得很。

前世受的關懷太少，雖然現在不似之前那般，有人願意和她說話，她就感激得不行，但有一點齊眉不會變——珍惜身邊真心待她的人。

第三章

五月份的時候，春風習習，莊子外的樹木枝悄悄地伸了進來，好像頑皮的小孩子在別家門口探頭探腦。

齊眉換下了男娃的衣裳，一頭青絲如以前一般用一條髮帶綁在後邊。

門被敲響，齊眉放下了梳子。

劉媽媽走了進來，手裡端著藥。

「劉媽媽。」齊眉臉色蠟黃，但笑得特別的好看，尤其一雙眼眸亮晶晶的。

劉媽媽看著齊眉，一時之間也忘了把藥放下。

齊眉好奇地看著她。「劉媽媽，我臉上是黏了什麼東西嗎？」

「不不不。」意識到自己的失態，劉媽媽把藥放在桌上。「小姐，喝藥吧。」

齊眉乖乖地坐到八仙桌旁，一口一口喝著劉媽媽餵的藥。

這麼段時日過去，齊眉總是身著男娃的衫，一顰一笑之間都拿捏得恰到好處。

她沒見過阿南，但是子秋見過，還去問了劉媽媽居所附近的街坊，那天齊眉根據子秋的形容，把阿南的肖像畫了出來，子秋看了說少說也有五、六分像。

齊眉便笑了起來，貌似五、六分，因為還有五、六分是她自己。

畫的阿南被掛到床榻邊。

劉媽媽第一眼看到的時候嚇了一跳，齊眉便笑著解釋。「腦子裡總是出現這個小男娃的模樣，便乾脆畫了下來。」

劉媽媽沒有出聲。

齊眉知道，劉媽媽的目光一半時間都落在那幅畫像上。

這會兒，劉媽媽又在瞅著那幅畫。

「劉媽媽，妳若是中意這幅畫那就拿去便是了。」齊眉笑著道。

「老奴不敢。」劉媽媽話語裡很是恭敬。

齊眉也不多說，靠在床榻上迷迷糊糊地睡著。

劉媽媽一直盯著齊眉看，嘆息著搖頭。

「祖母。」忽然劉媽媽的手被拉住，聽到這聲喚，劉媽媽整個人都顫抖了一下。盯著床榻上不安地動來動去的女娃半天，劉媽媽起身快步走了出去。

門關上的那一刻，齊眉睜開眼。

面上閃著和年齡不符的冷漠，她那日還記起了一件事，那年被救回來後，劉媽媽便死了，雖然不盡職的奴僕是會被處死，但劉媽媽不是被陶府處死的，有人比陶府先一步下了手。

齊眉那時候聽府裡的人傳說梨棠在陶府後門跪了一整天，求陶家放過她，說自己只是「聽命於人」。不過第二日，梨棠也死了。

齊眉在意的是「聽命於人」這句話，聽的是誰的命？

這幾日劉媽媽都沒像以前那樣留在裡屋，齊眉也沒閒著，她現在每日都早早的起身，站在院子裡舒展身體，她身子是差，但不代表沒得救，若是能按時服藥，自己又勤於活動身子的話，總有一日她能擺脫病殼子的身分。

齊眉努力地活動身體，受不住了就停下來等氣順過去，再繼續。

她身上一直有道目光，齊眉捏準了時機，突然摔倒在地，看似摔得很重，其實只是有些磕碰而已。

沒有人來扶她，齊眉預算著時間，沈默了片刻突然哇哇大哭，邊哭邊撕心裂肺地喊著——

「祖母，祖母！」

一會兒的工夫，齊眉就被抱了起來，她哭得太入神，視線被淚水模糊，只看得到一個焦急老者的臉。

「阿南不哭！」劉媽媽想都沒想地說出口，著急的把懷裡的娃子抱到裡屋，檢查有沒有地方受傷。

「劉媽媽，妳終於又理我了……」這是齊眉的聲音。

劉媽媽一下子反應過來，但卻忽然有種放不開手的感覺，摟著齊眉，心裡複雜得不行。

晚上的時候，齊眉肚子餓了，慢慢地走到廚房，裡邊劉媽媽和梨棠都在。

「劉媽媽，妳別想這些奇奇怪怪的事。」梨棠有些害怕，嗔怪地道。

「我是認真的，阿南大概是還魂到小姐身上了。」劉媽媽聲音低沈。

「不可能，阿南是一年前出的事，要還魂的話，哪裡有一年多後才還魂的道理？」梨棠卻是不信。

劉媽媽搖著頭。「小姐前幾天叫我祖母，除了阿南誰還會叫我祖母？今兒也是，小姐摔倒了，衝口哭叫的也是祖母，聲兒可像了，還有小姐屋裡掛著的畫像……那可是阿南啊，小姐從未見過阿南的，怎麼可能憑空畫出阿南的樣子？」

劉媽媽一口氣不喘地說完，搞得梨棠也動搖起來。「可這事兒還是太玄了。」

「我會弄清楚的，如果現在小姐真的是阿南，我一定要好好的保護她。」劉媽媽話語裡含著堅定。

齊眉悄悄地回了裡屋。

她成功了，劉媽媽果然已經開始懷疑，不，已經開始相信了，相信她是還魂的人。

確實啊，她是還魂的人，但不是阿南還魂。

齊眉靠在床頭，嘗試著躺下睡覺，結果才過了一會兒就氣喘吁吁，搖搖頭無奈地坐起。

無論是前世還是今生，自個兒都是坐著睡的，到底要何時才能像個常人一般躺下睡覺？

齊眉心裡的這種渴望他人是無法理解的，有些煩悶地動了動，把被褥拉到肩部蓋好。

「小姐睡了嗎？」劉媽媽輕手輕腳地進來。

「還沒。」齊眉睡眼惺忪的睜開眼。

劉媽媽端出一碟糕點，看著齊眉。

齊眉也看著她，劉媽媽的眼裡一閃而過的期待被她捕捉到了。

「媽媽這是給我吃的嗎？」齊眉高興地問道。

「當然是給小姐吃的。」

「太好了，我最喜歡吃這個了！」齊眉興奮地接過糕點，手抓著就吃了起來，一會兒一碟糕點就去了一半。

劉媽媽一直看著齊眉吃。「小姐真的喜歡？」

「當然喜歡！」齊眉嘴上還黏了點碎屑，伸出小舌頭舔了舔，一副意猶未盡的樣子。

「劉媽媽，我可不可以叫妳祖母？」齊眉忽然問道。

劉媽媽手裡的碟子差點掉到地上，半天後才轉過身，滿是魚尾紋的眼裡閃爍著光點。

「可以！可以！」而後劉媽媽又警惕起來。「為何小姐想到叫老奴祖母？這樣被府裡的人知曉，老奴是會被杖責至死的。」

齊眉仰著天真的小臉。「只是覺得和劉媽媽特別親近，便想這麼叫了。」

劉媽媽信了，有些激動地摸著齊眉的頭，一下一下的。

待到劉媽媽離開，齊眉難受地起身，把痰盂拿過來，吐了。

碟子裡盛的是紅薯糕，齊眉最討厭吃的糕點。齊眉早就知道，阿南最愛紅薯糕。

不過自那日起齊眉便過得越來越好，幾個月的時間過去，劉媽媽對她越來越照顧，藥自然是日日供給，有時候入夜了也不出去，反而坐在床榻旁跟她說故事。齊眉若是想出去了，劉媽媽不是自己陪著，便是要子秋和迎夏陪著。

在齊眉睡熟了後，劉媽媽會拉著她的手喚阿南。

齊眉都知道，她從來都是等劉媽媽走後才真正的入睡，那個「聽命於人」讓她明白，她的不幸不單單只是老奴的肆意妄為，而是有人刻意而為。

八月的時候天已經很熱了，劉媽媽給齊眉打著扇，看著她褪去蠟色的臉龐，心滿意足地笑，滿面慈祥。

齊眉絲毫不感動，她知道劉媽媽之所以對她這麼好不是因為她是五小姐，而是以為她是阿南。

為了讓劉媽媽確信，齊眉小動作一直沒停，到了現在，劉媽媽已經深信不疑，連梨棠看她的眼神也怪怪的。

「祖母。」齊眉輕輕地喚。「有個問題一直想問。」

「儘管問。」劉媽媽打著扇，滿臉疼愛。

「為何現在祖母對我這般好？不是說以前就不好，而是現在比以前好了太多，齊眉總在害怕，是不是哪天祖母又會突然變回原來的樣子……」齊眉低下頭。

劉媽媽連連擺手。「不會，老奴一定會一直對小姐好。」

「那為何之前就不是這般好？」齊眉又認真地問道。

「是身不由己……」劉媽媽說著嘆了口氣，自己都沒發現說了什麼。

齊眉眼睛一亮。

在知了趴在樹上不知疲倦叫個沒完的季節，齊眉也趴在八仙桌旁，懨懨地一動不動。

她現在的身子已經比以前好了一點兒，但僅僅只限於一點兒。

努力地活絡身體到現在，成效不是沒有，至少她不用一天到晚坐在床榻上，實在憋悶了想出去，和劉媽媽知會一聲，她便可以在莊子外邊走動走動。

那日和劉媽媽的對話是戛然而止的，在齊眉想要繼續問下去的時候，劉媽媽給她蓋好絲被便走了出去。

齊眉也沒有再提起過這事，劉媽媽心裡是有忌憚的，就算她真的變成了阿南，劉媽媽也沒辦法放心的說出任何事。

齊眉知道不可以逼，要慢慢來。

至少現在她的生活比前世要好太多，按時用飯、按時服藥，有了最基本的這些保證，她才有力氣為自己籌謀。

再過兩個月，便到了大太太來看她的日子。

不幸的是，到十月份的時候齊眉的身子便開始糟糕起來，劉媽媽怎麼想都想不清就裡，子秋和迎夏急得團團轉，可大家一點辦法都沒有。

從莊子門口一路走到裡屋，鼻息間便是越來越濃的藥味，簾子一掀一落，齊眉正靠著床榻閉目，不知道是睡著了還是在歇息，小臉上一片蒼白的顏色，額上也滲出密密的汗珠，看著就很痛苦的模樣。

「小姐，服藥了。」劉媽媽端起藥碗，遞到齊眉面前。

齊眉費力睜開眼，還未出聲就已經氣喘吁吁，她老實地服下藥。

劉媽媽邊收碗邊道：「小姐，陶府那邊傳了話來，大太太這幾個月都被府裡的事情纏著，抽不開身。」

言下之意很明顯，齊眉輕輕地嗯了一聲，聽不出情緒，身後的引枕隨著她的動作挪到了下方。

齊眉自己把引枕放回位置，閉上眼。

門被輕輕地關上。

齊眉心裡翻江倒海。

大太太還是不來，她失敗了。

前世的這個時候，大太太也是因為府裡的事情纏身，沒有過來看她，所以齊眉算好了日子，開始裝病得十分嚴重。

她本來就是個病殼子，病重的時候是什麼樣、病態又會是什麼樣，她一清二楚，一切她都拿捏得十分好，把劉媽媽一眾全都騙過了。

但她獨獨算漏了這茬，無論病得多重，大太太依然因為府裡的事抽不開身。

如果這次大太太來了，看到她病得這樣重一定會心疼，屆時自己也就有機會能被帶回府裡休養，這樣的話年前被擄走的事也不會發生。

齊眉嘆了口氣，重生而來，她能記起前世的一些事，可她卻算不到事情的變化。

第一招已經失敗了，還好她早就想好退路。

傍晚的時候，齊眉把子秋單獨叫了進來，遞給她一封封好的信箋，上邊什麼字也沒寫。

「小姐……」子秋有些疑惑，不知道該不該接過。

齊眉咳嗽了一陣，喝了幾口熱茶，才道：「子秋，妳覺得我是怎樣的人？」

「這不是奴婢可以說的範疇，但奴婢可以對天發誓，小姐會是奴婢願意忠於一生的人。」子秋道。

「為何？」齊眉挑挑眉。

子秋撲通一聲跪下。「半年多前，迎夏偷拿了一個雞蛋給小姐吃，小姐讓她放回去了。」

齊眉點點頭，示意她繼續說。

「小姐其實是在救奴婢和迎夏，如果雞蛋少了的事被劉媽媽發現，只怕現在奴婢和迎夏已經被杖責至死。」子秋一字一句地道。

子秋和迎夏都是粗使丫鬟，在弘朝，粗使丫鬟命比畜牲好不了多少，不順主子意了可以隨時處死，比粗使丫鬟們等級高的奴僕亦可以對她們為所欲為，甚至決定她們的生死。

「沒有什麼能比命重要。」齊眉淡淡地說了句。

看來現在在子秋的心裡，她有救命之恩，而且無論是前世的齊眉還是現在的她，對子秋和迎夏都是極好的，若換了別家，粗使丫鬟壓根兒就沒有這樣的日子過。

「小姐要奴婢做什麼，奴婢粉身碎骨也會去做，只求日後奴婢能一直有幸隨在小姐身邊。」子秋說著重重地磕頭。

齊眉沒有攔著，待到子秋自己起身後，才道：「現下只有兩件事需要妳做，一，把這個信箋交到大太太手裡。二，買好繡線針和圖樣回來。」

子秋躬身接過信箋，明明信輕得像紙片一樣，卻讓她覺得十分沈重。她在陶府裡只認識一個老媽媽，還是在後門做事的，不過買繡線之類的倒是容易。

「除了妳和我，誰都不要知道。」齊眉又囑咐道。

第二日午後，劉媽媽慌慌張張地在屋裡進進出出，齊眉在床榻上一動不動的，只是很偶爾的挪挪身子，眉頭擰成一個疙瘩，誰都知道她十分的難受。

「祖母……」齊眉知曉屋裡只有劉媽媽和她，卻一副迷迷糊糊剛醒來的樣子，輕聲喚道。

劉媽媽一個箭步衝過來，焦急卻又不知道如何是好。齊眉的身子就是這樣糟糕，即使大夫請來了也沒有太大的效果，最關鍵還是陶府不聞不問，本來指望著大太太來，卻因為事情纏身而取消了。

「我想吃紅薯糕。」齊眉費力地說著，乾涸的唇一張一合。

「好好好，老奴馬上給小姐去買。」劉媽媽說著站起來。

「要祖母陪著我，紅薯糕讓子秋去買。」齊眉拉住了劉媽媽。

猶疑了一下，劉媽媽把子秋叫來，吩咐了幾句就讓她去了。

齊眉帶著不安的心靠回床榻，希望這次可以成功。

她那封信裡寫得含糊，寫自己身子越發的不好，本來想著能見到母親，母親卻未能前來，如果時日無多，希望能再見親人一面。

這樣的程度，若是大太太真的能看到，那一定會過來的，只要大太太來了，齊眉就有把握能讓大太太生出帶她回府的念頭。

之所以讓子秋去，一來是子秋穩重腦子也聰明，二來是子秋人小，誰都不會注意這樣一個小小的粗使丫鬟。

最關鍵的一點，那時候梨棠所說的「聽命於人」，十有八九是陶府裡的人。有人要對她不利，而且那人心狠，連她這樣幾歲的女娃子都不放過。

第四章

京城即使在這樣炎熱的天氣，也是人頭攢動，街上的行人偶爾和子秋擦肩而過，沒人注意一個粗布麻衣的小姑娘。

子秋懷裡揣著信箋，一路小跑到陶府，她已經很努力地跑了，但還是花了不少時間。到達陶府的時候已然是傍晚時分，子秋沒多想，徑直繞到了後門。

齊眉特意囑咐了子秋，後院換守衛的時間正是在傍晚，子秋人小腿短但跑得快，總算在換守衛之前趕到了後門。

趴在不遠處的樹後邊悄悄地看著，捏準了時間，趁著門口的空檔一個箭步衝了進去。靠著後院的牆，子秋心臟跳得特別劇烈。

若是被人發現她也有法子脫身，她可以說是來找吳媽媽的。

吳媽媽原先是府裡二小姐陶齊英的乳娘，陶齊英也是大太太所出，雖然年紀和子秋是同歲，性格卻頗為孤傲和淡漠。

子秋的瞭解就這麼多，她在昨晚就悄悄地聯繫了吳媽媽，這個時候吳媽媽應該也差不多要來接應她了。

左瞧右瞧的看了會兒，卻總等不來吳媽媽，一炷香的時間過去，子秋有點兒沈不住氣了。

若是再這麼乾等下去，被守衛發現了，身邊又沒有吳媽媽的影兒，她今天只怕是吃不了兜著走了。

這麼想著，子秋躡手躡腳地往裡走。

她只在陶府選奴僕的時候住過半年，而且只侷限在後院這塊兒，未曾去過大太太的居所。

但幾年過去，吳媽媽的屋子子秋還是清楚記得的。

陶府十分的大，作為三代忠臣之家，府裡氣派的裝飾一點兒都沒少，光是後山就足夠讓人繞上好一陣子。

子秋憑著自己的好記性，眼見著就要看到出路了，她加快了步伐往前小跑，卻冷不丁地差點撞上一個東西。

不對，不是東西，是人。

子秋定睛一看，一個穿著淡粉襦裙的小女娃跌倒在地，大概是被她撞得疼了，眼淚汪汪的馬上就要大哭起來。

迅速地打量了一下這個小女娃，穿著雖然不是多麼華貴，但一看就是小姐才有資格穿的衣裳，梳著的雙丫髻，一邊綴了一朵小小的花蕊。

花蕊……陶府的八小姐陶蕊，在陶府只有八小姐才會在身上配戴和花蕊有關的飾物。

子秋立馬反應過來，先把陶蕊扶起來，而後俯身福禮。「八小姐……奴婢行為莽撞，若是傷到了八小姐，還請小姐責罰。」

「妳怎麼在這兒？」

吳媽媽的聲音適時的傳來，子秋欣喜的抬頭，果然是吳媽媽，繞了半天總算在府裡遇上個識得的人，子秋忙跑過去拉著吳媽媽，這才發現她身後還站著個悶不吭聲的女娃，是二小姐陶齊英。

一身水藍色的裙衫，髮鬢間的珊瑚釵顯得有些沈悶，如她這個人一樣，存在感甚微。

子秋忙俯身行禮，陶齊英卻只是牽了牽嘴角。

吳媽媽先仔仔細細的確認陶蕊沒有傷到哪裡，才回頭數落起子秋來。

「妳個丫頭怎麼這麼不長眼，八小姐細皮嫩肉的，若是被撞傷了哪裡，妳這一身皮剝了都沒法子補償！」吳媽媽瞪著眼，顯得十分的凶悍。

子秋知道這只是吳媽媽保護她的計策，誰不知陶府的八小姐雖然只是個五歲大的女娃，而且還是二姨太所出，卻在出生那日被陶老太爺抱在懷裡，看著屋外一片花蕊，便樂呵呵地笑著，給八小姐賜了個單名蕊字。

這可是大好的事，聽說那時候二姨太日日都笑得合不攏嘴。

陶蕊雖是庶女，在陶府卻頗受寵愛，老太爺老太太都挺歡喜她，和五小姐真是好大的差別，子秋有些憤憤不平地想著。

吳媽媽的一通數落讓陶蕊嚇了一跳，她不知所措地揮著胖胖的小胳膊。「媽媽不要這麼凶，她……她也不是……特別的。」

「八小姐是想說特意的吧。」軟軟的娃娃音總是能讓人心裡也跟著軟化，吳媽媽笑得眼睛都眯了起來。

子秋低著頭一臉恭敬，但心裡悄悄對八小姐起了好感。

衝陶蕊道了謝，子秋把信箋遞給了吳媽媽。「請媽媽一定要交到大太太手裡。」

「妳放心。」吳媽媽拍拍子秋的肩膀。

很難得見到子秋這孩子面上露出這麼緊張又重視的表情。

天色漸漸地暗了，子秋想起還要帶紅薯糕回去，便讓吳媽媽帶著她從後門溜了出去。

送走了子秋，吳媽媽嘆了口氣。

「吳媽媽……」背後突然傳來的聲音讓吳媽媽給嚇了一大跳，她剛明明瞧見個丫鬟過來，還以為八小姐被領走了，誰想到居然還在自己身後。

「小姐，老奴送您回去吧。」吳媽媽溫柔地道。

陶蕊卻盯著吳媽媽懷裡露出來的信箋，十分的感興趣，忽然地蹦起來把信箋抓到手裡轉身就跑。

吳媽媽大驚失色，忙提著裙襬去追。

陶蕊卻跑得越來越快，十分高興的發出格格的笑聲。

吳媽媽越追越急，又怕被人發現又怕陶蕊摔著，正氣喘吁吁的時候忽然被人拉住。

「二小姐。」吳媽媽看清了來人，趕忙福下身子。

「怎麼這麼晚了才回，紅薯糕得要涼了。」劉媽媽一臉責備地看著大汗淋漓的子秋。

子秋跪在地上，連連道歉。

恭謙的態度讓劉媽媽很滿意，便也沒再多說什麼，拿著紅薯糕進了裡屋。

待到夜深的時候，子秋確認劉媽媽已經睡下後才悄悄地溜到裡屋裡。

果然齊眉還沒有睡下，睜大著眼不知道在想些什麼。

「小姐。」子秋沒有迎夏頑皮，走過去便說起了今天的事。

「已經安全交到吳媽媽手裡了，想著大太太一定會收到的。」子秋笑著道，自個兒也舒了口氣。

齊眉點了點頭，不知為何她心裡還是有些不放心，按理來說子秋辦事應該不會出岔子的才是。

「子秋，在府裡有沒有遇上什麼人？」齊眉問道。

子秋想了想，如實的道：「遇上了陶八小姐和二小姐，八小姐性子真是很好，是奴婢先把八小姐撞倒在地上，八小姐卻還為奴婢說好話呢。」

說起了陶蕊，子秋話匣子也打開了些，齊眉聽著也露出淡淡的笑容。

前世的時候自個兒就和陶蕊很要好，年前的事發生後自個兒再回到陶府，雖然旁人都嫌棄她，但陶蕊不會，反而經常湊在一塊兒玩，一塊兒做女紅學詩詞，還曾經因為一起頑皮蹺課被教詩詞的先生狠狠地打了手板，兩人站在學堂裡哇哇大哭。

想起以前的事，齊眉不自禁地笑出聲。

而後想起那個冷面的齊英，前世兩人交流特別少，回府之後縱使住得很近，可齊英性子淡漠、齊眉性子軟弱，兩人若是說起話來肯定要吵架，齊眉每次都被齊英給氣哭，而每次看到齊眉哭了，齊英都少不了被大太太罰跪。

說起來，比起同母所出的二姊齊英，陶蕊和齊眉倒是更像親姊妹。

等待了幾日，齊眉從滿心期待到現在的平靜。

大太太沒有過來，也沒有派人過來。信箋大概是在交給她的途中出了什麼岔子，齊眉可以肯定的是這一點。無論如何，大太太如果得知她病重，是決計不會一點兒反應都沒有的。

「小姐為何臉色又差了些？」子秋擔憂地問道。

齊眉搖搖頭。「並沒有，只是幾日過去了，陶府未有一點消息，心裡有些空落。」

「大太太許是太忙了。」子秋安慰道。

齊眉笑了笑，沒有說話。

五小姐的反應讓子秋心裡過意不去，她總在擔心其實是不是信箋壓根兒就沒送到大太太手裡。

記著這點，子秋乾脆偷溜了出去，回來的時候垂頭喪氣。

「怎麼了？」齊眉正吃著難吃無比的紅薯糕，看到子秋進來，便放下了竹筷。

「小姐對不起……」子秋撲通一聲跪在地上。「信箋沒能送到大太太手裡，被八小姐搶走玩了，吳媽媽也不敢要回來，只能乾著急。」

「無妨。」齊眉心裡已經料到，聽到確切的回覆也沒有太大波瀾。

「八妹妹把信箋送到哪兒去了妳可知道？」這個才是重要的。

子秋頓了下，搖搖頭。「奴婢不知，但聽說後來二小姐也跟著鬧。」
「二姊？」齊眉鎖起眉頭。
「那現在如何是好？」對比著一臉淡然坐在桌旁的齊眉，子秋顯得比她還要焦急許多。
「再送去一封。」齊眉說著就讓子秋又磨起了墨。
第二次送信箋，子秋卻遲遲不敢進去，門口的守衛目光一直似有若無的盯著她。
門內傳來略顯沈悶的女音，子秋探頭望去，竟是二小姐，在她身邊站著的小白胖娃是八小姐陶蕊。
「又能玩兒了嗎？」陶蕊開心地看著子秋，想起上次好玩的追追趕趕遊戲。
「有何好玩的，不過是個粗使丫鬟罷了，八妹還是回去吧，後門離外邊太近，要小心點兒，免得二姨娘說妳。」齊英面無表情的說著。
陶蕊頭搖得像波浪鼓。「不會的，蕊兒在後門玩兒是告訴過娘親的，娘親也說能遇上好玩的便好。」
齊英沒再理她，轉頭把子秋叫了進來。「妳是五妹身邊的吧。」
「是的，二小姐。」子秋不敢撒謊。
「她身子又差些了？」
子秋不知道這個二小姐到底是在關心還是要藉機會恥笑，一時半會兒拿捏不準該如何答。
「給我吧。」齊英伸出手。

看出子秋的不信任，齊英笑了笑。「吳媽媽這幾日都不會在府裡。」子秋只好把信箋給了齊英。

「二姊，蕊兒要玩。」陶蕊跳起來想去搶齊英手裡的信，齊英比陶蕊大了五歲，個子也高了許多，輕而易舉的把手一抬，陶蕊就怎麼都搆不到了。

「二姊……二姊……」沒能順利的像上次那般玩，陶蕊一下子哇哇大哭。

齊英卻冷漠地轉身走了，子秋見狀也趕忙腳底抹油地溜了。

聽著子秋一五一十的說送信箋的過程，齊眉的眉頭也越鎖越緊。

但終是沒多說什麼。

而這封信也如預料的那般石沈大海，秋風掠過臉頰，齊眉感覺到了冷意。

這次的信箋，母親大概是真的沒收到。

齊眉想不明白，一個七歲大的女娃，能對齊英有什麼威脅。齊眉也想不明白，除了齊英，其餘人那般針對她又是為了什麼。

「小姐……」子秋走過來幫齊眉披上外衣。

齊眉看著月亮，灑落一地的溫柔，卻獨獨在她坐著的門檻處停下。

等著吧，那些人越不想她回去，她就越要回去。

事不過三，第三次她只會成功，絕不會失敗。

齊眉這次決定賭一把。

之後的日子齊眉開始悄悄地忙碌起來，盡心計劃，同時也沒了心思再去扮演誰。劉媽媽雖然心裡覺得困惑，但只當是齊眉身子不好的緣故。

齊眉絲毫不在意劉媽媽，重生回來莊子幾個月，她所需要的東西已經得到，劉媽媽一直老老實實的送上藥給她服，每日變著法子給她做好吃的。

沒有完全重蹈前世時因為疏於服藥和補身而種下的病根，再加上自己每日都有鍛鍊身子，齊眉能感覺得到，她已經不會走幾步就喘得不行了。

雖然因為身子的緣故總是待在莊子裡，但外邊過年的氣氛已經越來越明顯。

齊眉偶爾踱步到莊外看看，外邊已經開始張燈結綵，到了年前幾天，連偏僻的莊子外也熱鬧起來，極少有人路過的莊子門口，也總能聽到人的聲音。

除夕夜這日午後，陶府派了個小廝送來了補貼，吃穿用度樣樣都有，莊裡的丫鬟們也個個都喜笑顏開。

「母親不來嗎？」齊眉吶吶地問。

那小廝半會兒才發現是和他說話，手擦擦鼻子，道：「小姐，今兒可是除夕夜，大太太得多忙，怎麼能抽得空過來？」

齊眉幾步過去手扒著門框，盯住從門口沿往外頭去的路，卻發現一直到盡頭都是空空的，捏著門框的手指力氣越來越大，似是隱忍著什麼，手指也很快泛起了白色。

「比去年的銀子還要多呢。」送走了小廝，梨棠笑得合不攏嘴。

劉媽媽伸了個大大的懶腰，揚聲道：「哎喲，不知道為何總覺得少了點兒什麼。」

低著頭小心翼翼數著銅板的子秋和迎夏察覺到了什麼，同時抬頭，果然劉媽媽正看著她們，眼裡含著的意思不言而喻。

兩人對視一眼，不情願地走過去，緩緩地把小錢袋遞過去。

「慢著！」齊眉頭一次吼出這樣中氣十足的聲音。

把莊子裡的人都嚇了一跳。

劉媽媽最快反應過來，看著和先前截然不同的齊眉，若有所思。

「當著我的面兒就強拿子秋和迎夏的月錢，劉媽媽妳可有把我這個小姐放在眼裡？」齊眉的眼神透著凌厲。

梨棠自是莫名其妙，但劉媽媽卻無謂地笑笑。「小姐，您可別嚇唬老奴，老奴年紀大了，心受不住。」

除了她們倆，其餘的人都不明白之前還好好的兩人為何突然就似翻臉了一般。

情緒一上來，齊眉的身子就掉鏈子了，喘著粗氣說不下去，但一雙眸子卻是盯著劉媽媽，絲毫不肯讓步。

昨兒個，劉媽媽來了裡屋。

齊眉本來照例靠在床榻上歇著，心裡正盤算著除夕這日的計劃，忽然劉媽媽門兒都沒敲就走了進來。

齊眉立馬覺察出劉媽媽身上透著不對勁的氣息，但她卻笑著道：「祖母直接就進來了？」

「小姐，可別再叫老奴祖母了，折壽的。」劉媽媽聲音有些低沈，不似這三、四個月來對齊眉那種關切寵溺的態度。

齊眉沒接話，她猜大概劉媽媽想明白過來了。

果然，劉媽媽沒等她開口，便繼續道：「以前覺得小姐性子沈靜，倒不曾想還有這般貪玩的一面，讓老奴好生開了眼。」

齊眉烏黑的眸子對上劉媽媽的目光，歪著頭一笑。「劉媽媽在說什麼？齊眉聽不明白呢。」

劉媽媽眼神一暗，果然，這五小姐真不是吃素的。

她只不過剛點了題，齊眉就知道了她要說的事，而且連對她的稱呼都改回劉媽媽，不再叫祖母。

這樣也好，劉媽媽來回動了動脖子，大概是年紀大了，一扭就發出喀啦喀啦的聲響。

也不再看齊眉，劉媽媽徑直走過去把牆上掛著的畫取下捲好。

「小姐，老奴這次是栽了，若是小姐還有心的話，可別再胡亂拿老奴小孫兒的事作什麼文章，老奴真受不住。」劉媽媽站在床榻前，看著一臉純淨表情的齊眉，心頭的火湧了上來。

「劉媽媽是說阿南嗎？齊眉之前只是想著媽媽思念阿南，所以畫了一幅畫罷了，劉媽媽這番話齊眉倒是又不知曉意思了。」齊眉的語速很慢，不然連著說幾句長的話，即使她坐著一動不動也會開始喘氣。

劉媽媽聽了火氣一下子爆出來，本想把畫卷扔地上，但大概是想起了畫的是阿南，便只是把畫卷粗魯的放到桌上，而後轉身瞪著齊眉。

齊眉也不甘示弱的看著她，但不同的是她眼眸裡是透著詢問的意味。

劉媽媽氣急的幾步走過來。「小姐做了什麼，小姐心裡應是清楚的，清明那幾日小姐心裡便開始算計了吧？老奴也是太容易相信人，居然被小姐這樣的半大娃子給騙了去，還真的以為小姐是阿南，還……」

劉媽媽說不下去了，發了這麼大的火氣，齊眉卻總是一副置身事外的樣子，好像是她狠狠地衝一團棉花打了一拳，不僅沒效果，反而還讓自己跌了一個踉蹌。

齊眉眼眸悄悄地轉動，劉媽媽會發現是她意料之內的事，雖然她一直掩飾得很好，但什麼事都有被戳破的一天。

「被小姐騙得團團轉，小姐是開心了，老奴心裡可真是不好受！這幾個月來老奴這般用心的照顧小姐，卻不想……」劉媽媽白眼都要翻出來了，越說她就越想起這幾個月愚蠢的自己，把齊眉伺候得極好，一心以為她是阿南。

這幾個月的時間，小姐對自己的態度驟變，她再是老眼昏花也不至於什麼都看不明白，坐下來細細地想著，小姐從小心翼翼，到哄得她團團轉，好生伺候著，照顧端藥，劉媽媽不由得怒火中燒，什麼阿南還魂，只怕全都是五小姐拿來騙她的，今兒晚上不過是試探一次，小姐竟是連掩飾都省了。

裡屋安靜了下來，齊眉掀開被褥，慢慢地下床，走到劉媽媽身邊，看著她。

「劉媽媽，妳大概真的是老糊塗了，我是陶府的五小姐，是主子，而妳是陶府派來莊子照顧我的，本來妳照顧我就是尋常的事，以前妳那般隨意，經常不按時給我服藥，可知我的身子因為妳的疏忽變得有多差！」齊眉的情緒頭一次爆發。

她想得很明白，她八歲之後回了陶府，服了不少好藥材，也請名醫來看過，都無起色。為什麼？還不是因為小時候多虧了劉媽媽和梨棠的疏於照顧！

可以說，前世的她哮喘復發而死，劉媽媽占的功勞真不小。

以前齊眉還覺得是自己命薄，自從劉媽媽和梨棠說過的「聽命於人」這四個字被她記起後，她就越想越不對勁兒。

「我以前忍著不說什麼，我都當是自己的命罷了，可真的是我自己的命該如此嗎？我從沒奢求過別的什麼，我只希望身邊有人能陪著我、與我說話。」齊眉沒控制得住情緒，手撐著桌沿喘氣，越來越嚴重，喉嚨裡那雜雜的聲音讓人聽著不忍心。

劉媽媽忽然沈默了，裡屋霎時只剩下齊眉的喘氣聲，因為太過激動，臉都變得煞白。

好不容易緩和下來，齊眉也沒再看劉媽媽，一步一步自個兒走回床邊。

劉媽媽起身準備走出去，齊眉輕輕地道：「劉媽媽和梨棠扣下的吃穿用度，劉媽媽一定是給了阿南，那本來是該給我的東西。」

說著齊眉閉上眼，稚嫩的臉龐，開口卻是沈著的嗓音。「我很羨慕阿南，我命比他長，可他比我幸福太多。」這句真不是作戲，是發自內心。

劉媽媽頓了一下，回頭瞥了眼齊眉。

看著眼前瞪著自己的齊眉，劉媽媽忽而想起她昨兒個那句話——

很羨慕阿南。

即使小姐是被陶府扔在這兒自生自滅，生活環境也是比阿南好太多的，可是確實啊，劉媽媽貪得的銀子和好東西，都是給了阿南那個小孫兒。而阿南逝去後，所貪的又給了自個兒的家人們。

其實說起來，小姐倒真的過得不如他們尋常人家，她太少感受親情。

難怪這幾年來，小姐總是纏著她，劉媽媽以前尋思是小姐年紀小，什麼都不懂。現在一細想，眼前的小姐其實多麼成熟，早就超越同齡娃子的想法。

而且小姐什麼都懂，只不過太在意和人的接觸，之所以縱容、之所以每次都裝迷糊，大概是害怕連她們這幾個奴僕都會離她而去。

「罷了。」劉媽媽喃喃地道，面色不似之前那般生氣，但還是居高臨下的望著子秋和迎夏，手裡的小錢袋扔到地上。「妳們自個兒拿著去買好吃的吧。」

迎夏歡喜得不行，本來到手的肥肉被搶走讓她老鬱悶了，這會兒可惡的大鷹又叼回來自個兒送到她面前。迎夏左手捧著錢袋，右手拽子秋的衣袖。「子秋姊，今兒真是好日子！」

沒有回應，迎夏疑惑地側頭，順著子秋的目光看到站在莊子門口的齊眉。

齊眉的臉色帶了丁點兒的紅潤，嘴微微張著，看著劉媽媽離去的方向。無論如何，誰的心都是肉長的，照顧了她這麼長時間，又錯把她當成阿南來疼愛過，劉媽媽已經狠不下心對她不好。

半晌，齊眉的嘴唇微微上揚，成了一個好看的笑容。

第五章

午飯的時候，齊眉把迎夏和子秋都叫進裡屋，迎夏顯然很迷茫，子秋與她低聲解釋了。只不過她沒說得太具體，只因齊眉也沒與她說得多清楚。

粗略地和迎夏說了一番，小丫頭好像壓根兒沒明白，子秋求助地看向齊眉。

齊眉笑了笑，道：「妳們倆都是與我一起長大的人……」

還未說完，迎夏就急急地打斷。「不不不，小姐是主，奴婢們是僕，不可相提並論。」

「傻丫頭。」齊眉點了下迎夏的額頭。「主僕有別，可我不曾當妳們是僕，在這個莊子裡，我無論是以前還是現在，都當妳們是妹妹一般。」

「小姐，奴婢和迎夏都明白。」子秋沈聲道。

她能預感到，今兒大概是要出點什麼事兒，雖然五小姐斷奶後就不曾離開過這個莊子，七歲了也不知曉外邊的天是何模樣。但子秋感覺得到，五小姐這幾個月來變化十分的大。

「只要是小姐需要，奴婢和迎夏粉身碎骨也不怕。」子秋是粗使丫鬟，又才十歲的年紀，說起話來卻豪氣干雲，拉著迎夏一起跪下。

齊眉看著跪在面前的兩個丫頭，手指在桌上一下下地敲著，半晌才道：「既妳們心甘情願跟隨，那以後也繼續好好的陪在我身邊。」

「是，小姐。」子秋先答了話，右手扯了下迎夏的衣袖，迎夏才緩過神，急急地點頭。

齊眉深吸口氣，桌上的飯菜她還沒有動過一口，接下來要打的是大仗，一步步的給自己算好前進的路和可以退後的路，連劉媽媽的識破也是在她計劃之中，她並不想再裝成另一個人，而她看劉媽媽今兒的樣子，已經有點兒鬆動，對她應是有些理解為什麼她要這麼做了。不過這還不夠，只是時間也來不及了……

齊眉站到窗前，窗外已經不再是四、五月間盛開的月季花，她手裡捏著半邊玉珮，緩緩地睜開眼。「子秋，去吧。」

「是！」子秋連著磕頭，和迎夏一起退了出去。

待到裡屋只剩她一個人，齊眉又坐回桌旁，好在桌上的飯菜還未涼透，而且今兒的菜色是從未有過的好。

「小姐今兒食慾可真是好。」梨棠進來收拾的時候嚇了一跳，平時齊眉因為身子差所以食慾也相當差，每次都跟吃雞食似的，但今兒個卻生生地吃掉了兩碗白飯，桌上的兩碟菜也都各被消滅一半。

齊眉笑了笑，道：「今兒是除夕，所以想著要多吃點兒，讓身體好些，趁著好兆頭說不準明年身子都會一直好起來。這樣興許我能被接回府裡，日日陪伴在母親身邊。」

梨棠沒有答話，但收拾碗碟的動作一頓。

齊眉卻好似什麼都不在意的幫忙收拾起來，梨棠按住齊眉的手。「小姐，奴婢來就好。」

「為何？梨棠不喜歡我了嗎？」齊眉說著眼眶就紅了一圈。

梨棠抿著唇，哄著齊眉坐回床榻上。「奴婢是奴婢，小姐莫要總是亂了主僕關係。」

「那梨棠就是不喜歡我了。」齊眉說話已經帶上哭腔。

說起來，身子差勁的人總能天生給人一種柔弱的感覺，而齊眉也本就給人如此的感覺，眼眶酸紅的樣子讓本來就心底存了事的梨棠心裡一疼。

不該啊，五小姐還這麼小……

「若是不做，小心妳的家人。」這話一自動入到腦裡，梨棠又立馬硬起了心腸，沒有答齊眉的話，只給她蓋好被褥便匆匆而去。

空落的裡屋，再次只剩齊眉一個人。

梨棠把碗碟送到廚房裡，劉媽媽也站在那兒忙碌，看著梨棠過來，卻放下手裡的活。「不用打掃了吧。」

梨棠正色地道：「咱們是奴婢，盡職盡責才是本分。」

「盡職盡責？我們要做的事兒是傷天害理！」劉媽媽有些激動，她腦裡突然閃過齊眉的身影，小姐那般小，和她的阿南一樣的年紀。

梨棠語塞。

半晌，又道：「今兒個特意給小姐燒了兩個她最愛的菜，這就是咱們的盡職盡責，劉媽媽，妳說是不是？」

劉媽媽卻是不答話，背著身子不知道在想什麼。

門外一直有個小小的身影，聽著兩人的對話，在劉媽媽沈默下來後，那身影的主人好像也陷入了沈思，或者是太入神的緣故，冷不丁地踢到了邊上的瓦罐。

「誰？」梨棠追了出去，外邊卻一個人都沒有。

劉媽媽站出來，兩人對視了一眼，都心照不宣的往裡屋走去。

若是小姐早發現了，那她們就只好把一切都戳破，把裡屋的門先鎖上。

一步一步地走到裡屋門口，劉媽媽深吸了一口氣，嘩地一下打開門。

齊眉正靠在床榻，臉色一如既往的蒼白，聽著門口的響動，緩緩地睜開眼。「劉媽媽、梨棠，是有什麼事嗎？」

「是不是母親來了！」齊眉好像精神忽地好了起來，下床、換鞋，動作一氣呵成。

「不是的，小姐，您繼續歇息吧。」劉媽媽慢慢地道。

快步走來的齊眉僵住了身子，十分失落地低下頭。

「小姐，今兒是除夕，到了申時媽媽和梨棠會出去採購些東西，晚上做一頓好好的飯菜，子秋和迎夏不知道去了哪兒，等回來老奴定是好好教訓，小姐先一個人好好地待在屋裡。」劉媽媽語氣是從未有過的輕柔。

齊眉沒有答話，只是低著頭玩起了手指頭。

「老奴知道小姐不喜歡紅薯糕，以後小姐再也不用吃紅薯糕了，還會去到一個很多人陪的地方，小姐不會再孤單了。」劉媽媽說著說著，聲音低了下去。

「真的？」齊眉揚起頭，看著劉媽媽，眼裡充滿了喜悅。

「比珍珠還要真。」梨棠說著幫齊眉把被褥蓋好。

「太好了！」齊眉高興地拍手，連眼角都是笑意。

快到申時了，本來乖乖歇息的齊眉忽地睜開眼，外邊一直有悄悄默默的聲音，她都當沒有聽見。

剛重生回來，她一直以為劉媽媽和梨棠是沒有感情的人，可才發覺她們倆並不是鐵石心腸，梨棠前世說得沒錯，她們是聽命於人，身不由己。

裡屋的門口放著個長案，上邊擺著好幾碟糕點，還有一個大紅燈籠，齊眉記得，這是府裡的小廝今兒個來的時候一併帶來的，說是大太太給她親手挑選的紅燈籠。

確認了一番，莊子裡現下只剩她一人。

待到晚些時候，夕陽西下，夜幕也即將降臨。

齊眉有些緊張起來，搬了個小方凳，把大紅燈籠掛到門口，而後跳下方凳，仰頭看著散出喜慶紅光的門。

陶家此時應該是喜慶萬分，她是陶大太太所出，同母有一個大哥，陶齊勇，二姊姊齊英，而二姨太所出的陶蕊則是八妹妹，也不知現在的他們可有想起自己。

無論哪兒都染上了這樣的喜氣，可即使她所住的院子裡，前世今生都掛上了大紅燈籠，與外頭的喜慶之色沒有區別，她心裡依舊有些不是滋味，因為太孤單了。

齊眉伸手撥著燈籠上墜下的流蘇，紅紅的光映照在她周身，臉龐也被染上了喜色一般。

算算時辰，也差不多了。

一陣冷風吹來，本就柔弱的身子一下子哆嗦起來。

齊眉下意識的想生火，又被這個想法給整得愣住，因為前世的她在此刻也是想著要生火……此時門口匆匆忙忙跑進來一個人。

竟然是迎夏。

「妳怎的回來了？」齊眉也不拐彎，直接問道。

迎夏先四處看了一陣，才跑回門前。「小姐，劉媽媽和梨棠呢？」

「出去採購東西去了。」齊眉輕聲答道。

「小姐冷不冷？奴婢給您生火吧？」迎夏說著準備去後院拿枯樹枝。

「不要！」齊眉喝住了她。

迎夏不明所以地看著忽然激動起來的五小姐。

意識到自己失態，齊眉換了語氣。「我不冷的。」

「可小姐的手都凍僵了。」迎夏說的是實話，十二月底，正是寒冷的季節，看著穿著厚襖子卻明顯抵禦不了太多冷風的五小姐，迎夏心裡有些酸。

若是五小姐不是身子這般差的話，此刻定是在陶府和親人們開開心心的過著除夕夜。現下卻是在這樣冷清無比的莊子裡，身邊還只有她一個丫鬟陪著。

「那奴婢進去給小姐拿件外衣，或者扶小姐回裡屋去？外邊畢竟凍。」迎夏關心的道。

齊眉岔開了話題，認真地問道：「為何妳會一個人回來？子秋呢？」

「回小姐，本來奴婢是和子秋姊姊一起去陶府，路上的時候子秋姊也與奴婢說了，是送小姐的繡圖給大太太做過年的心意，但奴婢們在後門就被攔住了，守衛不允我們進去。」

齊眉一聽著急起來，還未開口就咳嗽了半天，緩過來後便急急地道：「我不是說了，若是後門不成的話，可以去城門找大哥的嗎？大哥這個時段定是陪著爹在城門巡邏的！」

說得急了，齊眉手緊緊地握著迎夏的肩膀。

迎夏不知道五小姐的著急從何而來，但還是趕忙答道：「小姐別慌，子秋姊本來是準備和奴婢趕去城門的，但又遇上了八小姐，她看到包好的繡圖就說要拿來玩兒，奴婢們著急又不知道如何是好，好在有二小姐來解圍。」

齊英？齊眉心裡一陣緊縮，又是齊英！

完了，齊眉癱在地上，心慌意亂得不知如何是好。

迎夏卻不知道齊眉這些舉動的緣由，看著瑟瑟發抖的她，又不願意進裡屋，便自作主張生起了火。

邊生火邊補充道：「之後子秋姊說要找大太太，二小姐說大太太在前堂打理，過不來，子秋姊又說找大少爺，可二小姐說大少爺在城門和大老爺巡邏著，讓子秋姊和奴婢在她屋外等著，但是子秋姊好似很焦急的樣子，接著又讓奴婢先回來陪小姐，怕小姐一個人太孤單。」

在齊眉反應過來後，火已經生了起來，閃著希望的光。

紅紅的火苗和門口的大紅燈籠互相輝映，門前這處顯得尤為亮堂，又有種說不出來的詭異。

齊眉緊緊地盯著火苗，嘴唇抿得緊緊的。

和前世，一模一樣的場景在她面前呈現。

她該如何是好？

前世的她不知道即將發生的事，而今生的她明明知曉，卻怎麼還是無力回天？

「奴婢離開的時候，隱約聽到有小廝來報說大老爺和大少爺回來了。」

這句話讓齊眉燃起了希望，但她還是覺得冷，呆呆地蹲在柴火邊，縱使柴火熊熊燃起，她卻覺得愈來愈冷。

齊眉忽地想起了什麼，猛地抬頭。「迎夏，妳去看看院門！」

迎夏幾步走到門口，一會兒後慌亂的轉身。「小姐，院門被鎖住了！」

齊眉緩緩站起身，果然，馬上就要來了。

「小姐小姐……」迎夏只比齊眉大一歲罷了，還是小娃子的心性，遇著這樣的事早就沒了主意，說起話來聲音都是抖的，逞強的聲音很明顯。「小姐先別慌，奴婢去倒杯水給小姐！」

前世的時候，這年的除夕夜，劉媽媽和梨棠歡歡喜喜的丟下她去城裡看熱鬧，子秋之前就被打死了，只剩下迎夏陪著她。

兩個小女娃就那樣一起湊在好不容易燒起的小火堆前，伸手烤著火。齊眉說口渴了，迎夏忙去給她倒水來，結果就在這一會兒，忽然衝進來幾個凶神惡煞的大漢，看著齊眉蹲在地上烤火，眼睛瞪得大大的看著他們，不由分說地就把她抱走。

其實齊眉第二日就被救回了陶府，也並沒有發生什麼，但卻因此改變了她的一生，被擄走的事莫名地傳了出去，她的名聲盡毀。

今生，她盡力去改變一切能改變的東西，到了災難要到眼前的時候，愕然發現還是和前世一模一樣。

劉媽媽和梨棠藉故離開，她和迎夏一起生火，現在迎夏走到廚房去倒水給她喝。

齊眉握緊了拳頭，走過去狠命拉著院門，鎖得嚴嚴實實。

夜幕上空的月亮被雲掩起來一大半，天越發顯得黑漆漆的。

門口的燈籠照著齊眉，紅紅的顯得有些滲人（注）。

「小姐……」迎夏把茶盞端到齊眉面前，手有些顫抖，她雖然大大咧咧，但也知道這樣的氣氛太不尋常。

往年的除夕夜，劉媽媽和梨棠都會在莊子裡的，不會像今年這樣，到現在都沒出現。

腦子裡閃過昨晚無意間看到劉媽媽在莊子外和人交談的景象，深夜視線模糊，但迎夏卻印象很深。只不過她沒當回事，所以誰都沒說，是不是她的無心忽略而錯過了什麼東西？

本來一直低著頭的齊眉深吸一口氣，反反覆覆回想前世給她極深印象的經歷，她不信。

她是陶府的五小姐，陶齊眉。幸福是要抓到自己手上的，走到了這一步，她不會再消沈，只要事情還未發生，一切就有挽回的機會。

一些細微的地方在齊眉腦子裡成型，終是靈光一閃。

注：滲人，使人害怕的樣子。

齊眉毫不猶豫地拉著迎夏飛奔回裡屋。

門被砰地一聲關上鎖好。

與此同時，院門傳來一陣極大的響聲，幾個沈重的步伐一下子湧進來。

四處搜羅的聲音，外邊好似有人十分粗魯地在找尋什麼，嘈雜的聲音充斥了裡屋兩個小女娃的耳朵。

「小姐……」迎夏嚇得瑟瑟發抖。

「住口。」齊眉冷著臉，拳頭攥緊掌心的半邊玉珮。「不會有事的。」

到了這個地步，如果她剛剛的猜測沒有錯的話……

門口漢子粗魯的聲音傳來，齊眉把身子緊緊地貼著床榻，握緊手裡的東西。以前過得再苦再窩囊她都只是唯唯諾諾的認命，而現在，她只知道「我命由我不由天」！

「門是鎖著的！」是個粗漢的聲。

「管他的，踢開不就得了，就一女娃子。」這個聲兒剛落，裡屋的門就被踢得哐噹一聲巨響。

脆弱的木門禁不住一腳，立刻大敞著。

齊眉趴在床榻下，看著幾雙腳在面前來來往往，男人們粗獷的聲音一直不耐煩地說著。

「那女娃叫啥名兒？」

「齊眉，陶齊眉，抓了她就成。」

迎夏聽得渾身一震，側頭瞥了一眼齊眉，對方卻只是抿著唇，手緊緊地貼著地面，眼神裡透出她從未見過的寒光。

「還剩床底了，肯定躲在床下了吧。」粗獷男子的聲音響起，齊眉握緊了手裡的東西。

在她還未反應過來的時候，突然迎夏猛地旋身滾了出去。

齊眉本能地伸手，迎夏的裙角從她手裡滑過。

「喲！自己出來了？」漢子一的聲音又響起。

「你們、你們是什麼人？」迎夏的聲音帶著無法克制的顫抖。

「陶齊眉陶小姐？」

「是……」迎夏逞強一般的聲音落入齊眉的耳裡，但是離床榻遠了些。

床榻外傳來一陣叮噹哐啷的聲音，而後就聽見漢子的怒吼。「抓住她！別讓她跑了！」

外邊又是一陣騷動。

齊眉一直一動不動的待在床榻下，在外邊的聲響消失後，齊眉沒有猶豫地爬了出來。

她站直身子面對著眼前的人，三個穿著粗布麻衣的彪形大漢就站在她面前，有一個最高的男子顯然是為首的。

她想得沒錯，這幾個人並沒有離開，他們只是做出個假象想等真正的陶齊眉出來。

「我說了她不是陶齊眉吧，我見過畫像的，陶齊眉是月牙兒眼，這娃就一小眼睛。」漢子二有些得意，迎夏正被他抓著，不停地掙扎。「小姐妳快跑啊！」

為首的男子看了眼齊眉，看她如此鎮定，倒像是知道他們設計假裝離開一般。

齊眉看著三人，眼神裡是從未有過的鎮定，閃著和年齡不符的寒光，只有微微的喘氣聲能暴露點兒她的緊張。

「五小姐倒是個聰明的，跟我們走吧。」為首的男子大步邁過來要抓齊眉。

齊眉以迅雷不及掩耳之勢拿出了一直藏在袖管裡的匕首，正指著男子。

為首的男子停住了腳步，而後輕蔑地一笑。「五小姐不會以為單憑這把匕首就能傷到在下分毫吧？」

其餘的兩個漢子也一臉的好笑，被抓住的迎夏顧不得手臂疼痛，還是一味的掙扎，看到身在危險中的五小姐，心急卻只能哭。

齊眉下一步卻是把匕首對準自己的脖頸，聲音比外邊的天還要冷。「這把匕首不能傷你，但能傷我。」

明明是滿臉病態的樣子，周身卻散著和年齡不符的氣息。

三個男子面面相覷。

匕首錚亮無比，而且十分鋒利，齊眉一直把它放在枕頭下邊，為這一天的到來做最壞的準備。

冰涼的刀橫在自己脖子上，齊眉一眨不眨的看著距離自己一米不到的男子。

「你若敢進一步，我就立馬結果我自己。」齊眉說著索性把刀緊貼住自己的脖頸。

「小姐！」男子皺起眉頭，一下子沒了主意。

齊眉躲在床下的時候就想過了，這幾個男子功夫鐵定不高，前世有人對她說過，功夫高的人走起路來幾乎是無聲的，身上著的衣裳不說多精緻，但一定會是整整齊齊，而且必定會用武帶束住手腕和腳腕以便習武。

這三位走路的時候，靴子和地磨擦之間的蹬蹬聲，再加上身上著的粗布麻衣，至少可以肯定他們決計不是那種訓練有素的武者。

為首的男子叫她五小姐，那就不是臨時僱用的山野莽夫。

齊眉雖然腦裡千般念頭，但眼睛和手卻一刻都沒有鬆懈。

「小姐，別鬧著玩兒了，像妳這樣的矜貴人，哪裡能有自殺的勇氣？」漢子三冷笑一聲，上前幾步，無視齊眉便和為首男子商量起來。

為首男子頓了下，從腰後抽出一把刀，對準迎夏。「小姐，這死丫頭是妳的心腹吧？若不想見她死，那……」

「啊！」尖叫的是迎夏，但不是因為疼痛。

男子話還未說完，齊眉握著刀柄的手便使了力，幾乎是同時，刀刃上流出一絲絲血跡。

齊眉只是緊蹙眉頭，一聲不吭。

為首的男子一步都靠近不了，剛剛見血讓他有些心驚，這個五小姐是來真的。

齊眉緊握著刀柄，外邊的月亮已經悄悄地冒出了一角。

月光順著窗戶灑入屋內，正好照在窗旁站著的齊眉身上。

一臉病弱姿態的女娃，幾分枯燥的青絲垂落到腰間，不畏恐懼的手握刀柄，對準的卻是自己的脖頸。

陶齊勇闖進來的時候見到的就是這一幕。

一眨眼的工夫，在三個男子還未反應過來的時候，局勢就已經完全逆轉。

被狠狠捉住的人變成了他們三個，迎夏看清了局勢，身上的傷痛一下就忘光，狠狠地踩了剛剛捉住她還打她的男子幾腳。「讓你打我！」

「大哥……」齊眉撐到了營救的這一刻，所有的堅強都在這一瞬崩塌，陶齊勇眼疾手快地抱住了因為站不穩而差點摔倒的齊眉。

「五妹妹，大哥來了。」陶齊勇緊緊地摟著齊眉，脖頸處的血分外扎眼，陶齊勇看著齊眉蒼白的唇一張一合。

「求大哥帶齊眉回家……」說完，齊眉終是撐不住，閉上了眼。

「大少爺，這三個人怎麼辦？」隨行的侍從問道。

「留活口，我要帶回去嚴審。」陶齊勇劍眉緊攏，拳頭握得死緊。

一個女子的聲音模模糊糊在齊眉耳邊盤旋——

「那這個丫鬟呢？」

「一併帶回陶府。」陶齊勇說了這句後便沒再囉嗦，抱著齊眉瘦小的身子走出門，一個跨步上了馬。

馬鞭狠狠地一抽，駿馬就揚長而去。

齊眉此時才完全撐不住地墮入了黑暗。

第六章

耳邊不停傳來人的腳步聲、交談聲，但都是刻意放輕和壓低的。

齊眉意識模糊，一點力氣都沒有，只能任由人把她扶起來，抱在懷裡，一陣熟悉的香氣縈繞在鼻息間。

一股濃濃的藥味由遠而近，撲在齊眉的鼻尖，耳邊一直有喃喃的聲音，很溫柔地說：「齊眉乖，昏睡了一晚，現在得喝藥了。」

齊眉皺起眉想搖頭，脖頸處同時傳來疼痛的感覺，好像有一排小小的針在扎著她，但她卻隱隱地覺得舒心起來。

耳邊是母親的聲音，身下的床榻上盡是柔軟絲滑的觸感，是小莊子那個裡屋從不會有的好被褥。

她真的回來了，回到陶府了……

完好無損地回來了，名聲不會被破壞了，她是被陶齊勇親手救回來的，之前一直努力的拖延時間，她知道大哥若是得了消息一定會趕過來。

經過前世，齊眉很清楚陶五小姐病重到氣若游絲這樣的消息傳到陶府，會心疼、會在意的人，除了大太太以外，還有她的親大哥齊勇。

齊眉的眼角滑下淚，屋裡的奴僕都不明所以，面面相覷。

「齊眉，沒事了，別哭。」摟著她溫柔餵藥的大太太心裡一陣酸楚。

「是啊，大太太，還好大少爺及時趕到把五小姐救下來，不然真被那三人擄去，後果可不堪設想，說不準連名節……」

「閉嘴。」齊眉拚盡了力氣睜開眼，費力但又清晰地吐出這兩個字。

眼睛直視剛剛說話的那個膽大丫鬟，竟然是大太太身邊的一等丫鬟，新梅。

「醒了，好孩子總算是醒了。」大太太沒有在意這些，看到醒轉的齊眉，還精神不錯地教訓人，心裡瞬間高興起來。

都怪她昨日忙得過頭，若不是齊勇得了消息趕過去，只怕現下的齊眉就真如新梅所說，被擄走了，即使救回來，即使完好無損，名聲也……

身子已經這樣羸弱，再落得個被人擄走過的下場，齊眉以後的日子根本就是步履維艱。

齊眉不知道大太太心中所想，但她的前世確實是這樣的過程，身子羸弱，又被人擄走，她不知道陶家有沒有焦急地派人尋找，反正隔了一日後，找到她的人是陶齊勇，把她帶回家，除了大太太和大哥，沒有人關注她有否受傷，沒有人關注她年紀還這般小，能不能承受這樣的經歷。

陶府之人所在意的，只是把五小姐被擄走過的事情瞞下來，好事不出門壞事傳千里，即使陶老太太和老太爺都特別囑咐過，擄走的事卻還是傳了出去。

思及此，齊眉都不想回憶以前的生活，若不是身子和名聲，陶府嫡五小姐又怎麼會嫁給一個傻子？

剛剛醒過來，腦子又千般事在翻轉，齊眉有些不堪負荷地挪了下身子，伸手觸及脖頸處的繃帶，纏得細細密密。

大太太看著她的模樣，心疼地道：「大夫來瞧過了，只是劃傷，還好妳大哥去得及時，傷口也沒有發炎。」

新梅笑著道：「大太太，小姐現下需要歇息，昨兒個太匆忙，小姐回來的事都未稟報老太太的。」

「嗯，妳先去知會一聲，我再陪著齊眉坐會兒。」大太太說著接過一旁丫鬟遞來的絹帕，在齊眉額上擦著滲出的汗珠。

「大太太，門外有人吵吵嚷嚷的。」進來的是新蘭，新蘭和新梅是大太太身邊的一等丫鬟，都是容貌清秀做事又妥當的人。

「何人？」大太太皺眉問道。

新蘭擺擺手。「就一個老婆子和一個丫鬟，說是五小姐身邊近身照顧的，那個叫劉媽媽的說小姐出了事。」

大太太頓了一下，看著好端端躺在床榻上的齊眉。半晌才道：「把她們叫進來，我也正有事要問。」聲音比和齊眉說話的時候嚴厲了幾分。

「二姨太到。」門口報信的小廝扯著嗓子喊。

話音剛落，二姨太就走了進來，身邊一左一右的丫鬟攙扶著，一身翠紋織錦羽緞斗篷把她姣好的身段遮了個嚴實，髮鬢間插著的金鑲玉步搖刺眼得緊。

「姊姊，大事不好了！」二姨太聲音很是嬌媚，連說起著急的話來也別有一番韻味，和大太太平時的溫聲細語形成鮮明對比。

「何事？」大太太透著錦繡百花紫木屏風，看到二姨太急急地走過來。

「剛妹妹聽說平素照顧齊眉的劉媽媽和梨棠都來了，說是齊眉被擄走了一晚上了呢！」

二姨太說著越過屏風，一雙鳳眸閃著光，眉頭皺成個川字，整個人顯得無比焦急。

說著二姨太把翠紋織錦羽緞斗篷脫下，一邊的丫鬟立馬接過去掛好。

「姊姊您怎麼一點兒都不急呀！」二姨太焦急地走上前一步，大太太背後的床榻上拱起一團，好似躺了個什麼人。

二姨太眼珠兒一轉，莫不是齊英昨兒個受風寒還挺嚴重的？

「二姨娘。」女娃探出頭，烏黑的眸子看著她。「齊眉在這兒。」說著歪頭一笑。

「妳……」二姨太顯然是絲毫沒想到齊眉會躺在大太太的屋裡，一眨眼的工夫，二姨太便笑了起來，連連拍手。「真是，瞧我這瞎操心的，怎麼會信兩個奴僕的話呢？齊眉可是好端端的在姊姊屋裡呢！」

「昨兒個齊眉身子不好，我便讓齊勇去把她接了回來。」大太太柔著聲音，一臉的平靜。

「哎呀！壞了，這可如何是好？」二姨太似是想起了什麼，慌亂地捂住嘴。

大太太剛要答話，手臂卻被隻瘦巴巴的小手拉住。

「姨娘是不是告訴祖母了？」齊眉笑著接話。「祖母定是會很著急的。」

二姨太一頓，而後對上大太太的眼。「姊姊可別誤會，這麼大的事定是要告知母親的，姊姊也知道，母親素來就聽妹妹念叨這些。」

說著走到齊眉面前，撫著她的青絲。「嗐，我這還不是擔心這個可憐的孩子嗎？現在沒事兒了就好。不過那兩個奴僕說是被賊人擄走的，這事兒可不能小看，她們肯定不是自己造謠，幕後一定有人撐著。姊姊，這事兒可不能隨便就過去了。」

「我不可憐，一點都不可憐。」齊眉不著痕跡地避開，又笑著道：「知道的人多了可以想辦法，那只告訴祖母可怎麼行。」

齊眉搖著大太太的手臂。「母親，姨娘都這麼說了，那倒不如把二叔、三叔家的也請過來，都告訴他們，然後把府裡的下人都召集起來如何？」

「瞧妳這孩子，我還擔心妳身子弱又有哮喘症，一定是病懨懨的模樣，卻不想還有心思打趣。」二姨太雖然說起話來還是眉飛色舞的，但多少有些尷尬的意味在裡邊。

胡亂又關心了幾句後，便匆匆地離開。

屋裡沒了二姨太，立馬就安靜下來了，大太太轉頭看著齊眉。「妳說話何時也調皮起來了。」

齊眉笑著吸吸鼻子，靠在母親懷裡。

二姨娘還是這般妖嬈又奪目，她擁有美豔的容貌，又是顏家正室所出的長女，自從嫁入陶家，過著的都是好日子。

顏家是做生意的，雖然士農工商，商為最低等，但顏家經營的是鹽生意，皇宮裡的鹽大多都是從他們家送的，也認識宮裡不少達官貴人。這時的陶府已不像之前那麼得勢，陶老爺當時娶這個姨太太進來，也是因為她的家底雄厚，幫助了陶府不少，因而二姨太在府中的地位不低。

又陪了會兒齊眉，老太太那邊傳話說讓大太太過去。

「老太太可有說別的什麼？」大太太問著過來傳話的丫鬟。

丫鬟搖搖頭。「回大太太，老太太只說了讓您過去。」

大太太點點頭，轉身又看著床榻上的女娃。

小小的一團瘦瘦巴巴的，睜大著眼看著她。

「新蘭，妳好好照看五小姐。」大太太低聲囑咐。

新蘭福身應下，站到床榻邊守著。

大太太本是住在東邊的園子，而老太太和老太爺住在北邊的大園子，但因她身子越來越差，老太太就索性讓下人們收拾收拾，讓大太太和大老爺搬去北邊的園子住下，只隔了一盞茶的路。

大太太是家裡掌事的，和老太太的園子離得近了後方便了許多，也免去了晨昏定省的奔波。

說起來，其實老太太也不是從沒關心過她，這不，一會兒的工夫便走到了老太太的園子。

門口的兩個小廝上前迎接，兩個丫鬟進去通報。

很快地丫鬟出來，把大太太迎進去。

大太太一邁進屋裡就察覺到氣氛不一般，新梅正跪在一旁，低著頭。而左右兩排椅子上坐著二姨太，還有二老爺、三老爺屋裡的夫人姨娘，雖然人這般多，但卻一點兒不顯得擁擠，又加上大年初一，人人身上的衣裳都是透著喜色的。至於陶老爺因巡邏去了，這會兒並不在；而陶老太爺則因為常年征戰落下了病根，身體不好，都在靜養，很少出來熱鬧。

老太太坐在正中的臥榻上，朱色夾金線繡百子榴花緞袍包裹住圓潤的身子，顯得尤為富態。雖然她年紀老邁，但卻依舊是一頭光溜溜的烏髮，梳成垂花髻，一縷髮絲都沒有落下，髮鬢間的金累絲嵌寶牡丹鬢釵、和手腕上戴著的金鑲玉嵌珠寶手鐲尤為扎眼。此時大丫鬟鶯翠和鶯柳一左一右的站在臥榻旁，幫老太太揉著前額兩側。而嚴媽媽正在給她斟茶，遞到臥榻邊，老太太卻是眼都不抬，手輕輕一揮，似是不耐的樣子。

「媳婦見過母親。」大太太心裡掂量了下，上前一步福禮。

老太太好似沒有聽見一般，低垂著眼，眉頭微蹙。大太太又略抬高聲音，重複了一遍。

「回來了？」老太太這才聽到一般，抬眼看著大太太，見她額前微汗的模樣，眉頭蹙得更緊。

「是，母親……」大太太知曉老太太問的是齊眉，忙點頭。

「昨兒個除夕夜，今兒是大年初一，怎麼鬧出這樣的事呢？」老太太語氣頗為不耐。

「新年第一天都是要討個好彩頭，一家人才能順順當當，怪不得我今日一起身就渾身不舒服，幾年都不曾這樣了。」

大太太心裡一沈，老太太話裡意思很明顯，齊眉不在陶府的日子她就安生，齊眉昨兒一回來，她今兒一早就不舒服了。老太太這是把自己身子不適的緣由都算在了齊眉頭上。

「母親，齊眉她是昨日……」大太太想要解釋。

老太太手一揮，明顯不願聽她說這些，稍抿了口茶，才道：「罷了罷了，明日可不只御史大人一家要過來，阮府幾位也是要過來的，這是大事，妳可準備好了？」

「回母親，都安排妥當了。」大太太悄悄皺眉。

「那個孩子……」老太太說著皺起眉，看了眼身邊的嚴媽媽。

嚴媽媽俯身答道：「五小姐名喚齊眉。」

「對，等過幾日齊眉好些後就送回去吧。」老太太語氣平緩地道。

大太太神色黯然下來，她嫁入陶家幾十年從未反抗過什麼，即使她因為掌這麼大一個家，日夜勞累導致身子越來越差，她也未有半句怨言。

她從來都想著這是自己的本分，一切都是以長者為先，她首先是陶家的媳婦，再是幾個兒女的母親。所以縱使齊眉生下來後沒多久就被送走，縱使齊眉是半被逼著早斷奶，大太太也只能偷偷把自個兒關在屋裡哭，誰讓齊眉在陶府幾月，老太太就病幾月？

或者齊眉真的是命，陶府才剛把齊眉送去莊子，老太太的病就好了。

「母親……」大太太第一次張口就要反駁。

外邊卻一陣喧鬧，小姐小哥兒們歡歡喜喜地進來，都是陶府的少爺小姐們，在嚴媽媽的帶領下，老老實實站成一排在老太太面前，嫡孫齊勇帶著一眾弟妹，鞠躬給老太太拜年。

整齊的聲兒，喜慶的話，孫女孫子這樣一看，個個都乖巧可人，老太太一會兒便笑得合不攏嘴，讓嚴媽媽分了每個人一個小紅包。

「謝謝祖母。」說話的是陶蕊，笑得眼睛都瞇起來，小胖手連連作揖，聲音也奶聲奶氣的，把老太太逗得開心得合不攏嘴，招手讓陶蕊過來。

「瞧妳吃得這樣喲。」話是嫌陶蕊有些圓潤，但誰聽了都知道老太太的語氣盡是寵愛，說完還伸手把陶蕊抱到她懷裡坐著，一邊二姨太餘光瞥見了，和邊上二房的二姨太說起話來都花枝亂顫的。

陶家是三代忠臣，在朝中地位極重，陶老太爺的父親就是大將軍，而老太爺也不負眾望的繼承了其父大將軍的位置，陶大老爺為兵部尚書，而陶大少爺齊勇有時也會跟著大老爺視察，為明年開春武狀元的應試做準備。

陶家不僅在官場上亨通，子孫也是極旺的，二個少爺八個小姐，大太太出了大哥陶齊勇、二姊齊英和齊眉。而二姨太雖是只生了個小女兒陶蕊，卻得了最多的疼愛。雖然最大的齊勇也才十三歲的年紀，但一排看過去，個個都生得水靈。

「二姊姊呢？」陶蕊茫然地四處望著。

「妳二姊昨兒個受了涼，所以未能前來。」大太太答道。

老太太聽了臉上笑意收了幾分。「齊英也是昨兒個病了？真是不知道觸了哪門子的霉頭！有瞧大夫嗎？」

「大夫來瞧過了，說是齊英玩得有些開心了，夜裡風也凍得很，便受了涼。」

二姨太站起身，關切地道：「姊姊可要讓手下的丫鬟們仔細些，如今天冷地凍的，屋裡的暖爐要備著，炭火也得燒旺些，不然他們這群娃子可容易病了。」

陶蕊笑得酒窩深深地嵌在臉頰兩旁，又讓老太太看得歡喜，下一句卻讓屋裡的人都不由得噤聲。

「祖母，蕊兒聽說五姊姊也回來了，可這會兒怎麼不見人？莫不是和二姊姊一樣也受了涼？」

老太太本來歡喜的面色一沈，二姨太瞧著著急，忙給陶蕊使眼色示意她不要說，可奈何陶蕊才五、六歲的年紀，根本看不懂，反倒歪著頭說：「姨娘，您為何要眨眼兒？是不是進了沙子？」

二姨太氣得要跺腳，又不好說什麼。

這時候外邊的小廝來報。「二小姐、五小姐到。」

「二小姐、五小姐，請隨奴婢進去。」丫鬟帶著齊英和齊眉走了進去。

一邁進屋裡，齊眉就感覺到眾人的目光先是都落在齊英的身上。

在陶府大多數人的眼裡，陶齊眉並不是什麼嫡五小姐，她只是個帶來災難而被陶府遺棄的人而已，她的名字在這七年間都極少有人提起，乃至於老太太都能這般在眾人面前做出忘記她閨名的樣子。

齊眉低垂著頭，顯得十分怯懦的模樣，步子也邁得極緩，身上揹著的包裹被她揪得緊緊的，而漸漸地她能感覺到，那些人的目光都落在了她的身上，耳邊開始傳來竊竊私語的聲音。

齊英走了幾步，才發現身後落得有些遠的齊眉，皺起眉頭走過去拉住她的手，一併走到了老太太面前。

齊英一身流花翠桃黏錦緞裙袍，臉上盡是淡漠，而齊眉身著明顯大了一些的木子青花繡緞裙，一件鏡花菱斗篷披身，即使進了暖和的屋子裡也不曾脫下，一直低著頭，連樣貌都瞧不清楚，雙丫髻倒是梳得妥妥貼貼，一支桃粉珠釵恰到好處地綴在髮鬢間，讓她整個人的色彩看上去少了幾分單調。

老太太只是瞥了齊英一眼，目光從齊眉身上掠過，一刻都不曾停留。而後便轉頭和嚴媽媽說起話來，好似面前這兩個女娃不是她的孫女而是什麼丫鬟一般。老太太不喜歡大太太的性格，而且大太太幫不上陶家的忙，還生下了齊眉這個給家帶來霉運的人，而二小姐向來不會說嘴甜的話，性格也很冷，更不討老太太喜歡。

屋裡坐在兩側的人們也神態各異，齊眉才剛回府，雖然人收拾得算是妥當，但此舉到底是莽莽撞撞，這樣就來拜年。眾人都估摸著她大概什麼規矩都不懂。人嘛，都有看熱鬧的心，個個一臉看好戲的模樣是再明顯不過。

大太太急得不知道該如何是好，老太太剛剛才表明說要把齊眉送回去，齊眉竟是自己過來了，齊英也是，明明說了身子受涼不來了，還帶著齊眉一塊兒來鬧，這可該如何收場？

大太太甚至都想到一會兒老太太盛怒的模樣，說不準會直接把齊眉送回莊子裡去。

「齊英（齊眉）給祖母拜年，祝祖母福如東海長流水，壽比南山不老松。」說著兩人動作整齊，一起跪下，齊眉更是認真無比。

齊英俯地一瞬後便照規矩起身，齊眉卻還伏地不起，頭磕到地板上，發出重重的「咚」聲。

老太太眉毛挑了一下，總算是正眼瞧了下齊眉。

「起來吧。」淡淡的聲音裡沒有一絲感情。

齊眉聽話的起身，低垂著頭站到一旁，連坐都不敢坐。

就這樣過去了一個時辰，前來拜年的人都走得七七八八，只剩下大房一家還在。

而齊眉也站了整整一個時辰，其間很偶爾地和陶蕊對上視線，她一直在等自己所確信的事情。

窩在老太太懷裡的陶蕊一直好奇地看著齊眉，這個五姊姊一直都極少聽人提起，有時候她問屋裡的媽媽或者丫鬟，她們都是大驚失色地捂著陶蕊的嘴說不可以提，小小年紀的陶蕊也自然而然的把齊眉想像成牛鬼蛇神的模樣，但今兒一見，只不過是個風一吹就要倒的小姊姊而已。而且看上去好可憐，祖母也不理。

陶蕊在老太太懷裡動來動去，老太太正在想著事兒，一沒留神，懷裡的圓滾滾就跌到了地上，周圍的侍婢驚呼起來，陶蕊卻立馬自個兒爬起來，直直地走到齊眉身邊。

「小姊姊，五姊姊……」奶聲奶氣地喚著齊眉，陶蕊仰著頭，睜著圓溜溜的眼兒仔仔細細地盯著齊眉看。
其實五姊姊長得還挺清秀的，和她年紀也差不了多少的樣子，尤其這瘦瘦巴巴的身子，陶蕊站在她身邊都只比她矮一點兒。
「蕊兒快過來。」二姨太餘光瞥見老太太面色不好，忙拉過陶蕊。
「不過來，蕊兒從未見過五姊姊，今兒好不容易見了，剛剛祖母說的，等姊姊身子好了就送她回去，那蕊兒豈不是又見不到了？」都說童言無忌，倒是一點都沒錯，陶蕊是原原本本的把老太太剛剛說的話複述了出來。
齊眉一直一動不動，由著陶蕊纏著她。如她預料，同前世一般，陶蕊一見著她就對她起了好奇的心思，老太太這般疼惜陶蕊，斷不會在陶蕊面前說她什麼。
「八妹妹。」齊眉知道陶蕊喜歡看她笑起來的樣子，衝她微微一笑。
見齊眉從進來後除了和祖母拜年以外再沒說過話，這會兒卻笑著叫她八妹妹，陶蕊心裡樂開了花，也覺得好玩起來。
「祖母，蕊兒想和五姊姊一起坐。」陶蕊拉著齊眉的手，衝老太太撒起嬌來。
老太太面色閃過一絲不悅的神色，也沒有再多說什麼，倒是揮揮手，道：「齊眉，坐下吧。」
「是，謝祖母。」齊眉的聲音和大太太的很像，都是細細柔柔的，聽著很難讓人起什麼不悅的表情。
屋裡只剩下大房的人，大太太便跟老太太報備明兒擺宴的具體事宜，老太太聽得滿意，時不時點點頭。

末了，大太太總算鼓起勇氣。「母親，請讓齊眉留在府裡吧。」

老太太搖搖頭。

齊眉的臉一下子白了。

「五姊姊是不是身子不舒服？」陶蕊立馬發現了她的不對勁，一臉關切地問道。

齊眉擺擺手，低垂下頭。

「身子不舒坦的話，就得老老實實的回莊子靜養，陶府人丁眾多，來來去去的太過喧鬧，不適合妳養病。」老太太聲音緩和了些。

其實這麼看這個齊眉倒是個乖巧得過分的孩子，身上沒有一點高官小姐的傲氣或者驕氣，雖然性格太過唯唯諾諾讓老太太很是不滿，但她待在這屋裡快半天了，倒也不是想像中那般難以忍受。

「是呢，這幾日又是大過年的，前來拜訪的人可不會少，齊眉需要靜養，在府裡也不會舒坦。」二姨太也是關切地點頭道。

齊眉緩緩地站起身，一步步走到老太太跟前，撲通一聲跪下。

包裹從身上解下，呈遞到老太太面前，齊眉仍是低著頭，從開始進來到現在，除了陶蕊外，都沒人瞧清過齊眉的臉。「祖母，這個是齊眉的小小心意。」

嚴媽媽接了過去，遞給老太太，此時齊眉也微微仰頭，目光落在老太太的錦鞋處。

老太太順眼看了下齊眉，看見送上來的東西，立刻驚得倒吸了口氣。

第七章

看著老太太臉上一陣白一陣青的臉色，大太太和二姨太忙走了過來，看到包裹裡的東西都倒抽了一口冷氣，誰都沒有想到，包得精緻的絹帕打開，竟然會是一把普普通通的匕首。

大太太萬般不解，但還是立馬反應過來，伸手打了下齊眉的腦袋，十分嚴厲地斥責。「妳這個混帳孩子！」然後在齊眉身旁撲通一聲跪下，又急急地道：「母親，齊眉這娃子自小在莊子裡長大，好多規矩都不懂，她定是沒有惡意的。」

大太太邊說腦子裡邊飛速的轉著，她想不通這個女兒為何要這樣做，本來她還想著可以把齊眉先留幾日，再和大老爺一起看看能否說服老太太把齊眉留下，這下可好，瞧老太太的臉色就知道要出事兒了。

「齊眉，妳這是什麼意思？大年初一送給老太太的禮竟然是一把匕首？這是大大的不敬，妳知曉嗎！」二姨太瞥了眼老太太，而後皺著眉頭狠狠地數落起來。「妳這是在暗示什麼？雖然妳年紀小，但總不會連這種淺顯的道理都不懂吧？送禮都是送心意，妳送的這是哪門子心意？」

話音剛落，一旁的陶蕊好奇地過來看，一見著閃著寒光的匕首，嚇得哇哇大哭，二姨太心疼地抱起她，哄道：「蕊兒乖，不哭，沒什麼好怕的，這個匕首傷不到妳。」說著二姨太瞪了眼一直低垂著頭的齊眉。

「這份禮，心意在何處？」老太太緩緩地開口，聲音平淡得聽不出任何情緒，但單單看她的面色，就知曉她是在盡力壓著火，若不是怕再次嚇著陶蕊，她也不會這般克制情緒。

齊眉這時候才仰起頭，聲音極緩地道：「不知道要送怎樣的東西才能確切地表達齊眉對祖母尊敬的心意，不過齊眉想大概陪伴自己越久的東西就越珍貴，這把匕首齊眉一直放在枕頭下，在莊子裡住多久便陪伴了齊眉多久。昨日匕首還成功地保護了齊眉，所以齊眉想這把匕首不僅珍貴，而且還能帶來幸運。」

大太太訝異地看了眼齊眉，她明明住在與世無爭的莊子裡，卻要放把匕首在枕頭下……想著想著，大太太的眼眶就酸了。

老太太動了動唇，但還是什麼也沒說。

本就不歡喜這個孫女，對她的印象也是模模糊糊，甚至到名字也記不住的地步，今兒個可以說是第一次瞧見她長大了些的模樣，唯唯諾諾又膽小，這是老太太對齊眉的感覺。

這時候齊眉把一直披著的鏡花菱斗篷解下，脖頸處包紮的白布便呈現在眾人面前。

「脖子怎麼了？」老太太頭一次主動問齊眉話，雖然語氣還是平淡無奇，但臉色顯然已經沒有那麼嫌惡。

齊眉剛準備回答，卻冷不丁地開始咳嗽，咳得眼淚都要嗆出來了。

沒有人催她，齊眉自個兒努力的平復著氣息，暗暗地給自己打氣。「脖子是被齊眉自己劃傷的。」

齊勇站在後邊有些沈不住氣地想開口，那三個賊子現在讓他關在了柴房裡，就等著今日忙完，他便去問個究竟。

「祖母。」齊勇站了出來。

齊眉卻猛地回頭，用眼神示意齊勇噤聲，齊勇收住了腳，他懂齊眉的意思，齊眉要自己親口說。

老太太看著兄妹兩人一來一去，緊皺的眉頭鬆了點兒。

齊眉繼續道：「昨日莊子裡只有齊眉一個人，身子一直十分不適，才剛起身，裡屋就被一腳踹開，齊眉抽起枕下這把匕首，和想擄走自己的賊子對抗，所幸大哥及時趕到救下了齊眉。」

老太太用眼神詢問站在後邊的齊勇，齊勇重重地點頭。

「齊眉妳這樣也太冒險了，若是真的傷到自己的話，和被賊子擄去有何分別？」二姨太還不待老太太反應，便急忙斥責道。

齊眉側過頭，看著二姨太。「他們要的不是我的命，相反，他們正正是怕我沒了命。」

老太太眼神微微一動。

「哪有賊子遇到人反抗還不會要命的？」二姨太卻是不信。

「他們要的是毀我名節。」齊眉一字一句地道。

每個字都清晰地傳入大家的耳裡，大太太眼神一黯，心裡的酸楚再也控制不住地洶湧而出，情不自禁地抱住齊眉，讓她靠在自己懷裡，喃喃地念叨。「沒事了，齊眉，沒事了。」

顧不得現在是在老太太面前，大太太跪在地上緊緊地抱著齊眉，眼淚不自覺地流了滿臉，半會兒後回過神，大太太還是緊緊拉住齊眉的手，抬頭認真地道：「母親，媳婦就求您這一次，至少讓齊眉這幾日待在府裡，莊子周圍太危險，您瞧她小小的年紀，心裡承受了多大的壓力。」

老太太看著齊眉，對方也正直直地看著她，和羸弱的身體不同的是，齊眉的黑眸是一片澄淨堅毅，不染一絲雜質，老太太忽而想起了當年的自己，也是這樣被逼著在逆境中成長，承受著同齡人所不曾想過的傷痛。

「好。」老太太點點頭，而後起身，鶯柳和鶯翠一左一右的扶住她，裡屋的簾子一掀一落，老太太的身影便消失了。

嚴媽媽過去把大太太和齊眉扶起來。「大太太，小姐身子還是不好的，剛剛又跪了這麼久，讓老奴叫頂轎子過來如何？」

大太太點點頭，而後摟著齊眉又哭又笑，只因她心裡真的是又喜又悲，喜的是齊眉竟然有本事能讓老太太親自點頭答應留下；悲的是齊眉在莊子裡的遭遇。

她以前那般相信劉媽媽和梨棠，若她們真的照顧得當的話，齊眉斷不會如此。

從老太太的園子回去只有一會兒的路，很快地大太太便抱著齊眉下來，齊眉卻是不願，掙脫了大太太和她站在一起。「母親，齊眉不用您這樣腳不離地的護著，我並不是弱者。」知曉大太太是心疼她，齊眉的語調一直柔柔的。

嚴媽媽深深地看了眼齊眉，福身後，回了老太太的園子。

老太太所住的園子是老太爺給取的名兒——清雅園。

清雅園是陶府裡最大的園子，處於北邊最好的位置，放眼望去，園子外牆都是鬱鬱蔥蔥的，走進去一股清新的氣息撲鼻而來，如同園子的名字一樣，又清香又雅致。

「主子，老太爺剛剛醒了一次，又睡下了。」暖閣裡鶯翠正向老太太稟報著。

老太太點點頭，拿起了小銅鏡，鏡裡映照出她的面容，已經年老的富態臉龐上卻幾乎沒有皺紋，一對彎彎的眼眸正從鏡子裡看著她。

「老太爺的藥快煎好了，主子是親自去餵藥，還是讓奴婢來代勞？」鶯翠躬身問道。

老太太想了會兒，道：「我來吧，等藥煎好了知會我一聲。」

鶯翠福身應下，轉身走到暖閣門口，簾子剛好掀開，嚴媽媽走了進來。

老太太拿起案几上擺著的匕首，仔仔細細的端詳，雕刻著小小月季花的匕首套，內裡的匕首卻是鋒利無比。

嚴媽媽上前幾步，福身行禮。見老太太看得似是出神，便沒出聲打擾，退到一旁站著。

過了會兒，老太太放下匕首，抬了抬眼。

嚴媽媽立即會意地過來斟茶，茶是剛剛換過的，精緻的茶壺微微傾斜，茶水散著茶香一起倒入白瓷蓮花茶盞裡。

淡淡的煙霧氤氳了老太太的視線，緩緩地開口。「覺得她如何？」

嚴媽媽身子一頓，這個問題好答又不好答，好答是因為只是今兒和齊眉一見，嚴媽媽心裡便有了答案，不好答是因為揣摩不出老太太心裡所想要的答案。

「只管直說。」老太太一眼看穿嚴媽媽的猶疑，抿了口茶，茶盞放至一邊。

嚴媽媽欠了欠身子，還是拿捏著道：「五小姐年紀雖小，但思想已然比同齡人要成熟太多，身子確實是羸弱，實則內心堅毅。」說著嚴媽媽習慣性地瞇起眼。

老太太竟是一笑。「是不是覺得有我當年的模樣？」

說起來，嚴媽媽真真是伴在老太太身邊幾十載，老太太是如何一步步的走來，沒有人比嚴媽媽更清楚。不同於齊眉的是，老太太以前個性張揚又灑脫；相同的是，她與齊眉的內心都是比磐石還要堅毅。可即使是這樣長久的伴在其身邊，嚴媽媽也時常琢磨不透老太太心中所想。

「這個不好說。」嚴媽媽陪著笑。

老太太擺擺手。「妳心裡在想什麼，可是逃不過我的眼，妳這眼睛一瞇起啊，就一準是在想陳年舊事。」

嚴媽媽知曉此時不宜答話，便繼續乾乾的笑著，伸手又給老太太添了道茶。

這時候鶯翠走進來，告訴老太太藥已經煎好了，老太太抬起手，鶯翠便立即過來扶住她，鶯柳端著藥碗跟在後邊。

「千般散盡，往事如煙……」緩緩地走到門口，老太太悠悠地說了句。

「母親您先去忙吧，明日定是有許多事的，齊眉在暖閣裡待著可舒服了，不用擔心。」齊眉正靠在大太太平日睡的床榻上，笑得酒窩淺淺地印在臉頰旁，下一刻身子再次與她的話不同步，忽然地就咳嗽個不停。

大太太心疼地幫齊眉把引枕靠在她背後，讓她坐得再舒服點兒。「別逞強，現下可是到了自己家裡，需要什麼就直接說，哪兒不舒服了也直接說，新梅、新蘭會給妳請大夫來瞧。」

「齊眉只回來住幾日，已經是得了祖母的垂憐，若是還在這種繁忙的時候又是病又是請大夫的，齊眉自己都覺得過意不去。」

太過懂事的話讓大太太眼眶又紅了，她竟是從不知曉齊眉是這樣懂事的性子。她真不是個稱職的母親！

齊眉餘光瞥到新梅轉身出了屋子，眉毛挑了挑，這才拉住大太太。「母親，劉媽媽和梨棠現在在哪兒？」

大太太回過神，擦擦快要溢出的淚，哽著聲兒道：「妳還擔心那兩個奴才做甚，妳不用說母親都知曉，她們以前在莊子裡定是沒少欺負妳！」

「上次妳哭得厲害，母親只當妳是因為想念的緣故，現在一想……」大太太說著眼裡迸出恨惱的色彩。

齊眉把小手按在大太太手上，有些粗糙的小手摩挲著白皙嫩滑的大手，大太太一愣，繼而看著齊眉。

「齊眉……」大太太哽咽起來，齊眉真的是聰明得讓她有些無地自容。

是她太不仔細，若真是完完全全放在心尖上，怎麼會連女兒的手非比尋常的粗糙和枯瘦都能忽略。

相比尷尬起來的大太太，齊眉反倒是微微一笑。「母親，女兒從不會怪責任何一個人。從始至終，最感激的人是您。若是沒有母親，哪裡來的齊眉？母親並不是齊眉一個人的母親，但齊眉是母親一個人的女兒。」

大太太剛剛才忍回去的淚又啪嗒啪嗒的往下掉，一直悶不吭聲坐在一旁的齊英，有些彆扭的別過臉。

齊眉看了她一眼，又道：「說起來還要謝謝二姊借衣裳給妹妹穿，不然今兒即使有心去給祖母拜年，也沒法子穿著淺色的襖子過去。」

齊英轉過頭，衝她牽了牽嘴角，算是給了個笑容。

「劉媽媽和梨棠被關在後院的柴房裡，妳大哥找了幾個守衛在看著的。」大太太總算沒再掉淚，啞著聲兒道。

齊眉猛地起身，一時之間動作過大，又引得一陣難受之極的喘氣。「母親，齊眉現在要過去看她們。」

「妳急什麼？妳瞧妳動一下都喘成這個樣子，從這兒去到後院路可不遠，外邊又凍著，妳一點兒風都吹不得的。」大太太按住齊眉的肩膀，不許她下床。

齊眉著急得不行，劉媽媽和梨棠可以說是唯一在明處的線索，也因為是在明處，更給了暗處的敵人可以偷襲的機會。算一算，她們二人在柴房的時間大抵是兩個時辰的樣子，即使外邊有守衛，但暗處的人若是想做些什麼，只怕也足夠時間下手。

尤其罪責也十分好推脫，把兩人假扮成畏罪自盡的樣子即可，任誰都不會懷疑。

齊眉猜得不錯，還在和大太太爭著要出去的時候，外邊小廝來報，柴房內的兩個奴僕上吊自殺了。

「不，不是自殺。」齊眉喃喃地念叨，猛地望向小廝。「兩人都已經氣絕了？」

「回五小姐，梨棠是死了，但劉媽媽還沒，只不過也只有出的氣沒有進的氣了。」小廝說著搖搖頭。

齊眉緊緊地抓住大太太的胳膊。「母親，馬上帶我去柴房。」

大太太立馬猜出齊眉此舉肯定是因得劉媽媽知曉些什麼，便也不再耽擱，讓新蘭拿了斗篷過來給齊眉披上，叫來一輛馬車，急急地往後院駛去。

坐在馬車上，外邊的喧鬧聲時不時的隔著車簾傳進來，齊眉全不關心，只是來回搓著小手，眉頭緊鎖。

大太太撫了撫她的眉間。「齊眉，妳老實說給母親聽，是不是妳知曉些什麼事？」

齊眉搖搖頭，道：「只是覺得劉媽媽和梨棠這樣自盡有些震驚罷了，剛剛報信的人說劉媽媽還有一口氣，便想去看看，無論如何，這幾年照顧齊眉的人是她們二人。」

馬車停在了後院，大太太先下車，齊眉才被新蘭抱下馬車。

腳剛落地，齊眉就急急地往柴房趕去，柴房周邊聚集了一群奴僕，都在交頭接耳，齊眉擠進去，奴僕們卻不知她是誰，一個丫鬟上下打量著齊眉，皺眉斥責道：「哪裡來的丫頭這麼不懂事，柴房裡發生了事兒妳還急著湊熱鬧？哪個房做事的?!」

齊眉愣了下，繼而低聲道：「我是五小姐。」

大太太和新梅趕過來，大太太把齊眉拉到身邊。「別這麼著急，當心身子。」

「大太太！」丫鬟這才慌忙跪下。「五小姐，奴婢有眼無珠，請小姐恕罪！」

丫鬟很害怕，她竟然錯把小姐當丫鬟，不過五小姐她真的是從未見過的，以前即使無意中聽其他丫鬟說起也都是遮遮掩掩，她便沒當回事，只當陶府並沒有五小姐這個人。

「無妨。」齊眉無心計較這些，踮著腳跟大太太說了幾句，便往柴房裡衝去。

因為大太太和齊眉的到來，本來圍住柴房的奴僕都躬身福禮，所以齊眉直直地便走了進去。

柴房裡左側和右側整齊地擺放著柴火和雜物，中間躺著兩個人，其中一個人身上蓋了白布，露出的衣裳一角繡著梅花邊，那是梨棠的衣裳。

另一個人便是劉媽媽，她正艱難地喘息，如小廝說的一般，好似是只有進的氣了。

柴房裡的守衛見著齊眉闖進來，立即上前攔住她。「這裡不是丫鬟該來的地方！」

「我是五小姐。」齊眉說著有些無奈，扯了扯身上披著的素色斗篷。

「小……」劉媽媽費盡了力氣，吐出一個字，手努力衝著齊眉這邊。

齊眉幾步走過去，蹲在地上，握住劉媽媽的手。「劉媽媽，我在這兒。」

「小姐……小姐……」劉媽媽的淚珠跟斷了線似的往下掉。「小姐，沒事……太好……老奴……」話都是斷斷續續的，已經連不成句，脖頸處的紫痕分外明顯。

「是，我沒事。」齊眉緊緊搓著她的手，而後壓低了聲音。「劉媽媽，齊眉知曉妳和梨棠都是受命於人。」

「老、老奴該死……」劉媽媽瞳孔一縮，似是被驚嚇到。

齊眉連連搖頭。「劉媽媽，妳只管告訴齊眉，是受何人指示？」聲音低得幾不可聞。

在齊眉期待的目光中，劉媽媽費盡力氣搖搖頭，乾涸的嘴唇一張一合。「每次，都是不同的人……主使從未……」

「劉媽媽……」齊眉抓緊她的手。

「小姐，老奴對不住……」劉媽媽用盡力氣，話還未說完，忽然如溺水的人一般撲騰起來，她眼前出現了一道七彩虹光，是從未見過的美景，她好像看到好幾年前在莊子裡的自己，抱著還沒學會走路的五小姐，哄著她笑，逗著她說話。忽而有一日出現一個人，一切都變了。

劉媽媽現下完全只有出的氣，滿臉脹紅，痛苦不堪，一眨眼的工夫，屋裡安靜下來。

齊眉站起身，緩緩走出柴房。

「如何？」大太太輕聲問道。

柴房外一群奴僕看著她們，齊眉搖搖頭，滿臉苦楚，眼眶含淚。「劉媽媽和梨棠都死了。」

「小姐別難過。」新蘭安慰道，新梅聽了大太太的指示遣了奴僕去處理後事。

後院門口一陣騷動，竟是二姨太過來了，身邊是嚴媽媽和鶯柳，隨後趕來的還有齊勇。

「可別哭了，這兩個賤東西死不足惜！」二姨太生氣地道。

齊眉卻是不理，只連連搖頭。「劉媽媽和梨棠是一直照顧我的人，我好想她們，我從未想過她們會內疚而死的。」

見她哭得泣不成聲，齊勇拍拍齊眉的肩。

嚴媽媽站在柴房外吩咐奴僕們做事，鶯柳則是躬身和大太太說著話。

齊眉站在柴房外，看著擔架進去又抬出來，仰頭問著齊勇。「大哥，劉媽媽和梨棠會葬在何處？」

「她們犯了事，不會有墓碑，骨灰會撒去江邊流走。」齊勇沈聲道。

劉媽媽和梨棠都是賣身給陶府的僕人，在柴房裡留有兩人的遺書，字字句句都是承認兩人財迷心竅，想把五小姐賣給他人，還打算自己賺得一大筆銀子便可逃之夭夭，見事情敗露，兩人知曉躲不過，便自盡以逃過生不如死的責罰。

齊眉站在邊上一語未發。

齊眉一行人回了園子，到了傍晚時分，老太太忽而說想見見齊眉。

雖然不知道是何事，但齊眉隆重的裝扮了一番，在精心打扮之下倒是多了幾分貴氣和秀麗，只不過可惜面色依舊蠟黃，唇色蒼白，一見就知是個身子羸弱的主。

「這兩個大膽的奴僕！自個兒死了真是便宜了她們，真是該千刀萬剮！」二姨太在一邊義憤填膺地說道。

「她們也是知道再無處可逃，若是現下不死的話，晚些時候也要死，而且死前會受盡折磨。」嚴媽媽道。

齊眉一進去就聽見二姨太憤怒的聲音，老太太坐在臥榻上，只是抿著茶沒有多說什麼。

陪著來的大太太和齊眉一起福身行禮，老太太揮揮手，示意她們坐下。
齊眉依舊是侷促的模樣，坐在一旁，手也不安地來回搓著。
老太太餘光瞥見她的動作，眉毛微微一挑。
沒有問齊眉，老太太只是和大太太詢問著柴房裡發生的事，大太太都一五一十的說了。
二姨太又生氣地罵了幾句，老太太眉頭微微鎖起。「竟是有這樣差勁的奴才，當初是如何選入府的？」
明顯的責問讓大太太站起身，福身道：「是媳婦的錯。」
「齊眉是陶府的小姐，也是妳的親生女，妳該更上心些的。」老太太緩緩地道。
「是。」大太太低垂著頭，受著老太太的責怪。
「母親，劉媽媽和梨棠有留下遺書嗎？」齊眉拉了拉大太太的衣角，十分小聲地問道。
大太太搖頭，認真地道：「不是遺書，是認罪書。」
「劉媽媽和梨棠一直和齊眉待在莊子裡，記得她們二人不識字的。」齊眉的聲音無意間提高了些，正好能讓屋裡所有人都聽得清楚。
齊眉說完後屋裡就安靜了下來，似是怕自己說錯了什麼一般，垂下頭怯懦地坐在一邊。見屋裡實在是沈寂得過分，齊眉才悄悄去拉大太太的衣裳。「母親，是不是齊眉說錯了什麼？」
「沒有。」大太太背對著老太太她們，回身衝齊眉一笑。
「母親，您也聽到了，都說童言無忌，孩子是不會說謊的。」大太太似是抓到了救命的東西，聲音有些隱隱的興奮，又道：「既然原本那兩個奴僕就不識字，卻又在她們自盡後出現了認罪書，那一定是有人從中作怪，想必那個作怪的人便是真正要害齊眉的人。」

「可不是嗎！齊眉這麼一說我才想明白。」二姨太附和道。

老太太卻是待她們說完，才緩緩地道：「是不是多心了？」

「多心？」大太太重複了一遍。

「齊眉才多大，誰會這麼處心積慮的害一個孩子？」老太太說著搖搖頭。「一句話妳就能想著有人害她，說到底還是太憂心齊眉了。」

「可是……」大太太還想要再說。

老太太手一揮，又道：「算了，不說這個了吧。現在時候也不早了，明日還有得忙。」

大太太眼神黯淡了下，依言福禮，把齊眉帶出了園子。

第八章

一路上牽著齊眉的小手，大太太的步伐緩慢又沈重。

身邊的女兒卻什麼都不知道，只是睜著眸子輕聲問她是不是自己做錯了什麼。

「齊眉什麼都沒做錯。」大太太只能搖頭，聲音帶上點哄的意味。

回了園子，齊勇竟然還在等她們，見著二人回來便迎了上去。「母親、五妹。」

「嗯。」大太太興趣缺缺，只淡淡地應了一聲。

齊眉則是好像很高興的樣子，仰頭和齊勇說著話。

「大哥，子秋和迎夏在哪裡？」齊眉問道。

齊勇微微一笑。「我知曉這兩個丫頭平素是照顧得妳不錯的，看那日除夕，兩個丫頭都拚死護著妳……妳放心，我偷偷把她們安排在了後院的廂房。」

齊眉放心下來，又和齊勇說了幾句，天色已經深了，新蘭出來請齊眉進去。

今晚的齊眉和大太太睡在一起，大大的床榻、柔軟的被褥都是難以言說的舒適。

齊眉一直閉著眼，坐在床榻上好像已經睡得十分沈，身邊母親一直輾轉反側怎麼也睡不著，過了會兒索性俯身起床，屋裡一陣響動，門口新蘭刻意壓低的聲音傳來，很快地又飄出一陣茶香。

齊眉坐了起來。「母親，現在已經是三更天了，還飲茶會起不來的。」

大太太鎖緊的眉頭在看到齊眉起身後立馬鬆開。「母親是口渴了，妳快睡吧。」

「母親是不是在煩心今日祖母的態度。」齊眉下了床，雙腳伸進暖暖的絨鞋裡，說著走到大太太身邊。

新蘭立即拿了件厚厚的斗篷披到齊眉身上，齊眉側頭笑著說了聲謝謝。

大太太嘆了口氣。「妳祖母說到底還是對妳……」似是覺得齊眉這麼小不該知道這些，大太太又改了口。「這段日子都要忙過年的事兒，而且本來就是大過年的，府裡卻莫名死了兩個奴僕，畢竟還是有些晦氣。」

齊眉乖巧的坐在桌旁，認真地聽著。

翌日一清早，大太太便去忙活了。

齊眉快到辰時才起身，坐在床榻上有一瞬間的茫然，片刻後才記起她現在在母親的園子裡。

喚來了新蘭，幫自己梳洗完畢後，齊眉又坐回了床榻上。

「五小姐要不要吃點兒什麼？或是午時一併吃了？」新蘭問道。

齊眉想了想，笑著道：「現在想吃點桂花糕。」

新蘭很快地端過來，齊眉笑著慢慢吃，待到屋裡安靜下來後，齊眉才收斂了面上慣有的笑容。

每個人都以為她弱不禁風她什麼都不懂，可是她再世為人，懂的甚至比前世二十來歲的時候還要多。

這一趟拚盡全力的回府，齊眉隱隱的看穿了些什麼，祖母是真的打心底不歡喜她，不然不會劉媽媽和梨棠不識字又寫下認罪書自殺的事都能暫時忽略，而母親是真的打心底裡軟弱，不然不會祖母說幾句就沒了聲兒。

她回來了一日，還未見到過父親，但父親也不過就比祖母好一些，記得她這個女兒的名罷了。

陶府三代出了兩代將軍，他們陶家可是將門之後，偏偏她這個女兒時時刻刻都像是要沒了氣似的，父親心裡最看不慣這樣子。

齊眉攥緊了手裡的絹帕，她要徹底回到這個陶府，不僅僅是要打動老太太和大老爺，還有一個至關重要的人物——老太爺。

出了屋子，守在門口的新蘭立即迎上來。「小姐是需要什麼嗎？」

齊眉搖搖頭，笑著問道：「新蘭知不知曉母親他們去哪兒了？」

新蘭道：「今日御史大夫和阮家的人要來府裡，大太太他們都去忙了，算著時間現在差不多都要到了。」

齊眉做出恍然大悟的樣子。「那新蘭不去幫忙嗎？」

「奴婢要照顧小姐，那邊人手夠了的。」新蘭眼睛一亮，而後又黯淡下去。

齊眉心下一喜，又道：「聽說來的人裡邊不只都是達官貴人，還個個生得俊俏，新蘭不想去看看嗎？」

新蘭沒想到被年紀小小的五小姐一句話就戳中了一直隱藏的心思，有些嗔怪的跺腳。

「五小姐這是哪裡學來的詞兒。」

齊眉雙手抱臂，一副刻意老成的樣子，學著大人的腔調。「放心吧，我不會與母親說的，其實我向來都一個人慣了，外邊有人我反倒有些不習慣。」

「真的？那謝過小姐了！」新蘭心裡老早就癢癢的想去看看，難得五小姐主動說了，她便樂呵呵地離開了，當然臨走前還是囑咐了門口的守衛和二等丫鬟要好生照看五小姐。

齊眉回了暖閣，老太爺原先是叱吒風雲的人物，只可惜年紀上來了，又因得年輕的時候征戰四處落下了病根，常年不出門，一個人待在清雅園裡靜養，也極少見他們這班兒孫，其實和她的處境倒是有幾分相似。

午時正好換班，所有人都當齊眉是個性子沈寂無比的，完全沒有注意她，齊眉十分容易的便溜出了園子。

陶府正門口現下正熱鬧非凡，皆因受邀前來的御史大夫一家和阮家竟同時到了府門口，浩浩蕩蕩的華貴馬車少說七、八輛，把陶府周圍堵了個水洩不通，偶爾路過的人好奇看一眼，都嘖嘖讚嘆，真是有錢的達官貴人。

阮家的老太爺帶著大老爺和大夫人一起來了，同來小輩有阮家二公子阮成書，三小姐阮成煙。老太爺雖然年事已高，卻聲如洪鐘，面上一絲皺紋都沒有，反倒還滿面紅光，和陶府的老太爺形成鮮明對比。而大老爺和大夫人更甚，兩人乍看一個瀟灑英氣，一個雍容華貴又不失氣質。

陶老太太正和御史大夫一家說著話，御史大夫家的大少爺才十二歲的年紀，劍眉微攏，薄嘴唇。看上去頗有靈氣，對著一眾長輩絲毫不怯場，大大方方的福禮問好，人靈氣嘴也甜，幾句話就把老太太逗得樂呵呵的，直說這居大少爺以後可是不得了。

居大夫人笑著道：「陶老太太可別抬舉玄奕了，他這毛躁性子，一會兒就得上天去。」

「玄奕要真上天了，那父親還不得把我抓回來一頓好打，瞧，昨兒的傷還沒好呢！」居玄奕說著作勢要把厚厚的袖口掀開，逗趣的語調讓眾人又笑了起來，居大老爺尷尬地咳嗽了聲。

「阮老太爺、大老爺、大夫人，大公子和三小姐這邊請。」一旁小廝的話一出，門口霎時安靜了下來。

嚴媽媽幾步過去擰著小廝的耳朵，小聲地斥責。「你個不長眼的，這是阮府的二公子！」

小廝話一出口就知曉犯了大忌，急急忙忙地跪地求饒。

旁人都不出聲，誰不知道阮家雖然在朝中地位頗高，阮大老爺更是一品大學士，可偏偏阮府的嫡長子阮成淵卻是個癡傻兒，不過聽說好似也並非一生下來就是呆傻的。

阮大夫人面色微滯，有些不好受。阮成書鎖緊了眉，道：「我們阮家與陶家是世交，關係幾代都是沒話說的，卻不想是好到了小廝都能拿來打趣的地步。」聲音透著些森冷。

話裡的不滿和酸味很明顯，小廝嚇得瑟瑟發抖，阮成書是阮家的庶子，二姨太所出，是個脾氣性格古怪的。今兒小廝腦子打結，撞頭彩的體會到了，心裡連連叫苦，本還想著這麼多貴人前來，少不了能討點賞，這下好，只怕少不了缺胳膊斷腿了。

阮大老爺手背在後邊，餘光瞥見身邊的陶老太太幾人，沈聲道：「成書，在長輩面前不得無禮。」

阮成書這才發現注意力都集中在自己身上，只是一瞬的工夫便換上了儒雅的笑容，上前扶起小廝。「我也只是如你一般打趣罷了，瞧你嚇得這模樣，我還能吃了你不成？」

不扶還好，一扶住他的胳膊，小廝立馬抖得跟篩糠似的。嚴媽媽著急地上前，給阮府眾人賠了禮，而後讓人把小廝拽走。

陶老太太這才過來，笑著道：「老身剛只注意著和御史大夫一家說話，怠慢了。」

「老太太來道歉，這可使不得。」阮大老爺擺擺手。「來之前就說起您和老太爺，家父還說今兒一定要見見老太爺，敘敘舊。」

「說我們這兩個老傢伙做什麼。」陶老太太似是心情不錯，說起話來也隨意了幾分。

齊眉一直悄悄地躲在門後看著他們，心裡的情緒千般翻轉，前世的今日是她這一生的污點和災難，就是在這個時候，她被陶齊勇救了回來，雖然特意選了走後門，但不知怎地她被擄走的消息還是傳了出去。

在陶府的只有御史大夫一家和阮家，阮家和陶家是世交，兩家人關係自是不消說，嘴碎的只怕就是這看似和樂融融的居家的某幾位了，齊眉捏著門把，前世的事不會再發生，她成功的阻止了妄圖在她身上畫下的污筆。

不過仔細一想，陶府之所以把御史大夫一家請來，大抵是和阮府商量過的，要拉攏御史大夫，現在朝中雖然安定，但齊眉記得幾年之後，先帝駕崩，改朝換代那陣子動盪無比。

嫁給了傻子，成日待在那個冷清的園子裡，壓根兒無法知曉外邊的事，等到聽到迎夏匆匆帶回來的消息，齊眉整個人都癱軟了，陶府被滅門了，全賜下了毒酒，為何滅門齊眉真的一點都不知曉。但她怎麼都忘不掉，不顧一切地衝出夫家趕到城門口時，板車上堆著的都是她的親人，再也睜不開眼的親人。

門口因為誤認阮家傻長子的鬧劇氣氛尷尬起來，大太太忙招呼著大家進去，把冷下來的氣氛沖散。

齊眉急急地躲到樹後，心臟撲通撲通的跳，提起阮家的那個傻長子，她眉頭都皺得鬆不開了。記得那時候母親逝去，祖母把掌家的位置給了二姨娘，二姨娘幫她說了幾次親，對方無一不搖頭拒絕的，說起來齊眉容貌其實頗為秀麗，尤其在笑起來的時候，一雙月牙兒眸子彎起來，整個人都透著柔和的氣質。

只可惜，她的名聲……齊眉握緊了拳頭，不會再發生了，她不會再嫁給那個傻子了。

「玄奕，別四處瞎看。」居大夫人嗔怪的聲音吸引了齊眉的注意。

居玄奕……從樹後偷偷探頭出來，看到的是他的背影，朱紅的長袍穿在他身上卻絲毫不顯得黯淡，反倒把他那幾分孩童氣給壓住了些，多了幾分沈穩。

忽然憶起那枚半邊玉珮，上邊刻著的字是「居安」。

阮家和居家的人都紛紛進了府，齊眉也不再多待，轉身緩緩地往母親的園子走去。

路上遇著了不少丫鬟小廝，無一人認出她來，更別提向她福禮，大家大概都只當她是個丫鬟。

也難怪，齊眉從斷奶後就被送到了城郊的莊子，誰都沒見過她長大後的模樣，前日匆匆被接回府，也是秘密的事，極少有人知曉。

齊眉看著天空，雲卷雲舒的日子不知道何時才會來到她身邊。

「五小姐。」清脆的聲音阻去了齊眉的路，她抬頭一看，一個容貌溫婉的丫鬟站在她面前，是老太太身邊的大丫鬟鶯柳。

「何事？」齊眉滿臉笑意。

「現在府裡客人眾多，小姐身子既是不好的話就莫要四處走動。」鶯柳皺著眉，面上露著不耐煩的神色。大冷天的還要看著這個病殼子，府裡的熱鬧還看不得，鶯柳本是好脾氣也覺得煩悶了。

齊眉一愣，繼而明白了這是老太太的意思，怕她這個五小姐被今兒來的達官貴人們瞧見，一番東問西問的，到時候又免不了麻煩。

齊眉乖巧地點頭。「我聽著外邊熱鬧，便想出來看看，府裡陌生得很，竟是一會兒就迷了路，還好遇上姊姊了。」

一聲「姊姊」雖然不合規矩，卻把鶯柳心裡叫得上了天，說話的聲音也緩和了幾分。

「那奴婢帶小姐回大太太的園子歇息吧。」

鶯柳帶的路是林間小道，彎彎曲曲的走不到頭一般，本以為已經走到盡頭了，撫開遮擋的木枝竟是又彎出一條小道來。

齊眉走得很慢，一步一步緩緩地走著，好奇的眼眸四處看著，陶府是大戶，雖是林間小道，但也別有一番景致。

齊眉停住了腳步，看著枯敗的樹枝上開放著的一朵淡色月季，腦子裡閃過清晰的畫面——前世哮喘復發，藥又莫名的找不見，在生命的最後一刻，她迷茫地睜開眼，看著那個傻子慌慌張張地跑進來，看到奄奄一息的她，一下子跪到地上，已經有些皺了的月季掉落在地。

齊眉伸手撫上幼嫩的花瓣，淡淡的香氣縈繞在鼻尖。

「五小姐，快些走吧。」鶯柳終是沒耐得住地催道。

齊眉收回手，不好意思地笑笑。「我記事以來就在莊子裡待著，所以府裡的一切都覺得新鮮，連花兒都是沒見過的。」

鶯柳不是個心壞的人，聽五小姐這麼一說，語氣放柔了些。「現在雖是午時，但外邊天凍得很。小姐若是再不回去暖和身子的話，大太太怪責下來，奴婢擔待不起。」

齊眉加快了步子，跟上鶯柳，不經意地問道：「我從未見過祖父，聽聞祖父也是極少出園子的。」

鶯柳點著頭。「老太爺年輕的時候征戰四處，立下許多汗馬功勞，但也因常年奔波，到如今受不得凍。不過今兒大學士一家和御史大夫一家都來了，奴婢聽說未時老太爺會去到正廳。」

齊眉關切地問道：「祖父身子也不好嗎？」

鶯柳急忙捂著齊眉的嘴。「五小姐，這話若是被有心人聽了去可不好。」

齊眉睜大著眼，有些驚慌地點頭。「謝謝鶯柳姊姊點醒。」

又是一聲姊姊，鶯柳面上不自禁的浮起笑意。「五小姐嘴這麼甜，若是能和老太太好好說幾句話，老太太定是會改觀的。」

齊眉被扶著回了暖閣，一走進去，裡邊一陣溫暖的感覺襲向周身，安頓好五小姐，丫鬟們又去忙自己的了。

午時，新梅回來了，模樣匆匆地指揮著其餘丫鬟把飯菜端上來，齊眉瞥了一眼，豐富無比的菜色，最打眼的（注）莫過於清蒸桂魚、蝦子大烏參、蔥薑炒螃蟹。

好似那種要把最好吃的留在最後才吃的小孩心理，齊眉先是吃了不少清淡的菜，時間緩緩地過去。

待到新梅要開口的時候，齊眉一臉開心的模樣，舉著筷子邊挾蝦邊問：「這都是母親吩咐的嗎？」

「回五小姐，大太太今兒個忙，菜色都是大廚房準備的。」新梅笑著道。

齊眉眼兒也跟著笑得彎起來，甜著聲兒問道：「都是未曾吃過的菜色，聞著就特別香，這都是哪位廚子準備的？真真是手藝好。」

小孩兒說這話就顯得特別的純真，新梅也跟著笑開了，拿起銀筷幫齊眉挾了些菜，也沒回答她。「府裡的廚子哪個不是手藝精湛了才有資格進來，小姐若是覺得好吃，就要多吃些。」

齊眉重重地點頭，由著新梅又給她舀了一碗補湯，齊眉高興地喝了一口，又急匆匆地去挾菜。

新梅還來不及說慢點兒，齊眉就毫無意外地噎住了。

好半天了才緩過來，齊眉皺起眉頭，剛剛噎住又吐出來，最好吃的三道菜都被她弄得不能吃了。

看著新梅。「都是我吃得急，可惜了這些菜。」說著又要去挾。

新梅攔住她。「這三道吃不得了，反正還有些清淡的菜色，小姐就先吃著吧，奴婢先退下了。」說著便匆匆離去。

門關上後，齊眉筷子一放，面色沈下幾分。

魚蝦蟹，若真是那個剛從莊子裡出來的她一定不知道，這三樣是哮喘症的大忌。也不知做菜廚子的身後那位是誰，剛回府就不讓她安生，齊眉鎖緊了眉頭。

這時候外邊丫鬟來報說大少爺來了，齊眉攏了攏衣裳，起身迎接。

「大哥。」齊眉笑得甜甜的看著來人，齊勇似是飲了些酒，面頰兩旁微微酡紅。

「五妹，昨兒聽妳說了想吹笛子，大哥猜妳一個人待在這兒會悶，喏，這可是我昨晚熬夜給妳削出來的。」

齊眉笑著接過竹笛，掌心附上輕輕的重量，是用了上好的材料製作，雖然做工有點兒趕，但齊勇的這份心意著實讓齊眉感動，其實她只是開口跟大哥提了一句，本以為齊勇會遺

注：打眼的，意指醒目的、看得到的。

了小廝出去買，卻不想會自個兒親手做給她。

似是瞧出了齊眉的想法，齊勇道：「大哥別的能耐沒有，但只要妳願意，大哥就一定保護妳。」

齊眉真心地笑了起來，臉頰旁的酒窩深深地嵌了進去，握住竹笛，心弦也跟著動了。

「大哥現在急不急著去外邊？」齊眉笑著問。

齊勇按著前額兩側。「不去了，外邊吵吵嚷嚷的，我又喝了不少酒，頭正疼著呢。」

齊眉拉著齊勇走到園子裡，門口一條筆直的路正通向園裡的矮亭，兩人一起坐在亭裡，帶著寒冷氣息的微風吹來，把齊勇的頭疼吹散了幾分。

齊眉讓丫鬟去端了蜂蜜水過來，遞給齊勇。「大哥喝下這個，會舒服一些。」說著又拿起絹帕給齊勇擦汗，齊眉的絹帕上並不是那種香濃過頭的氣味，而是淡淡的香氣，平素覺得沒什麼，但這會兒縈繞著鼻息，讓人覺得心曠神怡。

飲下蜂蜜水，又吹了會兒風，齊勇整個人清醒了許多，抬頭望向五妹，她正仔細看著自個兒剛送的竹笛，珍惜又小心的模樣讓齊勇笑道：「五妹可會吹笛兒？」

「會一點，以前在莊子裡，迎夏和子秋有給我買過竹笛吹。」齊眉有些不自信地道。

「那給大哥吹一首吧。」齊勇揮揮手，斜靠在杆邊，十分感興趣的樣子。

齊眉似是推卻不過，也只好答應。

一陣笛聲從大太太所住的月園傳出，時而輕緩時而活潑，笛聲令人陶醉，可惜的是偶爾地就會斷一下。

這時一輛馬車正路過月園，車簾掀開一些，裡邊伸出一隻蒼老的手，上邊隱約可見得一道傷疤，手擺了擺，示意馬車停下，跟著丫鬟和馬夫都忙應了。

馬車停在月園不遠處，斷斷續續的笛聲漸漸地轉變，如同被石頭隔著流淌的小溪被一股莫名的力氣牽引到最頂處，如瀑布一般傾瀉而下，高昂的音色似是脫韁的野馬，在沙塵中肆意奔騰。忽而，調子急轉直下，不知何時，音色趨向柔和，一聲一聲，如泣如訴，纏繞到人的心底久久無法散去。

唯一可惜的地方是，曲子不知何故吹得斷斷續續的。

「去看看園裡的人是誰。」馬車內的人聽畢了一曲，才緩緩地開口，聲音沙啞得有些膈應。

丫鬟很快回來，笑著道：「特意問了守門的，竟然是一直在城郊莊子住的五小姐呢。」

「五小姐……」喃喃地重複一遍，隱隱透著陌生的意味。

「老太爺，老太太那邊來催了。」一個小廝氣喘吁吁地跑過來。

片刻後，馬車又再次前行。

「真不錯！」齊勇拍著手，一臉的讚嘆。

齊眉紅了臉，遺憾地道：「還是斷了不少次的。」她心裡明白得很，縱是心中萬般情緒，哮喘的阻礙，使得曲子斷斷續續，委實美中不足。

「那又不是妳的錯，若不是妳這哮喘的毛病氣不足，這一曲吹下來真真是絕！」齊勇頓了下，補了句。「現在聽著也是絕！」

齊眉笑了笑，抬眼望向月園門口，隱隱見得一輛馬車緩緩駛去。

她這病弱的身子在嫁入夫家後，之所以還能有命生得一子，都是因得那個傻子四處去問人討來的秘方，傻子腦子笨說不清楚，努力手舞足蹈地告訴她，大意就是哮喘都是因為她的肺臟差，而吹笛能時時刻刻鍛鍊她的肺臟，讓其漸漸好起來。齊眉認真練習了一段時日，果然有些成效，只可惜幾年後，她受的刺激過大，終是哮喘復發，又無藥可服而死。

今生再次拿起笛子，原先所練的技藝竟是還全在，齊眉有些興奮，不僅僅是剛剛瞥見了馬車，還因為她剛剛演奏的時候雖然因為哮喘而奏得斷斷續續，但她能感覺到，和前世一樣，吹奏並不會加重病情，反而對她的肺臟有幫助。

時間尚早，只要她潛心練習，不過兩、三年的工夫便能好得七七八八，而且她今生並沒有因此落下多嚴重的病根，重生回莊子的日子，她都按時服了藥，又堅持日日活絡身子。

齊眉覺得看見了希望，面上也不自覺露出笑意。

看在齊勇眼裡，只覺得她笑起來煞是好看。「五妹，妳笑起來真好看，以前見妳見得少，每次去見妳記得那個屋裡也都是濃濃的藥味，妳坐在床榻上總是雙眼無神。」說著齊勇的聲音低了下去，他做甚要提起莊子的日子？

齊眉卻是不在意，讓丫鬟去換了熱茶過來，給齊勇斟上，瘦小的手慎重地捧起，齊眉深深地彎身下去。

「五妹，妳這是在做什麼！」齊勇嚇了一跳，他是齊眉的大哥沒錯，但沒必要連遞茶都行這樣的大禮。
齊眉不依，逕自福了禮，才慢慢起身，齊勇接過茶，有些怪責地看她一眼。
齊眉笑道：「那日在莊子裡，虧得大哥及時趕到。先前大哥說一定會保護五妹，五妹也會盡一切的努力來保護大哥。」
齊勇卻是噗哧一笑，比他矮了大半截的病弱五妹這般認真地說要保護他。
對著大哥忍俊不禁的笑，齊眉背過身，面上盡是嚴肅的神情。
她並不是說空話，齊勇在之後的日子看似走得順利，實則波譎雲詭，而且之後發生的那件事……不僅僅關乎齊勇一個人，而是連帶著整個陶家的。
「五妹，那日去莊子，二妹也跟著去了的。」齊勇喝了口茶說道。
齊眉只是抿嘴一笑，齊勇見了便也沒繼續說。

第九章

和月園的靜逸相比，花廳那兒正熱鬧非凡，聽得小廝報說老太爺來了，眾人皆是安靜了下來。

沒有想像中的體弱，已經一年未出現在眾人眼前的他，並不似傳說中的瘦了一大圈且面黃肌瘦。

老太爺外披著一件狐白裘大衣，走起路來穩穩當當，嚴媽媽要過去扶他，被老太爺一眼瞪回去了。

所有人都跟著陶府最大的主兒一起去了正廳，領頭的老太爺獨自一步步走到主位上，坐下。

掃視了眾人一圈，老太爺才開口。「諸位賞面來到陶府，老朽出來的路上耽擱了些，讓眾位等著，老朽先敬一杯。」說著竟是端起一旁的酒盞，豪氣地一飲而盡。

周圍傳來叫好的聲音，唯獨老太太面色白了一下，老太爺身子不好，卻還硬撐著面子這樣不顧身子的飲酒。

阮老太爺的聲兒是最大的，許久未見至交讓他心情激動了起來，端起酒又走到老太爺身邊。「你我這可是多久未謀面了?來，乾一杯。」

老太爺也笑著舉杯，淡淡的眉毛下，一雙眼睛炯炯有神，兩人皆是一飲而盡。

見阮老太爺還要再來，老太太道：「阮老太爺這是等著我家老爺子出來灌醉他呢，兩人這般許久未見，自是要坐下來慢慢品慢慢聊，也會愜意上幾分。」

阮老太爺想了想，樂得一笑。「瞧我這高興的，禮數都給忘了。」

總算只是說起話來，沒再敬酒。

正廳裡的人漸漸地也分了群，幾個老輩的下起棋來，中年的男人們則是去了隔間，大抵是說起了朝中的事，而女子們無非是湊在一塊兒互相誇讚珠釵首飾，阮大夫人說著卻突然來了句——

「我這玉蕊簪是在瑞吉坊訂做的，模樣確是不錯。」

瑞吉坊，誰不知曉是京城裡專門做鳳冠霞帔和珠寶首飾的地方，阮大夫人又怎麼會在那裡訂做。

下一刻，阮大夫人把玉簪裝回錦盒裡，遞給了陶二姨太。「這個我戴了也不合適，玉製的蕊是好看，但一看這簪我便想起了陶八姑娘，送給八姑娘正合適。」說著阮大夫人又笑了笑。

「這……」二姨太猶豫著接不接，一邊陪著阮、陶兩老爺子下棋的老太太似是喉嚨癢，咳嗽了聲。

二姨太接過，笑著道謝。

待到夜幕降下，居家和阮家才告辭，這一日的氣氛皆是喜氣又和樂。

老太太扶著老太爺上床榻，幫他脫鞋的時候，老太爺忽然問道：「伯全的那孩子回來了？」

伯全是陶大老爺的名，這樣的問法，也只有陶齊眉。

老太太脫鞋的動作一頓，繼而才點頭。「回了，除夕那晚就回了。」

「接回來過年的？也沒見她出來。」

「老爺為何忽而問起這個？」老太太不答，反而問道。

「路過月園，那孩子吹了一首曲兒。」老太爺說著又坐了起來，靠在床榻上，眼望著半開的窗。

老太太道：「她是吹了什麼天籟一般的曲兒，讓老爺也上心了？」

老太爺面色隱隱透些驚奇。「我說出來妳別不信，那曲兒是我自個兒才知道的曲兒，誰也沒說過，今日路過月園聽到，我心裡真真是嚇了一跳。」

「會不會是和鶯翠或者鶯柳說過了？」老太太笑著道，轉身去端了碗黑乎乎的藥汁過來，還冒著熱氣，坐到床榻邊，服侍老太爺喝藥。「老爺平素總待在屋裡極少出來，又或者是哪天悶著了，在園裡吹過，被哪個有心的丫頭給記了去？」

老太爺如白日飲酒一般，咕嚕嚕幾口就喝盡了，顧不得嘴裡的苦味，肯定地搖頭。「不會，我從未吹過，這曲兒別人是一定不知的。」

半晌沒了聲兒，老太爺又道：「齊眉以前我從未見過的，倒想不到她小小年紀能吹奏出這般好笛。她身子記得是不好的，我也不大好。」

扶著老太爺躺下，老太太又幫他掖好被褥。

「那也算是緣分了。」老太太不知道指的是齊眉吹的曲兒，還是祖孫倆都身子不好。大抵是年紀大了，老太爺嘀咕了幾句，眼皮有些沈，不一會兒便睡著了。

走出屋子，老太太叫來了嚴媽。「今兒一天都沒管過齊眉，妳明兒過去看看她。」嚴媽媽應下。

大太太回到月園的時候，齊眉已經睡下了。

輕手輕腳地換好褻衣，側頭看了眼床榻上的人，正縮在床角坐著睡，看上去不大安穩的樣子，呼吸也略顯困難。

大太太喚來了新蘭。「小姐今兒喝藥了嗎？」

「回大太太，喝了。」新蘭輕聲道。

床榻上的人忽然動了動身子，大太太看過去，齊眉悠悠地睜開眼，見著母親回來了，忙要下床福禮。

「覺著身子如何？還喘得厲害嗎？」大太太阻止了她下來的動作，問道。

「比昨日差些。」齊眉如實答道，想了想，忽而笑了起來。「午飯也吃得極好，魚蝦蟹都有，以前在莊子極少能吃到的。」

大太太先是心疼，而後覺得不對勁，細細一想，面色沈了下來。「新蘭，為何給小姐吃魚蝦蟹？」

新蘭頓了下，道：「小姐身子不好，所以想著讓小姐吃些可以補身的菜色。」

「魚蝦蟹能補身子？」大太太聲音提高了一分。

新蘭不明所以，急忙跪在地上。簾子一掀一落，新梅走了進來，見著暖閣裡的情況，也跟著跪到地上，用眼神問新蘭出了什麼事兒。

見著身邊常年跟著的兩個丫鬟跪了一地，大太太脾氣又下去了，她本就不是易怒的人，細細一想，平日新蘭做事不錯的，齊眉從未在府內長住過，丫鬟們誰都不知曉哮喘忌諱什麼。

「小姐有哮喘症，吃不得魚蝦蟹，妳們可記住了？」大太太沈聲道。

新蘭和新梅忙連連點頭，新蘭關切的道：「小姐明日想吃什麼？」

齊眉想了想，搖搖頭。「什麼都成，我不挑的。」

大太太手一揮。「明日我回來和齊眉一起用午飯。」

夜深的時候，大太太在床上輾轉反側，齊眉靠著床榻睡得越發的不安穩，喉嚨間的喘息聲聽著怪難受的。

實在受不了了，齊眉小聲地道：「母親睡了嗎？」

大太太睜開眼，把燈點上。「還是很不舒服？」

齊眉點點頭。「喘得難受，坐著睡也不舒服。」

想了一會兒，大太太靠著床榻坐好，把齊眉抱到身上，讓她坐在自個兒身上睡。

「母親這樣睡不好的。」齊眉不願意。

「這樣妳會睡得好些，母親沒事的，忙完這幾日就有時間歇息了。」大太太聲音越發的溫柔，聲音環繞著齊眉。

坐在母親身上睡，有了緩衝，齊眉的喘息漸漸小了下來。

翌日睜開眼，還是一樣的姿勢坐在母親身上，心裡湧起感動。

齊眉側過頭看母親，年紀輕輕，竟然已經有了白髮，她只是微微動彈一下，母親便醒了。

到了午時，母親果然回來和她一起用飯，菜色再沒有魚蝦蟹，齊眉吃得很開心，還多添了一小口白飯。

新梅指揮著其餘丫鬟進來收拾碗筷，手裡端著齊眉今日要服的藥。

已經是用完飯半個時辰了，齊眉可以服藥了。

「昨日的魚蝦蟹很好吃。」齊眉看著新梅笑著道，接過藥碗放到桌上。

本在梳妝的大太太頓了一下，不著痕跡地望向新梅。

齊眉又道：「只是我好像是吃不得的，昨日也是我笨手笨腳，有些沒見過世面的樣子。」齊眉說著有些臉紅，面上隱隱透著可惜。「把那三道菜都弄污糟了，真是浪費了那手藝好的廚子準備的菜。」

「都是奴婢的錯。」新梅面上有些不自然的神色。

大太太頭又轉了回去，一支鑲木簪花插入髮鬢。

新梅匆匆地跑出去，心跳得有些快，新蘭正好捧著浣衣園裡送來的乾爽衣裳路過，關切地問她怎麼了。

新梅摸著胸口，聲兒有些不受控制的大。「我昨日差點害了小姐，哮喘的人是吃不得魚蝦蟹的，吃了會誘發更嚴重的哮喘，我不知曉這些，廚房準備了，我便讓阿滎她們端過來，真是……」

說著搖搖頭。「要不是大太太和小姐不計較，我只怕……」

「大太太性子溫和，小姐也是一樣，不知者無罪。」新蘭安慰了句。

門口的窗後是大太太的眼，盯著她們看了好一會兒，才起身去和齊眉說話，叮囑她今日也要好好歇息。

齊眉笑著點頭。「母親大概不知道，這幾日回府齊眉真的很開心，好久沒這麼開心了。」

大太太不答，抬手幫她把亂了的青絲撫順。

初三依舊是忙碌的日子，陪了齊眉半個白日，大太太堆積了很多事，見著齊眉也沒再喘得那麼厲害，便去忙活了。臨行前叫來新蘭，不知道說了些什麼。

前腳剛走，嚴媽媽後腳就來了。

本來準備歇息的齊眉又爬下床，衝著嚴媽媽一笑。「嚴媽怎麼會過來？」

「昨日府裡忙，老太太說讓老奴來看看小姐覺得如何。」

「挺好的，府裡很舒適，床榻也是軟軟的，睡得很香。」齊眉笑著答。

說了幾句，嚴媽媽看到妝奩上放著一個打開的盒子，裡邊裝著一支竹笛。

「聽說小姐昨兒個在園子裡吹了首曲兒。」嚴媽似是不經意地問道。

「嚴媽這也知曉？」齊眉有些驚訝。

嚴媽媽笑了笑，道：「聽旁人說起，昨兒個從月園傳出一陣好聽的笛聲，老奴想起大太太一直在忙，只有五小姐一人在園裡，便想著是小姐。」頓了頓，笑意更甚。「老奴素來歡喜聽人吹笛，說是吹得極好聽的，便來問問小姐。」

齊眉幾步過去拿起竹笛，撫了撫。「這是大哥昨日送給我的。大哥飲了酒，頭有點兒疼，遂和我一起坐在亭裡吹吹風，閒著無事，大哥說想聽我吹笛。」

說著側頭望向嚴媽，眸子彎起，洩出淡淡的笑意。「推託不過，就只好獻醜了。」

「原來如此。」嚴媽媽笑著道：「小姐若是一個人悶了的話，可以讓新梅、新蘭陪著在外邊走走，不過得注意披上厚些的斗篷，尤其是午後，風大刺骨容易涼了身子。」

「謝嚴媽媽關心。」齊眉禮貌地笑道。

「小姐這幾日住得可習慣？」嚴媽媽問道。

「極好，吃穿用度都和莊子裡不一樣，在府裡也睡得踏實許多。」齊眉的笑意沒有停，忽而想起了什麼似地興奮地比劃著。「昨日還吃了魚蝦蟹，不知道是哪位廚子做的，手藝極好。可惜我好似是吃不得的，若嚴媽知道是哪位廚子做的，告訴我一下，我這會兒已經開始努力活絡身子了，等身子好些，我想讓那廚子再幫我做一次。」

嚴媽媽嘴唇動了動，笑著點點頭，面上的皺紋浮了上來。

回到清雅園，老太太正在小憩，嚴媽媽不敢去打擾她，靜靜地站在一旁等著。

「去過齊眉那兒了？」剛剛醒過來，老太太聲音有些沙啞，頭髮披散下來，更襯得臉富態無比。

「去過了。」嚴媽媽俯身道，見著老太太手在矮桌上敲了敲，又撫了自個兒的頭髮，嚴媽媽便上前扶著老太太到銅花鏡前，並幫她梳起了髮鬟。

嚴媽媽的手很巧，力道也拿捏得剛剛好，老太太微微瞇起了眼。「如何？」

「是大少爺送了支竹笛給五小姐，昨日大少爺被灌了不少酒，就順道去了月園把竹笛給五小姐，而後大抵是覺得有些悶，便讓五小姐吹首給大少爺聽。」嚴媽媽原原本本地複述了一遍。

「她身子可好些了？」

「大抵是又差些了……」嚴媽媽鎖起了眉頭。

「怎麼說？」

俯到老太太耳旁，嚴媽媽壓低了聲兒說了幾句。

「大廚房素來是大兒媳身邊的倪媽媽管著……」老太太若有所思。

「大太太昨日也忙，倪媽媽這幾日都見不大著影兒。」嚴媽媽沒往下說。

月園裡傳出一陣悠悠的笛聲，有時候會突兀地中斷，但不一會兒笛聲又會重新響起，就像是蹣跚學步的嬰兒，縱使跌倒，也會立馬爬起來堅定的繼續前行。

老太爺駐足在園子外已經好一陣了，陪著來的鶯藍和鶯紅都不出聲，交換了一下眼色，鶯紅很快地離去。

梳妝完的老太太正準備出門，外邊鶯紅急急地跑進來，被鶯翠拉住，兩人說了幾句，正好被老太太看到她們交頭接耳的樣子。

嚴媽媽咳嗽了聲，鶯紅和鶯翠忙上前福禮。

鶯紅道：「主子，老太爺又去了月園，好一陣子沒動了。」

老太太瞇眼看著這兩個丫鬟，都是她身邊的一等丫鬟，一共有四個，鶯翠、鶯柳、鶯紅、鶯藍。

嫩柳托翠玉，紅妝付藍顏。這是老太爺給四個丫鬟取的名兒，老太太閨名溫柳，老太爺名裡有個玉字。每次看到這四個丫鬟聚頭，老太太心裡都會微微動容，這麼多年過去，她先前所受的那些苦難真的不算什麼，老太爺所給她的支撐一直在心中。

以前的老太爺容姿勃發、英勇非常。如今即使旁人都以為老太爺已經不濟，閉門不出，但老太太知曉，老太爺有自己的想法。

歲月滄桑了他的容顏，卻沒能磨盡他的熱情。

不過老太太忽然很想知道，這個齊眉究竟是奏出了一首怎樣的曲，能引得許久不主動出門的老太爺駐足傾聽。

離月園的路並不遠，老太太由著人攙扶著走了過去。

陪著老太爺的鶯藍一眼看到走過來的老太太幾人，忙上前迎著。

月園裡已經一會兒沒聲兒了，馬車簾子掀起，老太爺探出頭，正好見著老太太走過來。

「妳怎麼也來了？」老太爺似是心情不錯，嘴角帶著笑意。

「來聽聽天籟之曲。」不知道是認真的還是說笑的，老太太笑著道。

老太爺伸手，鶯藍把他扶下了馬車。

「老爺要去哪兒？」老太太有點兒阻止的意味，眉頭微微鎖起。

「想進園子裡看看那孩子。」老太爺動作緩慢，腳步卻堅定地邁入園子。

「老太爺、老太太到了。」門口的小廝大聲傳話。

亭子裡的女娃動作一頓，把手裡的東西放下，垂著頭站到一邊。

待到感覺面前有了人影覆著，齊眉屈膝福禮。「祖父、祖母。」

新蘭福禮的聲兒傳入耳朵，而後就是茶香飄來，新蘭早在老太爺駐足園外的時候便吩咐阿榮幾人去備好了茶水。

沒有聽到回應，齊眉也沒有動彈，依舊是屈膝福禮的姿勢。

「坐吧。」是老太太的聲音。

齊眉起身，乖巧地坐到石桌邊，悄悄抬眼看著面前的老者，她前世只見過兩面的祖父。

第一面是她被救回陶府後的第二日，祖父來看過她。第二面是祖父出征之前，她去送祖父，有幸知曉了她這兩日吹奏的曲，也知曉了這曲兒的由來。

祖父的相貌給人一種很慈祥的感覺，淡淡的眉毛下一雙炯炯有神的眼，正若有所思的看著她。

齊眉安安靜靜地坐著，一陣風過，髮鬢散了幾縷青絲，面容蒼白消瘦，她衝祖父微微一笑，眼眸彎彎的模樣把面上的病態掃去幾分。

「齊眉，妳的曲子是哪裡聽來的？」祖父緩緩地問道。

「是以前在莊子裡閒來無事，半猜半看的坐在院裡唸書，雖然書裡勇士征戰四方的樣子讓孫女很動容，但勇士本身的苦楚才最是讓孫女心念。」齊眉說著好像來了精神。「看完後，忽而聽得莊外一陣笛聲，就是吹的這曲的前半，煞是好聽，孫女好奇的出去看，是個老者，一身白袍仙風道骨的模樣。」雖然母親每次來探望時，多少有教她認些字，但前世她在莊子裡並沒有唸過書，是回府後才唸的，吹笛也是嫁給那傻子之後才學的。知道實情的，劉媽媽和梨棠都死了，而子秋和迎夏兩個丫鬟並不會亂說，由著她自己說什麼都行。

老太爺聽得眉頭緊鎖。

「老者主動教孫女吹這曲兒，還說把這曲兒送予孫女，孫女斗膽獻醜，把後半的柔和部分補上了，那老者笑呵呵地說，自是有緣人。」齊眉說完後起身給祖父母二人添茶。

老太太竟是聽得入迷起來，連說完了也不知曉。

齊眉添好茶，又坐回了石凳上，老太太最信這個，不然那時候也不會信了他人的謠言，深深地認為她這個孫女剋自己。

老太爺只問了兩句齊眉的身子狀況，而後就沒再說什麼了。

老太太倒是多說了幾句，似是很有興趣的模樣，齊眉見茶壺都見底了，招手要新蘭去添。

「不必了，我和妳祖父得回去了。」老太太忽而擺擺手，看著邊上沈默不語的老太爺。

齊眉笑著點頭，起身恭送兩人。

園子裡又安靜了下來，齊眉坐回石桌上，撫著桌上的竹笛，心跳得有些快。

這首曲兒的前半是老太爺親自譜的，齊眉還記得那時候她剛起身，屋外就傳來這樣的曲兒。

激昂又振奮人心，到了最頂點的時候猶如千軍萬馬在奔騰，可偏偏到了這個時候戛然而止。

昨日聽到嚴媽媽在門口和丫鬟說起，老太太有意過兩天就把她送回莊子裡。

所以她在賭，賭老太爺內心有沒有那處柔軟，那樣蕩氣迴腸的曲，她每每憶起來都覺得少了些什麼，勇敢征戰的將軍，心裡又是在念著誰？

曲子後半的柔和部分她在前世就補上了，事實證明，她沒有賭錯，老太爺心裡在掛記著一份柔情。

「老爺，服藥了。」老太太端著藥，坐到床榻邊。

老太爺卻是起身走到窗旁的紫木櫃邊拉開第一層屜子，裡邊一支通體翠玉的笛子靜靜地躺著。

拿了出來，放至唇邊，清麗的笛聲逸出。

老太太把藥遞給鶯翠，坐在一旁，安靜地聽著。

笛聲漸漸地激昂壯烈到極致，突然，一切柔和了下來，好似泉水在叮咚地流淌。

戛然而止的笛聲讓老太太有些意猶未盡。「老爺為何不繼續？」

「後邊這部分我記不清了，只聽齊眉那孩子吹奏過兩次而已。」老太爺把玉笛放下。

半晌，老太爺又緩緩地道：「妳知曉這曲兒我為何會這麼震驚嗎？」

「因為是老爺才知道的曲兒，恰巧齊眉會吹，所以老爺覺得很驚奇。」老太太道：「大概是哪個對音律熟悉些的丫鬟聽了去，又告訴了齊眉，所以她才會吹，老爺無須想太多。」

「並不，事實上，前半部分的曲兒是我自個兒譜的，後半部分是她譜的，她沒說錯。」老太爺背著手，站在窗前，外邊的風嗚嗚地吹著，一隻鳥兒撲棱棱地飛到乾枯的枝頭，小腦袋驚慌地四處看，不多久又飛來了一隻小鳥，兩隻鳥兒頭挨著頭，安心地站在枯枝上。

「倒是有才氣。」老太太道。

老太爺轉過身，看著她。「那柔和的部分正是我心中所想，卻未能極好的譜出，記得妳昨兒個說起，我與齊眉那孩子有緣。今日聽了那孩子說起，再一想，說不準真的是緣。」

老太太不說話。

「其實譜那柔和的部分，我都是想著妳。那時候征戰四方，能讓我一直撐下來的，也都是妳和整個陶府。」老太爺又道，面上的皺紋都笑出來了，自己一大把年紀了還這麼說。

老太太眼眸動了動。「老爺。」

「妳不喜歡那孩子，我知曉，等把她送回莊子，找幾個可靠的下人照顧她。」老太爺加重了「可靠」這二字。

「齊眉……過了初十再說吧。」老太太言語間有些鬆動。

大太太站在門口，等二老說完了，才讓丫鬟進來報。

老太太很快地出來，大太太福身。「母親，已經開始準備寺廟的事了。」

「嗯。」老太太淡淡地點點頭。

大太太試探地道：「齊眉昨兒個病情不知為何加重了些，這大冬天的……」

「先讓她在妳園子裡養養身子吧，不急。」

聽到老太太的鬆動，大太太心裡一喜。

「謝過母親。」

「妳身邊那個倪媽媽，記得跟了妳十幾年了。」老太太的聲音讓大太太停住腳步。

「嗯，是的，從媳婦嫁入陶府，倪媽媽就跟著了。」

「這幾日她吩咐廚房給做的菜色差了些，妳幫我點點她。」老太太抿了口茶，不急不慢地說道。

第十章

回到月園，大太太把好消息告訴了齊眉。「妳祖母說了，還可在這兒住幾日。」

齊眉聽了開心的拍手，環著母親的腰。「太好了，又可以多陪母親幾日。」

「嗯。」母親笑得眼眸都瞇起來，摸著齊眉的一頭青絲，比之之前的枯燥，現在沒有那麼扎手了。

「多想妳能一直待在母親身邊，可是妳祖母的脾性……」

齊眉懂事地點頭。「齊眉知道的。」

母親確實很忙，才陪著她坐了會兒，新梅又進來了，神色匆匆，在母親身邊低聲說了幾句，母親臉色一變，看了眼齊眉，匆匆走了。

齊眉拉住新梅。「出什麼事了嗎？」

新梅笑著道：「沒什麼大事，只不過是老爺找大太太。」

齊眉沒再問，她已經回來兩日了，沒有見過父親一面，父親也壓根兒沒有要來看她的意思。

齊眉沒有覺得心冷，她已經習慣了。

感受得到的溫暖好像很少，已經二十幾年了，她真的已經習慣了。

無論是誰，即使是母親，給的溫暖也只有那麼多。

「小姐，二小姐來了。」新梅道。
齊眉理理衣裳，起身。
門口一身青色錦袍的齊英走進來，目光在暖閣裡打量了一圈。
「母親不在。」齊眉輕聲道。
齊英看了她一眼，微微地動了動唇，半晌憋出一句。「聽說妳還能在府裡待幾日。」
「二姊消息真靈通。」齊眉唇角的笑意漾開了。
齊英扯了扯嘴角，算是個笑容。「妳沒事便好好在園子裡待著，身子不好就別亂走，外邊風大，妳吹不起。」
齊眉福身。「多謝二姊指點。」
齊英很快地就走了，背影高高瘦瘦的，十一歲的年紀不知為何身上總透著股蒼涼的感覺，如前世一般，齊眉很不喜歡。
悶在暖閣裡，睡意漸漸襲來，齊眉換上褻衣坐到床榻上，睡得迷迷糊糊，又想起昨晚坐在母親身上睡的感覺。
「我也是來瞧瞧齊眉的。」二姨太突兀的聲音把齊眉弄醒了，但她沒有睜眼。「聽說齊眉能在府裡多住幾日，這可是好事兒，說不準母親過不多時心一軟，齊眉就能留下了呢。」
二姨太說得抑揚頓挫的。
頓了會兒，二姨太又道：「姊姊，剛剛的事妳也別掛心，蕊兒現在年紀小，阮大夫人大概也是隨口說幾句的。」

母親搖搖頭。「那玉簪是瑞吉坊做的，阮大夫人是什麼意思，妳也是聰明人。」

「我當時也不願接，可偏偏母親咳嗽了聲，我只好接了過去。」說著二姨太的聲音低了下去，魅魅的讓人心底都撩撥了起來。「蕊兒命不好，偏生是我出的，不然也不會……」

「她命已經不錯了。」母親有些被打動，聲音更是軟了起來。

阮大夫人說要把玉簪送給陶蕊，用意實在是明顯，不過二姨太這樣的人怎麼可能會願意讓陶蕊嫁給那個阮成淵，縱使阮成淵是阮府嫡長子，他可是個傻子呀。

說起來阮大夫人目光很長遠，阮成淵十一歲，陶蕊六歲，年齡差得大不是問題，關鍵是怎麼能哄得陶府把陶蕊嫁給她家的傻子才是最緊要的。

齊眉閉著眸子，腦裡不停地想著。之前阮大夫人，也就是她前世的婆婆最初也是看中了陶蕊，而後等母親去了後，便是二姨娘掌家，一年的時間過去，二姨娘就被扶正了。陶蕊的身分也變成了嫡女，齊眉猜婆婆前世最初選陶蕊也是因為其庶女的身分，畢竟自家的兒子是個傻子，婆婆脾性雖是一般，但還是要面子的。

二姨娘被扶正後，齊眉只記得阮家來與她說親，她膽子小，什麼都不敢打聽。

「母親、姨娘。」齊眉緩緩地睜開眼，聲音有些疲憊，似是被吵醒了一般。

母親剛還緊鎖的眉鬆開了，坐到床榻旁。「這麼快就醒了？」

齊眉微微點頭，眼神往邊上一瞅。「姨娘。」

「看上去氣色好些了。」二姨太笑著道。

正說著話，齊眉一直未見到的父親進來了，一身還未褪下的官袍，面如冠玉，劍眉微攏，手牽著陶蕊。

母親不知曉父親和陶蕊來了，還在和齊眉說著話，父親手一揮，示意邊上的丫鬟不要出聲。

「妳姨娘心裡念著妳的，一聽妳身子不舒服了，便急急地要來看妳。」母親說著撫了撫她額頭上的碎髮。

齊眉餘光瞥見父親和陶蕊，感激地起身在床榻上微微福身，二姨太忙過來扶。「妳看妳，身子都不舒服還行禮做甚，我們一家人在一起的時候不必要這些虛的東西。」

母親聽了笑得很慈愛。

「姨娘是疼我的，雖然回來不過幾日，但我感覺得到。」齊眉說著眼眶有點兒紅紅的，道：「初一那日，姨娘也是這般匆匆地來看我，以前劉媽媽跟我說過血濃於水這個詞，當時我不懂，那日一見著姨娘就懂了。」

父親面上淡淡地微笑，抱著陶蕊坐到屏風後邊的臥榻上，二姨太有些不好意思，臉微微地紅起來。

齊眉吸了吸小鼻子，拉過二姨太的手，繼續道：「除了母親和大哥，府裡的親人們都是從未見過長大後的我，誰想姨娘竟是一眼就認出了齊眉，這不是血濃於水是什麼？」

屋裡一下子安靜下來。

母親的眉頭不著痕跡地皺起，二姨太面上的笑容僵了下。

父親走了出來，陶蕊一下子從他懷裡也滑下來，站在床榻邊，看著齊眉又不敢太靠近。

「父親。」齊眉下了床，把滾邊繡花棉鞋穿好，恭恭敬敬地福禮。

父親淡淡地嗯了一聲，轉頭和二姨太說話。「妳可是個粗心的，把蕊兒忘在了我書房裡。」

陶蕊聽著又跑到二姨太身邊，鑽到她懷裡，圓滾滾的身子溜來溜去，二姨太一下子又笑了。

「都是急著來看齊眉。」母親把話題轉了回來，面色很是平靜。

父親這才把目光轉回齊眉身上。「這幾日妳就好好在園子裡待著，等過段時間去完廟裡，再回去莊子。」

「齊眉不想回去莊子裡，莊子冷冷清清，府裡才有父親和母親，才有祖父和祖母。」齊眉說著抿著嘴，淚花閃了出來。

父親不喜她這個病弱的女兒，也見不得一回來她就哭，聲音又加重了些。「父親會找幾個侍衛日日守著妳，再讓妳母親撥兩個年紀相仿的丫鬟陪妳玩兒。」

母親嘆了口氣。「齊眉到底只是個八歲大的孩子。」

父親看了她一眼，轉了身，母親和二姨太起身跟了過去，屋裡只剩陶蕊和齊眉。

「八妹妹。」齊眉衝她招招手，陶蕊卻不願過來。

齊眉笑道：「是不是上次見了匕首，所以怕了五姊，不願和五姊親近了？」

「當然不是！」陶蕊答得很快，話裡支支吾吾的。

齊眉直接走過去拉住她的小胖手，陶蕊一陣訝異。「五姊姊的手怎麼這般粗糙？」

小孩子說話絲毫不懂得修飾，齊眉面上紅一陣白一陣的，靠在屏風前的父親身子一頓。

「都是在莊裡做多了活兒，可別對別人說。」齊眉做了個噤聲的手勢。

陶蕊十分認真地點頭，五姊姊這麼與她說話，那就是她們倆的小秘密。

「聽姨娘說，五姊回來那晚十分的勇敢。」陶蕊說著一臉崇拜。

「不過是為了保命罷了。」

「姨娘說姊姊不是為了保命喔——是為了守……守……」陶蕊怎麼都想不起那個詞兒。

齊眉也不提醒。「守什麼都不重要，總歸五姊現在好端端的站在府裡，就已經滿心都是感激了。」

「那個匕首，其實蕊兒一點都不怕，雖然當時蕊兒，什麼都沒聽到，但是之後問了姨娘，那匕首是五姊用來保護自己的武器，那晚五姊拿著匕首對準自己的脖頸，嚇退了賊子們！」陶蕊說得滿眼放光。

齊眉笑著不說話，二姨娘倒是源源本本的說給陶蕊聽，連動作都是一模一樣的。

屏風後的男人動了動身子，越過了屏風。

「父親。」齊眉再次福禮。

父親的唇很薄，都說薄唇的男人多薄情，齊眉想看看父親到底薄情到了什麼地步。

「妳做得很好。」父親竟是走了過來，拍了拍齊眉的肩膀。

齊眉抬起頭笑了，削瘦的臉頰，蒼白的面色，但一雙月牙兒眸子亮晶晶的，父親只看了一眼，嘴角不自覺的牽起一些。

二姨太把陶蕊抱到懷裡，小聲地說了幾句。

陶蕊卻大聲地道：「為何不能在這兒待著，蕊兒想和五姊玩。」話裡隱隱帶上些哭腔。

二姨太嘆口氣，道：「妳五姊姊需要多歇息，她身子太弱了，妳這麼打擾她怎麼行。」

齊眉眸子閃了閃，笑著道：「齊眉現在走路也沒像以前那樣喘得厲害了，再加上在莊子裡待著的時候就自己活絡身子，又偶爾會吹吹笛，其實並沒有姨娘想的那麼羸弱。」

二姨太面色有些尷尬，母親卻是摸摸她的頭。「喝藥也很乖。」

齊眉笑著往母親懷裡蹭了蹭。「就是有點兒苦苦的。」說著小臉皺成一團，整個人顯出幾分活潑。

沒待多久，父親便要走了，二姨太見父親要走，忙抱著陶蕊跟出去，母親拉著齊眉一起送到門口。

「姨娘，什麼是胳膊肘往外拐？」陶蕊睜著眼兒，眨巴眨巴地問，她不懂剛姨娘小聲訓斥她的話是什麼意思。

二姨娘身子一頓，抱著她迅速地走了。

齊眉實在有些忍不住笑，二姨娘算得最錯的只怕就是陶蕊居然歡喜她這個五姊姊。

父親停住了腳步，微微側頭。「妳跟我過來吧。」

是說的母親，齊眉主動鬆開手，看著母親和父親並肩離開。

後天就是去寺廟的日子，陶家素來都是在初十午時之前完成祭祖，而後浩浩蕩蕩一行人去寺廟裡捐香油錢，討個一年平安。

齊眉自那日後就沒見過父親，母親也很忙的樣子，她有些無聊的坐在亭子裡，吹著曲兒。

其實她能譜出那個曲兒的後半部分，不完全是猜測祖父的心思，她還加了自己的感情在裡邊。所以演奏起來的時候，她才能有打動別人的資本。

說起來她以前並沒有什麼特別擅長的技藝，膽子小，性子又柔得不行，最怕的就是被人忽視，所以她便什麼都學。

繡活、吹笛、練字、畫畫甚至作詩，這幾樣她都在努力的學著，她極少出門，成日窩在自個兒的園子裡，時間十分的多。

那時候的她總想著，別人給她扣了太可怕的帽子，那她就努力讓自己什麼都會，這樣的話別人大概會少說些閒話。

可惜的是她錯了，樣樣都學，樣樣都學得很努力，反而導致即使畫了好看的畫、作了首朗朗上口的詩、繡出一件堪稱精緻的繡品，期待地遞給別人看，對方都是一副陶齊眉就該做好的表情。

沒有人注意到她的努力。

齊眉想著往事，吹奏後半部分的時候越發動人，吹奏起來自己也入了迷，渾然不覺身邊來了個人。

直到那人咳嗽了好幾聲，齊眉才回過神來，笛聲戛然而止，放下笛子恭恭敬敬地福身。

「祖父。」

祖父笑著點頭，也不說別的，直接問道：「這個曲兒，妳能寫一份給我嗎？」

齊眉有些欣喜，但沒有表現出來，只是淡淡地笑著應下。「祖父不說齊眉也在寫了，已經完成了一大半。」

「妳倒是像學了讀心術似的。」祖父笑著打趣。

祖父在齊眉心中一直是大英雄的形象，高高在上不可觸碰，她怎麼都想不到能有這樣的時光，這幾日午後祖父都會來園子裡看她，雖然這是齊眉想要的，但她難免有些惶恐不安。她每次都和祖父請求，換她去看祖父，然而祖父好似覺得沒什麼關係的樣子，依舊日日都來月園，不過這幾日倒是風平浪靜的。

祖母不比祖父，心思細膩又捉摸不透，若是祖母猜透了她的心思，那就不好辦了。所以對於祖母，齊眉也有了準備。她知道對於自己這樣的人，想完完全全的回到陶府，不能有一點焦急的舉動，一定要慢慢地來，這世上印象素來都是最難改變的東西。

祖孫倆的話題始終離不開曲兒，祖父說得興起，咳嗽了聲，齊眉忙給他倒茶。

「後日除了要祭祖，還要去寺廟，祖父還是早點回園子歇息吧。」齊眉絕口不提祖父身子也不好的事，她知道這個是大忌，尤其是對祖父這樣好強的人來說。

祖父點點頭。「後日妳也一起去寺廟吧。」

齊眉忙站起身。「孫女的身分……這可怎麼使得?!」

「怎麼使不得？」祖父眉頭一皺。「妳是我陶府正兒八經的小姐，去寺廟是理所當然的事。

「而且妳除夕那夜能安安穩穩，證明了妳身上流著的是純正陶家人的血。」祖父見齊眉有些訝異，解釋道：「妳父親和我說起妳了，言語間有讚嘆的意思。」

齊眉紅著臉笑了下。

翌日，齊眉早早地把曲譜送去清雅園，祖父正在歇息，她便找了嚴媽媽。

「五小姐是來看老太太的？」嚴媽媽見齊眉一個人過來了，吃驚不小。

齊眉擺擺手。「祖母和祖父都在歇息，我不好打擾，這個曲譜給祖父，明日去完寺廟我也要回莊子了，祖父先前就說想要這份曲譜，我便趕著在離開前完成。」

嚴媽媽接過曲譜，齊眉便轉身走了，剛回月園，就見著齊勇在門口走來走去，一見著她的身影出現，幾步跑了過來。「五妹妳去哪兒了？」

「去了清雅園。大哥是特意來找五妹的？」齊眉邊說著話邊走進去。

兩人坐到亭子裡。

「我是想來與妳說，除夕那晚抓住的三個賊子。」大哥壓低了聲音。

齊眉眉毛挑了挑。「如何？他們可有說什麼？」

「跑了。」

大哥十三歲的年紀，又總潛心武學，心思不嚴謹。齊眉問了幾句，這幾日大哥都跟著父親東奔西走，忽略了抓來的賊子。

其實她從不期盼從那三個賊子嘴裡能撬出些什麼，早在劉媽媽和梨棠「自盡」那日，她便知道這裡的線索是暫時斷了。

齊勇見齊眉不說話了，以為她心裡有些生氣，忙解釋。「五妹啊，都是大哥這幾日忙，已經命人再去抓了。」

齊眉搖搖頭。「不必大張旗鼓了，鬧大了反而不好。」知曉除夕夜那晚的事的人無須太多，內裡的過程更是只要幾個關鍵的人知道就好了，太多人知道的話，一傳十、十傳百，不知道會被人傳成什麼樣兒，她好不容易才沒有像前世一樣被人傳說陶府五小姐失了名節，不想要到頭來還是前功盡棄。

好在大哥雖然心疼她，但也聽得進她的意思，明白的點頭。「大哥知道的，妳說不追那便不追了。」

齊眉安心地笑了笑。「大哥。」

「嗯？」

「明天的這個時候我正跟著你們在寺廟。」

大哥眼睛一亮。「祖母准許妳去了？」

齊眉搖搖頭，在大哥表情黯淡下之前，又道：「是祖父允了的。」

「祖父竟然會關心這些？」大哥驚訝起來，而後又拉住齊眉的手。「說不準……說不準妳能留下來！」語氣裡有些掩飾不住的激動。

齊眉卻是一笑。「五妹想說的就是，明天的這個時候我在寺廟，再晚兩個時辰，我便在莊子裡了。」

「胡說八道，我不許妳再去莊子裡了。」大哥有些激動，站了起來。「我現在就去和祖母說，要把妳留下來。」

齊眉還沒來得及拉住，大哥便很快地出了園子。

好久沒追得這麼狠了，齊眉努力邁開腿跑著，卻怎麼都敵不過大哥的腳勁。

大概是齊眉喘得太厲害，大哥終是停住了腳，兩人正站在清雅園門口。

「沒事吧？」齊勇幫齊眉拍著背，看她喘得這樣厲害，心裡也不好過起來。「我幫妳說幾句而已，不會有人往別處想的。」

齊眉抬頭，餘光瞥見清雅園的牌匾掛在高處，緩和了下氣息，才望向大哥。「我不是怕別人亂說，我身上也沒什麼可圖的東西，我只是不想大哥去打擾祖母和祖父，二老現在正在歇息著。」

大哥蹙起眉頭。「我等祖父和祖母醒來便是，妳放心。」

「大哥。」齊眉重重地抓住他的手。「五妹的意思是，從小到大我已經習慣了這樣的生活，我是很想留在府裡沒錯，但我只是想能伴在母親和大哥身邊。若是大哥做了這樣的舉動，困擾的是祖母。」

「祖母不歡喜妳。」大哥似是很不樂意這點，嘴巴都抿了起來。

「可別這樣說。」齊眉捂住他的嘴，聲音卻沒放低。「都是我自己的命差了，怨不得誰，我能在過年這幾日留在府裡已經很感激了。」

看到齊眉這樣堅決，齊勇終是嘆了口氣。「走吧。」

兩個人一起回了月園。

一直站在門口的老太太動了動身子，嚴媽媽道：「主子，還去八小姐那兒嗎？」

「不去了。」老太太淡淡地說了句，由著鶯柳、鶯翠把她扶回屋裡。

祭祖的這日齊眉起得特別早，比母親還要早，從暖閣裡探頭出去，把新蘭招了過來，讓她幫忙打好洗漱的水過來。

洗漱完畢後，齊眉坐到妝奩前，銅鏡中映出她的臉。

母親嘆了口氣，伸手接過新蘭的梳子，幫齊眉梳頭。

齊眉眼眶有些濕潤，回來剛好十日，從未睡得這麼舒坦過，母親一直都讓她坐在自己身上睡。

明明每天都很忙，有個半大的女娃坐在她身上，而她自個兒也得坐著睡，夜晚壓根兒就休息不好，但她一句都未提，只覺得給齊眉的愛太少太少了。

齊眉的頭髮枯燥，梳起來很容易被扯到，雖然疼，但齊眉一句話都不說。

母親也儘量放輕手裡的力量，左手纖指捏著頭髮靠根部的地方，右手順著往下梳。

「還疼嗎？」

「不疼，一點都不疼。」齊眉只盯著鏡中的母親，容貌柔美，煙眉秋目、凝脂朱唇，淡淡的香氣縈繞在人鼻間，整個人盡散發溫婉賢淑的氣質。

把青絲綰起來梳成一個隨花髻，拿出一支月季花狀的髮簪固定住，餘下的青絲自然的垂落到背後。

母親在妝奩裡挑了一對小巧的珍珠戴在齊眉耳朵上。

又去梨花衣櫃裡選了一件粉間色滾邊齊胸襦裙，齊眉老實的穿好，母親吩咐新蘭把齊英的斗篷拿了來。

「母親，二姊會不高興。」齊眉看著大年初一穿過的那件斗篷，微微搖頭。

「我與她說便是了。」母親說起來語氣有些不自在，齊眉是府裡的五小姐，卻連個斗篷都要問她二姊姊借。

抹上了迎蝶粉，面色才沒有那麼蒼白，又在淡淡的唇上均勻地點上唇脂。

把齊眉打扮好後，母親再次把她推到銅鏡前。

原先那個瘦瘦小小的病弱女娃可以稱得上秀麗，精心打扮後的齊眉更顯出柔美，但隱隱又讓人覺得她不同，尤其是那眸子，透著亮亮的光，像星星一樣漂亮。

「我們齊眉很好看。」母親似是很滿意，蹲下來些和齊眉平視，幫她把髮鬟中的月季花簪緊了下，齊眉在母親面前轉了一圈，額前左右垂落的一縷青絲隨著飄動，添了些出塵的意味。

齊眉本來就容貌好看，不是驚豔的那種，而是像極了母親，溫婉又柔美，和茶一樣，要慢慢品。

現在她年紀還小，沒有長開。以前及笄後因得身子的緣故，面色總是蒼白，誰人都道她是病殼子，誰會注意她的容貌？

傳來傳去，陶府的五小姐便就成了個名聲不好又難看，還身子糟糕透頂的主。

母親看著齊眉眼也不眨地盯著銅鏡，眼眶紅了起來。

齊眉知曉，母親今日這一番舉動，一是想要她頭一次跟著眾人，能妥妥當當地出門，能自信地抬起頭。二則是，今日之後，她便要離開府裡了。

齊眉撲到母親懷裡，母親只當她是見著銅鏡裡的自己好看，因而高興的舉動。

這時門外的丫鬟提醒，祭祖的時候到了。

母親抹了淚，給齊眉穿好斗篷，帶著她走出門。

第十一章

祠堂外已經站了不少人，齊眉緊緊地跟在母親身後，打量著來的人們，父親站在最前頭，身後跟著二叔和三叔家的。二叔也是一個正室一個妾室，他沒有父親那般挺拔的身姿，是偏瘦的身形。

一邊陶周氏正側頭和秦姨娘說著話，秦姨娘明顯透著幾分怯懦，牽著個差不多十歲的女娃，是秦姨娘生的，可惜了是女兒。齊眉只記得二叔這房過得並不好，陶周氏是個生不出的，偏生還脾氣不好，若不是其父親在朝為官，家裡的大哥又在地方上面子大，只怕早就被休了。

七出之條，無子是一罪。

陶周氏天不怕地不怕，說話做事都透著股雷厲風行的意味。她體態豐盈，眉眼間蘊著成熟女子的風韻。

這一世大抵還是這樣的，齊眉依稀聽丫鬟嘴碎過，秦姨娘被娶進來跟做賊似的，花轎悄悄地抬進來，一個敲鑼打鼓的人都沒有。

秦姨娘也不知道是老實還是膽小，一句抱怨的話都沒有，翌日一清早就起身，給老太爺、老太太敬茶，給陶周氏敬茶。

陶周氏冷眼看著她，故意把茶水打翻，其實茶不燙，陶周氏卻大吼大叫起來，秦姨娘趕忙道歉，陶周氏不理會，秦姨娘急得眼淚都要出來了。

還是老太太覺得吵了清靜，說了陶周氏一句，這才住了嘴。

秦姨娘過門後，很快就懷了身孕，二叔很高興，時常去看她，即使陶周氏不滿也風雨無阻，忙忙碌碌一年小心地供著，結果生出來一個女兒，三小姐陶齊清。消停的陶周氏便又開始跋扈起來，秦姨娘還是任勞任怨，簡直把陶周氏當成了親娘一樣的服侍。

這會兒陶周氏皺皺眉，齊清不知道為何哭了起來，結果帶著三叔家的兩個女娃也哭了起來，三個孩子湊一塊兒哭，聲音簡直跟敲大鑼似的。陶周氏不耐煩地看了眼秦姨娘，秦姨娘忙把媽媽叫過來，一起哄著小祖宗，齊清很快就被哄好了。

二姨太走了過來，身後服侍的吳媽媽抱著陶蕊，齊眉這才發現不知何時，吳媽媽成了二姨太那邊的人。

陶蕊一見著齊眉就伸手，身子還不停地動來動去，想從吳媽媽懷裡跳下來。

「姊姊來了。」二姨太笑著，又仔仔細細地打量了齊眉一番，讚嘆道：「這竟是齊眉，我一會兒都沒認得出來。」

齊眉盯著二姨娘，不說話，心裡卻是老大不樂意，瞧二叔家的架勢，雖然有點兒過了，但是齊眉打心底覺得二姨娘應該瞧瞧秦姨娘怎麼做妾室的，母親也該看看陶周氏是如何坐穩自己位置的。

想著這些，齊眉也沒搭理母親和二姨娘在說些什麼，陶蕊已經順利掙脫吳媽媽的懷抱，噔噔噔幾步跑到齊眉身邊。

老太爺和老太太過來了，老太爺精神奕奕的模樣，而老太太則是不知為何有些憂心忡忡。

眾人齊齊地向老太爺和老太太福禮，齊眉也脆著聲兒。「祖父、祖母好。」

老太爺誰都不理，先走到一旁把一位一直悶不吭聲的族長扶過來，齊眉聽說昨日族長才到陶府，大抵是夜了，也沒驚動誰。

族長住在西秦縣裡，拄著根雕刻著盤龍的枴杖，齊眉看得眼皮一跳，悄悄地拉住母親的衣角。「母親，母親。」

這種時候是不該說話的，母親見她好似挺焦急的樣子，低頭道：「有事兒晚些再說。」

「母親，為何族長大人拄的枴杖有龍啊，那不是皇帝才能有的東西嗎？」齊眉小聲地問道。

母親笑了笑，道：「妳年紀小不知道，這可是一段緣。」

原來這枴杖竟是十幾年前皇帝出遊途經西秦縣的時候遇上賊人，族長正巧路過，拿著枴杖呵斥賊人，這時候侍衛全部趕來剿殺了亂賊。

皇帝回京後便御賜了一根枴杖，雕刻的是盤龍護珠，寓意族長把龍護起來，護主。

齊眉舒了口氣，竟是有這一層關係。

但細細一想覺得更是不明白，如此一來，陶家的地位可真真是了不得，那又是誰能把陶府滅門？甚至老少婦孺都不放過？

齊眉鎖著眉頭。前世的她因為身體不好、名聲不好，平時也很少出門，何況本來嫁出去的婦人就是無事不得回娘家，加上她根本不受夫家的長輩喜歡，夫君又是個傻子，所以她很少能知道外邊的事。

祖父安頓好族長，環視了一周，蹙眉道：「叔全，你房裡還有人未來吧。」

齊眉聞聲望過去，陶叔全是三叔，年紀最輕的，只娶了一房，但兒女根倒是很旺，正室陶左氏一舉得男，二少爺陶齊賢和二姊一般大，站在一旁安安分分，舉止也頗得體，一時之間都看不出只有十一歲年紀。

陶左氏生了二少爺後過了幾年，又懷上了，肚子特大，果然生下來一對雙胞胎，兩個女孩兒長得特別水靈，分別是六小姐齊春、七小姐齊露。

七歲的年紀，兩個孩子是長得一模一樣，齊眉都分不出誰是誰，齊春和齊露以前和她並未有過太多的交集。

三叔忙道：「父親，她馬上就到。」

剛說了這句，果然見著三嬸娘步履匆匆地過來，齊眉抬眼看著她，不愧是左家的女子，已然生產過兩次，二十五歲的年紀，一眼瞅過去嫩得能出水似的。

陶家、阮家再加上左家，在朝中是三大勢力，陶、阮是世交，一說起左家，都道男的俊女的俏。左家的長房出了個皇后，皇親國戚，自是不一般。

三嬸娘也不知是去忙什麼了，大冬天的額上竟是滲出汗珠，邊喘著氣兒邊福禮。

老太太揮揮手。「進去吧。」

平時放於祖宗匣裡的族譜被掛在西牆上，身穿盛裝的陶家人站於兩旁，族長指揮著，按著輩分排位上香。

老太爺端正的舉著三炷香，緊緊閉上眼，不知心裡念叨的是什麼，靜默了下，香插上了香爐。

屋裡漸漸散開一陣淡淡的香味。

到了小輩們上香，齊眉絞著絹帕站在最後邊，低垂著頭好似盡力把自己掩藏起來一般。老太太一直看著她，大哥和二哥上完香，二姊走了上去。

小輩上香的時候二嬸娘忽然嗚嗚地哭了起來，齊眉也沒抬頭，只聽得二嬸娘道：「若是齊心命好些，這會兒也能……」

二嬸娘沒說下去，齊眉皺起眉頭，齊心是誰？

以前她極少出自個兒的園子，許多事都不知道，因得身子的緣故被免去了辰時的請安，但齊眉現在心裡明白，只是因為祖母不歡喜她的緣故。

很少出門，便很少知曉外邊的事，跟在身邊的迎夏也不是個喜歡四處嘴碎的，所以對於陶家不少事齊眉都不知曉。

心裡疑惑，但也沒問出來，依舊靜靜地站在後邊。

平素裡不常出聲的二叔卻拉了把二嬸娘。「妳別提這個，族長都在呢。」

「齊眉。」老太太淡淡地喚了一聲，二嬸娘本來要說話的，住了嘴。

齊眉有些不確定的抬頭，循聲望過去，一大屋子的人都順著老太太的視線側頭，齊眉一下子成了眾人的焦點。

齊眉沒有一絲侷促，也沒走到老太太面前，只是微微上前一步，亮晶晶的眼眸看著老太太。

老太太忽而露出一個笑容。「瞧妳發呆著，到妳了。」

到她了？齊眉愣了一下，立馬明白了祖母的意思，母親在一旁欣喜地看著她，有些克制不住內心的激動。

齊眉大大方方的走上前，接過遞來的香。面前一眾牌位，敬重無比地把香插入香爐之中。

衝著老太太欠了欠身，齊眉回到了最開始站的位置，依舊低著頭不發一語。

老太太一直注視著她，在齊眉老老實實站回去後，幾不可見地笑了下。

待到眾人都上完香，便開始準備著午後去寺廟的事宜了。

其實母親都已經安排妥當，只等著時辰到了便啟程。

陶府倒是難得的所有人都聚在一起，正廳裡人坐得滿滿的，祖父帶著父親、二叔和三叔把族長送走，回來的時候便見著這熱鬧的景象。

祖父唇角帶著笑意被父親幾人扶到正位上，餘下的人皆是站起來齊齊福身。

祖父看著膝下眾兒孫女，心裡只想著一個詞兒——兒孫滿堂。

很快到了服藥的時候，祖父便去了園子，並不在正廳裡服藥。

祖父一走，二叔就壓低了聲音對二嬸娘道：「剛剛妳是吃錯藥了？」

齊眉站在遠些的地方，即使其餘的人都坐下了她也是站著的，位置剛好靠到二叔和二嬸娘旁邊。

她偷偷問了母親，原來二嬸娘並不是一無所出的，生過一個女兒叫齊心，可惜的是得天花死了。具體的母親也不和她明說，大概覺得這是別房的事，她不好多說。

「你才吃錯藥了，你就不想齊心嗎？齊心哪點比不上齊清？」二嬸娘白眼一翻，火氣大得很。「我見著齊清上香我就不開心！」

聲音大了些，秦姨娘諾諾地慌忙起身，不知所措的樣子。

這個舉動吸引了老太太的注意，看了過來，二叔拽了一把秦姨娘。「妳坐下吧，母親看著呢。」又側頭壓低聲音勸著二嬸娘。「妳也消停下，今天可是大日子。」

「我消停什麼？」二嬸娘聲音大了起來，忽地一下站起身，齊眉剛好站在一旁，還沒反應過來竟是被二嬸娘一把拉到身邊。「你看看，她都可以上香！」

「妳這是做甚？」二叔起身繼續勸。「好端端的為何不能好好說話？扯這孩子做什麼？」

齊眉一直抿著唇，任由這兩人推推搡搡著她。

「誰不知道這孩子是剋陶家的！她都能上香，有沒有天理！」二嬸娘大抵真的是吃錯藥了，大吵大鬧了起來。

陶蕊又哭了起來，吳媽媽都要帶不住了，只能連連哄著。「八小姐、八小姐。」

二姨娘難得的寡言，沈默地把陶蕊抱回自己懷裡，眼裡閃著不明的光，望的方向是母親坐著的位置。

本來安安靜靜的正廳，有點兒雞飛狗跳的。

齊眉餘光瞥到大哥已經準備過來，努力抑住又要喘起來的氣息，道：「二嬸娘別氣壞了身子。」

「妳別和我說話，妳回來這幾日我都覺得不利索，齊清也成日哭哭啼啼的，聽說齊英當晚也著涼了吧？還不都是妳害的！」二嬸娘的矛頭徹底對準了她。

誰不知曉五小姐在府裡幾乎到了不存在的地步，最關鍵是老太太不喜歡她，二嬸娘覺得跟吃了定心丸似的。

「二嬸娘也是出身書香世家。」齊眉語氣平淡。

老太太眉毛挑了挑，不生氣也不出聲，反倒撐起下巴繼續聽。

「那是。」二嬸娘聽著書香世家這四個字覺得舒坦，撫了撫髮鬢。

齊眉又道：「那二嬸娘應該知曉在府裡父母為天。」

「這還用妳說？」

「父母為天，而剛剛齊眉上香就是祖母的意思。」齊眉背對著老太太的方向，唇角帶著淡淡的笑意。

二嬸娘渾身一個激靈，齊眉就這樣把她無心的話扯到了老太太的身上，二嬸娘立馬心慌了起來，幾步走到老太太面前，福身道歉。

「說出去的話就是潑出去的水。」老太太抿了口茶，話裡意味不明。

二叔忙跟著二嬸娘一起過去賠禮道歉，讓她倒了熱茶，呈給老太太。

「不必了，妳也累了。」老太太也沒看二嬸娘，只淡淡地道：「就不必一起去寺廟了，在家歇著吧。」

午飯擺了兩桌，老太太見著齊眉還站著，有些訝異。「妳坐下吧。」

母親隔著桌子，眼神越發欣喜地看著齊眉。

齊眉慢慢地吃著，雖然飯量小，聽著長輩們在隔桌閒話，時間倒是過得挺快。

小廝在門口小心翼翼地傳話，很快地老太太擺擺手。「由她跪著去，說話的時候怎麼不見多想想？」

齊眉皺著眉頭，前世有些記憶自然的湧入她腦海裡，二嬸娘因為不幸逝去的四姊姊而把氣撒到她身上。前世也是這般，不過前世時她被二嬸娘罵得有夠狠，母親都氣哭了，奈何老太太卻一句腔都不幫，只讓二嬸娘安靜些。

那時候齊眉渾身都不自在，自卑到了極點，實在受不住地跑出去偷偷哭。

一抬頭就見著一條乾淨的絹帕遞過來，二姊冷冷地道：「本來就身子差，還哭得這麼醜，誰見了心情都不會好。」

齊眉聽了哭得更厲害，二姊見她不接絹帕，直接幫她抹著淚，動作粗魯，把她弄疼了，齊眉哭得止不住，腦裡的印象便是二姊又欺負她了。

這段記憶好模糊，模糊得她到現在才想起來。

屋裡漸漸地安靜下來，大家都吃得七七八八的，陶蕊偷偷讓丫鬟添了碗飯，二姨娘眼尖的看見了，嘩地站起身。

正接過飯碗的陶蕊看見，嚇得碗都差點掉到了地上。

「母親，今日要去寺廟，路途好遠，不多吃點兒肚子會餓的。」陶蕊可憐巴巴地求饒。

齊眉這下看明白了，剛剛她給陶蕊糖塊她也不吃，原是二姨娘讓她束身。

陶蕊是身子圓滾了些，但才六歲大的女娃要束哪門子身？齊眉不禁搖搖頭。

老太太卻被逗得笑了起來，其餘人也有些忍俊不禁，虧得陶蕊氣氛一下子便好了不少。

馬車到了垂花門，女眷便紛紛坐了上去。

齊眉一直站在最後，和陶蕊幾個女娃一起坐了一輛馬車。

路途倒不是特別顛簸，陶蕊一直在和齊眉鬧著玩兒，六妹妹和七妹妹也在說著話，時間悄悄地過去。

「五姊姊，莊子裡好不好玩兒呀？」六妹妹齊春忽而笑著問道。

齊眉搖搖頭。「六妹為何問起這個？」

「我聽人都說啊，五姊在莊子裡過得特別自由，想去哪兒就能去哪兒，野孩子都比不過呢。」六妹妹笑得很真誠，眼裡透出的羨慕也是實實在在的。

陶蕊跟著點頭。

齊眉哈哈一笑，坐得離六妹妹近了些。「我一個人待在莊子裡可無趣了。」而後又不經意地道：「誰這麼說的，若我真過得這麼好玩兒，那我和那人換了去。那人來當五小姐，我來當她。」

七妹妹忽地起來撓起了六妹妹的胳肢窩，六妹妹毫不顧忌地笑起來，在車裡打滾。

寺廟上山那一段路有些陡峭，馬車停了下來。

齊眉前世從不曾被允諾一同來寺廟，但一早就知道，為了顯示上香的誠心，上山這段路，陶家素來都是步行而上的。

陶蕊耐不住地探頭出去，正好吳媽媽在外邊準備抱她下來。

老太爺和老太太站在最前，二姨娘哎呀了一聲，大家都望著她，二姨娘不好意思地擺擺手，拉著齊眉到身邊。「齊眉這身子骨弱得不行，平時走路走快些都會喘，這上坡的路只怕是走不得了。」

齊眉看到老太太皺起了眉頭，父親也抿著嘴。

二姨娘擔憂地道：「不如讓吳媽媽揹著妳上去？母親，您看可好？」望向老太太。

「不。」齊眉清晰地吐出一個字，而後定定地看著二姨娘。「我自己可以走，若是要祈得福，便一定要誠心誠意，被揹著上去如何體現誠心？」

老太太的眉頭鬆開了，齊眉跟著眾人一起往上走。

母親一直不放心，幾次回頭看落在後邊的齊眉。

齊眉次次都衝著母親笑了下，拳頭攥得緊緊的，額頭上漸漸地滲出了密密的汗珠，很快地她便喘著粗氣。

齊眉盡力平穩自己的呼吸，把腰間的香囊拿出來，深深地吸了一口。

是薄荷香囊，也是以前在夫家，傻子給她找的法子，喘得厲害的時候吸著薄荷，能緩解一下呼吸。

她早早就準備了，這一趟寺廟之行她心知肚明，最重要的並不是入到寺廟的時光，而是從山腳到山上的這段路，再艱難、再難受她也一定要撐下去。

薄荷的清香暫時緩和了哮喘，山坡陡峭的程度並不大，但路途有點兒遠，到了半山腰，陶蕊已經撐不住了，老太太開口讓吳媽媽抱起她。陶蕊笑得甜甜的，小胖手搭到吳媽媽肩上。

老太太餘光瞥到齊眉，正緊緊地咬著牙齒，滿頭大汗，努力地往上走。

「五小姐，老奴來扶妳吧。」是母親身邊的倪媽媽。

「不用。」齊眉手一揮。

母親擔憂地看了她一眼。「齊眉就讓倪媽媽抱著妳吧。」

大哥和二姊都回頭看了她一眼，大哥似是要過來，二姊卻拉住了他，搖搖頭。

齊眉邁開腳步的時候明顯吃力無比，兩條腿都好像綁上了大石頭，寒冷的冬日，她卻汗如雨下。

汗水潤濕了臉龐，在冬日的暖陽下竟是泛著點點光澤。

寺廟的大門終是近在眼前，齊眉的腳步奮力快了起來，前面的人走過去，忽而滾下一個小石頭，腳底踩滑，眼見就要摔下去。

齊眉這時候反應奇快，撲倒在地上，沒有摔下。

面前一隻有力的大手把她扶了起來，齊眉抬頭，竟然是父親。

惜。

「妳瞧妳這滿頭大汗的。」母親掏出帕子給齊眉擦汗，嘴裡絮絮叨叨，眼神裡盡是疼

齊眉伏在父親懷裡，心跳得有些快，父親身上沈穩的氣息環繞著她，低沈的聲音在耳旁響起。「身上倒是有著陶家人該有的血氣。」

齊眉眼眶有點兒濕濕的，對上父親讚許的眼神，心裡有幾分喜悅。

祖父手背在身後，看著被父親抱在懷裡的齊眉，道：「這孩子總能讓你有出其不意的感覺。」

老太太不置可否地笑了笑。

而後又看著其餘的幾個小輩，笑著開口。「你們這幾個孩子還不如齊眉，除了齊勇和齊賢，個個都是被媽媽們婢子們抱著牽著上來的。」

「齊眉身子不好，妳們卻比不上她。」

老太太的話讓齊眉的心放了下來，有些不好意思地道：「大家都很好，只不過齊眉這次有些好勝，讓大家笑話了。」

這話是要說的，陶蕊是被老太太半路親自開口允許被吳媽媽抱上來，老太太這麼一說，齊眉當然要順著下臺階。

老太太果然笑了笑，齊眉也側頭衝她甜甜一笑，雖然髮鬢有點兒亂了，臉上剛剛擦過的汗珠讓妝也花了些，但大抵齊眉是劇烈運動了的緣故，小臉透著紅潤的顏色，看上去沒有了病態，倒是顯得幾分水靈。

入了寺廟，父親才把齊眉放下來。

大哥幾步走到她身邊，關切地問：「五妹還喘是不喘了？」

齊眉其實身子極其不舒服，盡力忍著。「有點兒，畢竟從沒這樣走過一段路。」

「逞強成這樣，也不知道要不要命。」二姊冷哼一聲。

齊眉看了她一眼，不說話，大哥責怪著她。「妳好好和五妹說話不成？」

二姊不理會，逕自往前走。

齊眉嘆口氣，拉住大哥的衣角。「別計較這個了。」

入了寺廟，大哥便一直拉著她的手，十三歲的年紀，又是自小習武，手裏著齊眉的小手，感覺很是踏實。

若是齊眉有些難受了，大哥第一時間就能感覺到，牽著她手的力氣大了些，側著身子讓她倚靠在自己身上，分擔一部分走路的力氣。

齊眉走得很踏實，平穩的速度讓她的喘息也漸漸地平復下來，悄悄地吸過幾次薄荷香囊，感覺喉間也清明了些。

陶府年年都來這法佛寺上香，出手也都很大方，一個慈眉善目的老者走出來，一身金絲袈裟披身，頭頂鋥亮鋥亮，伸手撫一撫長長的白色鬍鬚，雙手合十。「阿彌陀佛。」

「住持別來無恙。」祖父的聲音很大，顯得中氣十足，住持卻皺了下已經純白的眉頭。

「陶施主還是當多多注意自個兒的身子才是。」住持道。

祖父卻不惱，恭敬地雙手合十。「多謝住持的關心。」

上香的時候齊眉一直站在門口，輪到她了她才慢慢地走過去，這時候她的髮鬢已經被倪媽媽重新梳過一次，不再凌亂。

齊眉誰也不看，只看著眼前的路，座上的觀世音菩薩慈眉善目，玉指間的淨瓶上插著一枝能洗淨人間芳華的花。

其實前世齊眉想過出家，她想一定是自己上輩子造過太多孽，所以這輩子才受懲罰，結果在她剛有了這個念頭的時候，懷上了熙兒。

住持她見過一次，那時候她懷上了熙兒，不知道阮成淵是怎麼做到的，把她悄悄帶到了法佛寺，就是這個住持見的她。

看著她蒼白的面色，住持只說這個孩子能生下來，但活不長。

齊眉並未上心，沒想到果然活不長，她死而重生回到了七歲時，所以再沒有熙兒這個孩子。

眼角不禁濕潤起來，熙兒是她唯一的寄託，小小的年紀調皮得不行，但關鍵時候又乖巧懂事。

重生而來，沒有熙兒了。

齊眉心中有些酸楚，直到被嚴媽媽大聲地喚了兩次後她才回過神來，發覺自個兒一直跪坐在軟墊上，面前還是一臉憂盡人間愁的觀世音菩薩。

待到所有人都上完香，陶家也給法佛寺捐了一大筆香油錢，住持讓身邊的小和尚收好，雙手合十對老太爺和老太太道謝。

老太太回過身，頭一次主動對齊眉招手。「妳過來。」

齊眉猶疑了一瞬，邁步走了過去。

不明所以地跟著老太太一起入了後邊的廂房，裡邊檀香繚繞，讓人心中一陣安寧。

「住持，想讓您給這孩子賜個字。」老太太淡淡地開口。

齊眉驚訝地看了眼老太太，被叫過來的母親眼裡已然是掩不住的喜悅。

「貧僧問一句，為何要賜字？」

「齊字輩的孩子，後邊卻跟著眉字。」老太太說著和住持對坐在臥榻上。

住持笑了笑。「齊眉是個好名字。」

「齊眉、齊眉，所有的霉運都齊了。」老太太說著瞥了齊眉一眼。

齊眉微微一愣，祖母心裡竟是這般想她的名兒的，她來回搓著絹帕的樣子似是不安。

母親忙道：「住持，您就幫忙賜個字吧，齊眉從出生起命就不好，只怕也是這名的緣故。」

古來名字都是最重要的，伴隨這人一生不說，也和人的命格有著極其深厚的關係，若是命裡缺什麼，那便給名裡取什麼；若是命裡剋什麼，那便給名裡取上可以抵制的字。

老太太此舉不單單讓母親欣喜，齊眉心裡也是高興不已，祖母能帶著她來廂房，讓住持給她賜字，那她今日定是無須回莊子了。

至於是不是永遠都不用回，她還不能下定論，畢竟改變觀念和印象委實太難，但祖母對她的態度一步步軟化，都是看得到的。

今日最讓齊眉感動的便是父親，曾經無數次幻想在自己要跌倒的時候能有一雙有力的大手把她扶起來，讓她能走得更遠，沒想到今日竟然就成真了！

齊眉想著，低著頭的唇角不禁露出點點幸福的笑意。

這時候正好聽著住持溫和的聲音。「陶老夫人此言差矣，齊眉齊眉，並不是霉運齊頭。」頓了會兒，聲音越發的溫和。「舉世繁華亂世癡，案書摯心果未知，齊家婉性惜言語，眉至尤前方可知。」

「母親，這是何意思？」齊眉小聲地問著母親，仰頭看著她。

住持摸了把白白的鬍鬚，瞅著齊眉搖頭笑了笑。

「齊眉，齊眉。」母親喃喃地道：「齊眉以後能嫁得良人，舉案齊眉。」

住持點著頭，屋裡的檀香味兒漸漸地散了去，老太太也帶著母女兩人告辭。

第十二章

外邊此時竟是下起了雪，純白的雪花洋洋灑灑的飄散。陶家人出來的時候並未預料到這樣的天氣，回去的腳步都不由得加快了些。

丫鬟們都護住服侍的主子，不讓雪花飄到他們身上。

寺廟門口，回去的馬車已經被小廝們牽了過來，門口顯得有些擁擠。

齊眉從母親身後探頭看過去，竟是偶遇了居家的人。父親讓馬車都退開些，給居家的馬車讓出一條道。

居老太爺被扶下馬車，兒孫們和一眾女眷也都站在他身後，兩家的老太爺說起了話。

法佛寺是京城最大的寺院，皇家的人也在祭祀或者其餘節日的時候過來，香火十分旺盛。

一個身影從居老太爺身後竄出來，齊眉搓著母親衣裳的手一緊，母親低頭問道：「怎麼了？不舒服？」

齊眉搖搖頭，鬆開了手，不由得從母親身後站出來了一些。

是居玄奕，外披著件白色大氅恰到好處的敞開，露出裡邊藍色雲翔蝠紋襖裝，腰間繫著淺色滾邊兒帶，上邊還綴著一枚白玉珮，風帽上的雪白狐狸毛夾雜著雪花迎風飛舞。

「玄奕這幾日不見還是這般精靈。」老太太笑著要摸他的頭，居玄奕閃身躲過，衝著老太太扮了個鬼臉。

齊眉噗哧一笑，居玄奕總是這樣如太陽一樣的耀眼和陽光，即使長大成人，說話做事雖然多了幾分沈穩，但骨子裡還是這樣的勁兒。

大抵是笑的時候冷風被吸了進去，齊眉不由自主地咳嗽起來。

母親幫她拍著背順氣，又給她裹了裹斗篷，身子被斗篷包得嚴嚴實實，只露出一個小小的臉蛋。

雪花正落了下來，像頑皮的孩子，一點點地落到她身上，齊眉笑著伸出手要接住，雪花越落越多，她手忙腳亂起來，結果一團小小的雪花卻剛巧落在鼻尖上。一下子小鼻頭就凍紅了，齊眉笑得眼眸都彎了起來，銀裝素裹的天氣顯得她本來淡淡的唇色點點紅潤。

「奕哥兒看什麼看癡了？」一旁服侍的媽媽好奇地問道。

居玄奕抿著唇未答話，收回了目光。

居老太爺那邊似是說完了話，兩家告辭。

入了寺廟，雪的勢頭又小了些，身後的丫鬟緊緊地跟著居玄奕，撐起的油紙傘把雪完全的擋住。

長輩們去上香了，居玄奕胡鬧著搶在前頭上完，被訓了一通狠的，他咧嘴做了個鬼臉，不在乎地跨門跑出去。

遣走了丫鬟，居玄奕一個人站在雪中，丫鬟被趕跑前硬塞給他的油紙傘被扔到地上。

居玄奕慢慢地伸手，雪團乖巧的落入掌心。這時候的他安安靜靜的，好似剛剛那古靈精怪的人不是他。
馬車有些顛簸，速度也快了不少，因是下山路的關係，似是有些控制不住速度。
陶蕊不安分地在馬車裡動來動去，幾次掀開車簾，冷風灌了進來。
齊眉哆嗦了幾下，按住陶蕊的手。「八妹妹別動了，我冷。」
陶蕊便不再胡鬧，坐在她身邊倒安靜了起來。
六妹和七妹大抵是累了，一上馬車就頭靠頭的合眼睡下。
齊眉看著兩個幾乎一模一樣的女娃，心裡有點兒泛酸，這兩人的命運之輪幾年後便會開始慢慢轉動。生得幾乎一模一樣，性子卻完全相反，走的路，也毫不相似。
「五姊。」陶蕊大概也是冷，往齊眉身上擠了擠，找了個舒服的姿勢靠著說話。
「那個居家的公子是叫……叫……」陶蕊畢竟年紀不大，說起話來也不順溜。
「玄奕，居玄奕。」唸著這名字，齊眉唇角也微微笑了起來。
「對！對！」陶蕊興奮地點頭。「姨娘幾次在妹妹面前說起他。」
「姨娘與妳提他？」齊眉皺了皺眉。
「嗯！」
齊眉沒有接話，二姨娘的心思其實前世就很明顯了，母親逝去，她一年後扶正。
居家很快來提親，訂下了和陶蕊的婚事，齊眉遠遠的看著兩人站在一起，那時候她十四，陶蕊十二，居玄奕十八，三人約著一起看櫻花。

齊眉身子差，他們兩人先到，站在樹下，看著櫻花飄落一地，居玄奕溫柔地幫陶蕊撫去肩上落下的櫻花瓣。

她猶豫著要不要上前的時候，迎夏正好過來叫她回去，說是二姨娘急著找她。

齊眉便隨著去了，結果得了阮府來提親的消息，二姨娘的語氣並不是詢問，而是定下了的意思。

從未和她說話的老太太也找她說了幾句，話都很玄乎，那時候的她聽不懂。什麼都是為了陶、阮二家之好，而且這樣的她能嫁個正兒八經的嫡子已經很是幸運了。

「五姊，馬車怎麼慢了下來？」陶蕊的話打斷了齊眉的回憶。

掀開一點兒車簾，在移動的景色中，看到不遠處一輛普通馬車停住，從馬車裡下來的人，齊眉微微一想，記了起來。

是阮成淵身邊從小照顧的易媽媽。

易媽媽一人來這兒不知是為了什麼？雖然坐著馬車，但若以她的身分，又是獨身一人的話，那馬車還是華貴了些。然而馬車裡若還有府裡的主兒，那又太寒磣了。

揉揉額頭，齊眉沒多想，畢竟不關她的事。

和馬車擦肩而過的時候，齊眉放下了車簾。

這時候易媽媽所在的馬車簾子被風吹起，裡邊一個癡傻的男娃正呆呆的看著易媽媽。

「淵哥兒冷不冷？」易媽媽關切地問著，幫他捂著手。

「……」阮成淵自是沒有回話，完全不知曉有人在和他說話的樣子。

易媽媽嘆了口氣。

二姨娘正在馬車裡皺眉。「剛剛那馬車似是阮家嫡長子也在裡邊。」

「這妳又知曉？」老太太看著她。

二姨娘神色有一瞬間的慌亂，而後笑著道：「碰巧見過這輛馬車罷了，那時候阮大夫人也是在的。」

「可這馬車未免有些寒酸。」三嬸娘聲兒脆脆的，聽著就覺得精神頭特別好。「不怕被人知曉了馬車裡的是誰而笑話？」

老太太平著聲音。「就是怕笑話。」

馬車停在門口，小廝待到人都下來後，指揮著馬夫們把馬車繞過前門。

齊眉下馬車後沒像平時那樣立馬走到母親身邊緊緊地跟著，而是停住腳步站在原地。

祖父沒有下馬車，直接被送到清雅園門口。

老太太回過身，瞥了眼齊眉。

母親走上去低聲道：「母親，齊眉是現在送回莊子還是明日？」頓了下，又補句。「媳婦已經選好了服侍的媽媽和丫鬟，媽媽是……」

老太太動了動唇，淡淡地道：「現在天色已晚，以後再說吧。」聲兒不大不小，但周圍的人都聽見了。

母親按捺著喜悅的心情，福身。「媳婦謝過母親。」回頭看了眼齊眉，又道：「今兒勞累了一天，媳婦先扶母親回園子歇息。」

老太太被扶著離開。

新蘭和新梅幾步過來，還未說話，身邊倪媽媽就滿面笑容地道：「真是謝天謝地，小姐總算能伴在夫人身邊。」

那喜悅的勁兒比她還要大一般，齊眉沒有答她的話，深深地吸口氣。

雪還一直在下，新蘭把油紙傘撐開，幫齊眉擋住落下的雪花。

府門口的兩只石獅子被雕刻得威武又肅穆，這會兒卻被雪花蓋住了腦袋，齊眉看著格格一笑。

「小姐心情也好起來了。」新蘭道。

回了園子，母親還在祖母那裡沒回來，齊眉老老實實地待在暖閣裡，斗篷被新梅服侍著脫下收好。

暖閣的暖爐燒得正合適，脫下斗篷也不似平時那般覺得冷。

坐在臥榻上，正好看到半敞的門，外邊一片雪好像落得停不下來。

本來現在的她應是要坐在那個冷冷清清的莊子裡，和幾個從未接觸過的丫鬟、媽媽一起待著。

「新梅姊，妳過來幫幫我。」新蘭的語調總是低些。

一個人影匆匆地過去，砰地一聲，外邊一陣唏哩嘩啦的聲音。「哎呀，新蘭妳怎麼都不瞧著點兒！」新梅有些責怪的道。

新蘭扯著嗓子。「新梅姊該少吃些了，撞一下茶碗都能翻了！」

新梅作勢要打她，新蘭眼珠兒一轉，腳底抹油地溜了。

新梅蹲下來搖搖頭，默默收拾。

起身的時候看到了半敞的門，絮絮叨叨的。「怎麼門都不關緊？」探頭進來，五小姐坐在臥榻上呆呆地看著門口，嘴角又帶著點兒笑意，新梅嚇了一跳。「小姐沒事兒吧？」

「沒事，沒事。」齊眉回了神，有些不好意思地搖頭。

祖母今天用的詞兒是以後再說，一句以後，齊眉當下差點就哭出來，不是因為脆弱，重生回來快一年了，她遇上賊子都沒哭。

前世她被救回來後沒有送回莊子，而是被藏在她的園子裡靜養，其實和去莊子沒有太大的分別，今生的路被自己改變了，她沒有被賊子擄去，名聲未失，卻面臨著要被送回莊子的命運。

總算，留了下來，而且和前世留下來完全不一樣。

熱熱鬧鬧的氣氛，她真的太久未感受過了，擦了擦濕濕的眼眶，身下的是舒適的軟墊，齊眉靠著閉上眼。

猜想著母親今晚大抵會很晚回來，果然入夜了後母親也還沒見蹤影，問了新梅，說是還在清雅園待著。

倦意襲來，齊眉伸了個大大的懶腰，別在腰間的香囊一個鬆動，掉落在床榻上，齊眉把香囊撿起來。

半邊玉珮的色澤十分溫潤，刻著的「居安」兩字清晰得很，齊眉搓著這玉珮，腦子裡一張帶著稚氣的孩子臉，活潑又調皮，藍襖襯得皮膚如玉一般。

眼睛瞥到了捧著玉珮的枯燥的手，齊眉縮了縮。

翌日醒來後，母親早已不在暖閣裡了。

到了傍晚母親才回來，見她乖乖地坐在暖閣裡，笑著問：「好好服藥了沒？」

齊眉點著頭，空了的藥碗還沒來得及收拾，邊上一碟蜜餞是新梅端過來的，喝完苦藥後拈起一個蜜餞吃了口，齊眉覺得很甜。

「真乖。」母親心裡柔軟起來，想著高興的事，不由得把齊眉舉起來還轉了個圈。

齊眉有些丈二金剛摸不著頭腦，看著母親。

「妳總算可以留在母親身邊了。」母親笑著笑著眼眶卻紅了起來。

齊眉不知所措，只能抬起手臂用乾爽的衣袖給母親擦淚。「不哭，母親不哭。」

「母親是高興才哭的。」

齊眉使勁地皺著臉，都擠成了一團。母親疑惑不已，把齊眉放到地上，關切地問：「是不是剛剛把妳舉著轉圈兒讓妳不舒服了？」

「不是的。」齊眉搖頭，笑得酒窩都嵌了進去。「母親是說高興才哭，齊眉也高興，所以也要哭。」

話音剛落，一陣爽朗的大笑傳來。

母親和齊眉都訝異的看著來人，一同站起身。「老爺（父親）。」

父親面上的笑意並未收回，走了進來。「妳這孩子，真和我想像中完全不一樣。」

齊眉吸了吸鼻，眼眸彎彎的看著父親。「齊眉才不是妖魔鬼怪。」

大抵今日父親心情是真的極好，還伸手刮了下她的小鼻子。

齊眉乖巧地隨著動作閉眼又睜眼，父親坐了下來，母親忙讓新梅進來倒茶，父親抿著唇，微微蹙眉，好像有什麼憂心的事。

母親去沈香雕木櫃上拿了個小兔木雕，笑著遞給齊眉。「坐到一邊去玩吧。」

齊眉接了過去，十分感興趣，小兔木雕活靈活現的，尾巴後邊有個拉口，輕輕一扯，小兔木雕的木耳朵就會受驚一樣的縮一下。

齊眉坐在屏風邊的矮凳上，玩得格格地笑。

「其實她性子也不是多沈悶。」父親的聲音隱隱約約傳來。

母親笑著道：「本就是個七、八歲大的孩子，即便過了年長了一歲，也仍是個孩子。」頓了下，母親的聲音沈了下來。「老爺還在憂心朝裡的事？」問出口大抵覺得多話了，又道：「只是隨口問問。」

父親不在意地擺擺手。「被妳說中了，這麼多年，妳總能第一個猜到我的心思，和誰都不一樣。」

母親笑了笑。「老爺去過妹妹那兒了。」

「她有些時候看不懂事。」父親蹙著眉。「還是妳好。」

齊眉快速地扯了幾次小拉口，兔子耳朵縮了兩下。

母親總能第一個猜到父親的心思，卻不知何時，已經不是他第一個能想起的人。

父親又坐了會兒，壓低聲音說著話，聲調帶著苦悶，齊眉聽了老半天只聽到斷斷續續幾句，什麼御史大夫、皇上之類的。

母親只是靜靜地聽著，父親問了，才答幾句，那種溫婉的調子讓齊眉都覺得舒心起來。

大抵是說完了，父親轉了話題。「宛白的事，妳也先別放在心上。」

「妹妹只是口不擇言，我知曉的。」母親抿著唇，欲言又止，想了想還是說了出來，手指著屏風一邊。「她現在回到我身邊了，先前虧欠了她七年，我不想……」

父親不知道說了句什麼，聲音小了些。

母親搖頭。「平素老爺說什麼，爾容從未有二話，也請老爺多為她想想，她也是老爺的親生女兒。」

齊眉豎起了耳朵，這話題是說到她身上了。

爾容是母親的閨名，在當年與父親定親的時候聽說還是一段佳話，具體是怎樣的佳話齊眉就不知曉了。

母親的爹是監察使大人，還有個丞相舅舅，只不過嫁過來前母親的舅舅就病逝了。

但陶府還是歡歡喜喜地把母親娶進門，母親的娘家謝家那時候也來了許多人。

最開始的相處似乎是極其融洽的，其實現在也說不上來有什麼特別不對的地方，除了她這個五小姐匆匆斷奶後就被送到城郊的莊子靜養。大概是母親的性子太柔，只在掌家的時候才顯出主母的風範。

不過齊眉不明白的是，二姨娘是鹽商之家，究竟有哪兒比得過母親？況且母親第一胎就生了個兒子，雖然大哥才十三歲，但已是容貌俊朗、武藝頗高。

大哥四、五歲的時候，二姨娘被娶進門，和秦姨娘不一樣，二姨娘被娶進來的時候可是八抬大轎。

齊眉想著撇撇嘴，她是站在母親這一邊的，老實說，從她回府到現在，看到的二姨娘除了容貌特別美豔外，其餘還真沒什麼特別之處。

「但蕊兒現在年紀還小，妳也知道宛白多心疼她。」父親的話總是偏向二姨娘，雖然不知曉是在說什麼，但齊眉有些生氣，只不過按她現在在眾人心裡的地位，還沒有說話的分兒。

父親和母親之所以由著她在暖閣裡，只是把她支開幾步，還不是篤定她只是個八歲大的孩子什麼都不懂，又從小在莊子裡成長，周圍的人事物都單純到了極致。

母親似是不答話了，齊眉悄悄地從遮擋住她的屏風後邊探出頭，母親的背影好像有些僵。

「阮大夫人那裡只不過提過一次，之前也與妹妹說過，那時候明明我比她焦急，可不知為何幾日過去，妹妹會這般掛心。」母親的聲音提高了一分，有些激動。「都是心頭肉，她只生了一個蕊兒，老爺是不是就覺得特別寶貝？」

父親沒想到母親會有這樣與他說話的時候，竟是愣了一下，誰都知道，母親平素裡都是溫柔無比，說話的聲音都是一個柔柔的調子。

「妳怎麼也鬧起來了？」男子總是對這樣的嫁娶之事尤為頭疼，一個鬧了不夠，這個也來鬧。

父親皺起眉頭，心頭的火沒控制得住，聲音也大了起來。

從兩人的爭執裡，齊眉總算明白是何事了。

原來從阮大夫人那日送了玉簪給陶蕊開始，二姨娘就鬧父親，還哭著說老太太有要把陶蕊嫁給阮府長子的意思。

好不容易哄好了二姨娘，說現在時間還長著，少說還有五、六年。結果母親又擔憂地去問他，本來是擔心陶蕊的，結果二姨娘無意間說了句齊眉的年齡才和阮府長子襯，母親便掛心了，到今日還與父親提這個。

齊眉揉了揉前額兩角，母親的性子注定吵不了幾句，果然，父親說了兩句重話而已，母親就沒了聲兒，肩膀有些顫顫地抖動。

父親見不得人哭，但對母親從來都例外，眼下聲音放低了下來，想伸手去安慰。

母親大抵是頭一次反抗，把父親的手甩開了，男子都是要面子的，外邊已經有幾個丫鬟悄悄地偷看了，父親的臉色沈了下來。

說起話便就顧不得其他了，兩人竟是吵了起來，架勢還越來越大。

忽地一隻小兔子木雕骨溜溜地滾出來，接著就見著齊眉撲上來一把抓住小兔子木雕。

「你怎麼亂跑！」說著齊眉擰住木兔耳朵。「這樣你還敢跑！」

爭吵的聲音在木雕滾出來的聲音響起時就戛然而止，父親和母親回頭望著齊眉，父親好奇地走過去，手按在自個兒膝蓋上，俯身道：「這個小兔子怎麼了？」

「它瞎跑！」齊眉鼓起腮幫子，看著小孩子為了這種事，真的生氣了的樣子，父親的心情頓時放鬆了一些，不禁哈哈一笑。

伸手拍拍齊眉的腦袋，走回母親身邊，頓了下，什麼也沒說地離開了。

齊眉把小兔子木雕放到桌上，從背後環住母親。「母親別難過了。」

母親和父親極少爭吵，縱使二姨娘被娶進來母親也沒鬧過，這一場莫名的爭吵讓母親的心情很低落。女兒的小手環在腰間，聲音軟軟柔柔的，母親的心也一下子軟了下來。

晚上齊眉又一次坐在母親身上睡，母親睡不著，連連嘆了幾口氣。

「母親。」齊眉微微側頭。

「把妳吵醒了？」母親有些抱歉地摸摸她的頭。「母親不吵妳了，繼續睡吧。」

齊眉想說點什麼，但終是沒有說。

之後都快半個月了，父親都沒有來母親這邊，好似老太太也知道了他們鬧矛盾的事，嚴媽媽來過兩次，只不過母親都不在，便只和齊眉說了幾句話，從齊眉嘴裡也問不出什麼，嚴媽媽便很快地告辭。

陶府日日都有許多事，雖然還有管事幫手，但母親喜歡事事都盡力親力親為，每日都很忙。而父親也忙於朝中事務，每日頂著晨露出府，披星戴月地回來。

晚上偶爾的時候，齊眉總聽到母親嘆氣。看著明明睡著的母親卻依然一副愁眉不展的模樣，齊眉很是擔憂。

母親自從生了二姊後身子就大不如從前，生了她之後便更不好了。如今每天這般操勞，又還念著和父親的事，臉色都是蒼白的。

再這樣下去，母親的身子會扛不住的。

第十三章

「大老爺，五小姐來了。」門口通傳的丫鬟聲音不大，但陶伯全卻頓了一下，筆鋒一歪，一幅快要完成的字帖便只能棄了。

齊眉這個女兒之於他，可以說是陌生的。

母親不喜歡這個孫女，人人都說他這個女兒是天煞孤星，雖然除了母親很少有人會當面說，但是陶伯全都知道。只每年過節的時候會想起這個被送到城郊莊子靜養的孩子，不經意地問爾容一句，她也都只說老樣子。

堂堂陶家的女兒，卻弱得像一陣風都能吹倒一樣。

這是他在見到齊眉前從別人口裡和自己的感受裡所形成的印象。

可這個女兒真正來到自己身邊後，他發現並不是這樣的。身子確實羸弱得可以，但骨子裡的血氣卻是把府裡任一個小姐都比下去，甚至連齊賢都有些不如她。

懂事，又不是那種少年老成的違和，想起之前幾次被齊眉小孩兒的模樣逗得哈哈大笑，不禁搖搖頭。

陶伯全抬眼看著門口，果然，齊眉正站在書房門口，怯生生地看著他。瘦小的身子被裹得緊緊的，大概是晚冬的天氣還是太冷，鼻尖有些紅，只是站在外邊一會兒的工夫便又咳嗽了起來。

「過來。」陶伯全招招手。

齊眉走了進來，順著父親的意思坐到一旁的軟榻上，丫鬟把門帶上，轉身去忙著備茶和糕點。

「一個人來的？」陶伯全看了看掩上的門。「倪媽媽沒一起？新梅、新蘭呢？」

就是不問母親。齊眉卻皺了皺鼻子。「母親天天都很忙，齊眉一個人待著不知道要做什麼，數數日子，一、二、三……」

陶伯全就這麼看著齊眉掰著指頭，認真地數著，心裡一滯，竟然已經二十來天未和爾容見面了。

「妳母親這些日子如何？」問話的語氣有些漫不經心。

「不好。」

「怎麼不好？」幾乎是齊眉的話音剛落，陶伯全就匆忙問出口，看著齊眉彎彎的眼眸看著他，陶伯全彆扭地別過臉。

「臉比齊眉還要白，也總是咳嗽，剛剛還咳血了，母親不讓請大夫瞧，也不許齊眉告訴父親。」齊眉的話語和其餘小孩子敘事的方式是一樣的，平淡又真實。「但齊眉還是覺得要告訴父親，夜了後，母親總在夢裡念叨父親的名字。」

「當然，齊眉的名兒也有唸。」說著齊眉笑了起來。

陶伯全的心猛地一抽，顧不得其他，匆匆地披上外衣，出門的時候剛好撞上了端著茶果進來的丫鬟，丫鬟驚慌地叫了一下，手裡的東西全都散落在地，父親也不理，離去的背影透著焦急。

齊眉走到門口蹲下去，幫著丫鬟一起撿拾碎了一地的白玉瓷碟。「小姐，別碰，會流血的。」丫鬟嚇了一大跳，按住齊眉的手，把她抱到軟榻上。「小姐乖，讓奴婢來。」

齊眉歪頭看著這個丫鬟，圓臉圓眼睛，討喜又老實的長相。「妳叫什麼名字？」丫鬟笑著答。「奴婢名喚巧雪。」

巧雪，果然是巧雪，那日劉媽媽和梨棠出事的時候，齊眉匆匆趕去後院，沒認出她是小姐的丫鬟就是巧雪。

這個丫鬟在一年後嫁給了倪媽媽的兒子常青，本來對簽了死契的丫鬟來說，這樣的婚事實在是頂好不過的。可惜好景不長，巧雪在還懷著身孕的時候莫名死了。

齊眉記得她對自己很好，迎夏那時候總和巧雪來往，不少好吃的都是巧雪偷偷帶過來給她的。還記得有一次齊眉急急地吃著她帶來的糕點，巧雪拍著她的背怕她嗆著。

迎夏問：「妳每次都帶這麼多糕點來，還總偷些用度過來，不怕被老爺發現剝了妳的皮？」

「怎麼會？」齊眉記得巧雪的眼神很堅定。「這是五小姐，是府裡的小姐，本就是她該得的。奴婢被打死了不要緊，小姐好就行。」

前世為何巧雪對她這麼好，齊眉一點印象都沒有。

看著巧雪收拾完，離開書房後一會兒又回來，明顯的不放心她在這裡。

「巧雪，我想去月園。」齊眉想，這麼一段時間，母親和父親應該聊了一陣了。

「小姐，奴婢走不開，等過會兒再帶小姐去月園可好？」巧雪笑著問道。

齊眉乖巧地點頭，坐回軟榻上。

過了會兒，外邊一陣喧鬧的聲音，隱隱聽得二姨娘在那裡鬧。「老爺怎麼會不在書房？那妳說去了哪裡？」

「回二姨太，大老爺在大太太那裡。」是巧雪的聲音，話音剛落，巧雪嗚咽了一下。

二姨娘狠狠踢了她一腳，越想越氣，老爺這麼久沒見她，她以為是老爺忙，誰知道是和姊姊一起風花雪月？

「怎麼去了姊姊那裡？真是讓人不得安生，還以為這次會吵下去的。」二姨娘絮絮叨叨的，越發的生氣。

二姨娘正要把氣撒到巧雪身上，反正只不過是個命賤的丫鬟，巧雪縱使身上被踢到的地方很疼，也自是一句反抗的話都不敢說。

門忽然猛地被打開，一個小身子探了出來。「二姨娘。」

「齊眉在這兒啊。」腳立即收回來，換上一副十分溫柔的笑臉說了句。

而後轉頭，在齊眉看不到的角度，惡狠狠地瞪著巧雪。「滾。」

「齊眉在這兒多久了？」二姨娘親暱的把齊眉抱起來，走進書房裡，餘光環視了一下，竟然一個人都沒有。

「嗯，挺久了。」齊眉玩著手裡的小兔子木雕，樣子十分純真。

二姨娘眉心一皺，那就是說她都聽到都看到了。

看著這小孩子的臉，二姨娘眉心很快舒開，拿出一塊糕點給齊眉。「想不想吃？」

「想！」齊眉眼睛放光。

「那不可以把姨娘剛剛做的事說出去知道嗎？」

齊眉撇撇嘴，看著她有些變色的臉。「齊眉不會說的，也沒人可以說。」十分乖巧好騙的樣子。

二姨娘想了想，確實是。齊眉能和誰說？如果是和她那位柔和善良的母親說，她才不怕。

「姨娘還有事，先走了。」不是陶蕊的話，二姨娘著實沒有耐心和小孩子玩，和齊眉說了幾句話就猛地起身要走。

齊眉居然變了性子，黏著她不放手，結果小兔子木雕被撞得掉到地上，摔成了兩半。

這時候外邊響起了腳步聲，聽得丫鬟道：「大老爺、大太太。」

齊眉抿起嘴，眼眶很快蓄起了淚水。

書房的門被推開，父親和母親一起走了進來，齊眉悄悄看著兩人的表情，父親一臉平和，母親面上掛著一如往常的淡淡笑意，看來是和好了。

齊眉心裡樂開了花，但嘴巴還是抿得緊緊的，走到母親身邊，拉著她的衣角，仰起頭的時候眼眶已經蓄了淚水。

「這是怎麼了？」母親的笑意馬上就消失了，蹲下身關切地問著。

齊眉搖搖頭，又看了眼邊上的二姨娘，不說話。

「老爺、姊姊。」二姨娘福了禮，笑容滿面的。「剛剛妹妹來找老爺，結果發現只有齊眉一個人在這裡，齊眉說父親母親都不在這兒，說著說著就哭了起來。」

「胡說。」父親皺著眉頭，聲音把二姨娘嚇了一跳，又放柔了些。「齊眉不會為了這事哭。」

母親不理他們，看著齊眉的眼問道：「怎麼了？」

二姨娘又笑著接過了話頭。「妹妹想著把齊眉帶去月園，結果走得急了，一不小心把齊眉手裡的小兔木雕給撞到地上摔壞了，這孩子就是心疼這個呢。」說著還蹲下來把破碎的木雕撿起捧到齊眉面前。「喏，這個壞了就壞了，姨娘再去幫妳找人做一個如何？」

「不要了，不要兔子，兔子容易被欺負。」齊眉抿著嘴。「就像母親一樣，母親也總被欺負，也和兔子一樣，哭了後眼睛就紅紅的。」

「誰欺負妳了？」父親的聲音提高了一分，看著母親，語調裡透著嚴肅。

「聽她胡說。」母親笑著擺擺手，摸了摸齊眉的頭。

父親看了眼二姨娘。

二姨娘也蹲在地上，雙手握著齊眉的肩膀。「妳說說誰欺負姊姊了？」

齊眉不說話，只搖搖頭。

「說啊妳！」二姨娘被父親看得有些害怕，聲音一大，讓齊眉整個人都縮了一下。「是姨娘說的不許說！」

父親走過去把齊眉抱起來，坐到軟榻上，又將她放到自個兒腿上，有些哄著地道：「父親說的可以說，誰欺負的？」

「還不就是……」齊眉頓了下，二姨娘背都繃直了。「還不就是父親您！」

這回屋裡的人都愣了下，母親生怕父親生氣的樣子，急急地斥道：「齊眉不許無禮。」

父親回過神，看了齊眉一會兒，哈哈大笑起來。「是，是父親不對，已經賠過罪了，再不欺負爾容了，好不好？」

「嗯。」齊眉點點頭，似是比較滿意的樣子。

心裡樂開了花，父親對她態度的變化著實讓人歡喜，這樣的歡喜不僅是為了她自己，更是為了母親。

二姨娘也鬆了口氣，說到底就是個孩子，拿點兒吃的就能被哄得團團轉，在莊子裡的時候聽說齊眉過得更加淒慘，也難怪這麼好騙。

「妳也是，以後和齊眉說話的時候說點兒別的，孩子最易得把這些當真了。」父親笑著對二姨娘道。

這二十來天他頭一次笑得這麼開心，那些糾結起來的煩惱頃刻間煙消雲散。

「該回去了。」母親衝齊眉招招手，齊眉聽話地從父親身上跳下來。

「你們都留在這兒吧，把齊勇、齊英和蕊兒也叫過來，我們一起用飯。」父親的心情極好，笑著道。

母親和二姨娘都是一愣，已經有好幾個月他們這一房都是分開用飯的了。

母親自是高興的，難得有這時間可以一塊兒說說話，親近親近。

很快地大哥和二姊便一前一後的來了，大哥一進來便和齊眉說起了話，二姊還是悶著站到一邊，過了陣，陶蕊也被吳媽媽抱了進來，書房裡便更熱鬧了。

坐了會兒，父親帶著大家一起回了月園，側邊的廚房裡升起裊裊炊煙，飯香味也跟著飄散出來。

齊眉站在門口，看著大家歡笑的模樣，嘴角也跟著牽了起來，如果日日都能像今日這樣，即使不是心中所想，但至少表面能平和歡樂的過就好了。

用飯的時候，父親坐在正中，母親和二姨娘一左一右的坐著，齊眉坐在母親身邊，安靜地吃著飯，飯桌間的笑聲都是由陶蕊的俏皮話語帶來的。

大家都給父親挾菜，一會兒父親面前的白玉瓷碗就堆起了小山，樂呵呵地吃完，父親的肚子都鼓了起來。

齊眉看著父親的側顏，挺直的鼻梁，劍眉星目，面如冠玉。在朝中擔任著兵部尚書，家境殷實，周身透著股正氣。這樣的男子也難怪總是有女子死心塌地的追隨。

齊眉心裡嘆了口氣，算一算還有十分充足的時間。

眼下對於齊眉來說，最重要的便是把自個兒的身子養好，不然拖著這病殼子身體，她走到哪裡都讓人覺得要照顧。

用完飯後，丫鬟進來撤走碗碟，父親咳嗽了聲，道：「齊眉不能總住在月園，既然回了府，就要住在自個兒的園子裡。」

齊眉知曉父親這是希望她不要總是一副拖油瓶的感覺，要有獨立的精神。母親有些為難。「齊眉的身子這樣，我不放心把她交給那些丫鬟。」

那日煮了魚蝦蟹的事情母親並未與別人說，她本來也以為是丫鬟粗心大意，但自從祖母讓她點點倪媽媽後，她便上了心。

再聯想之前莊子裡的事，只怕有人一直想要齊眉活得不好。

心裡有些酸楚，齊眉才這麼幾歲的年紀，能對誰造成什麼威脅？思及此，母親忽然一愣。

「她以前在莊子裡才那麼一丁點大，不也好好的過到現在了？」

「好好的？」齊英難得開口道。

齊眉有些訝異重複父親話的人竟是二姊，上揚的語調配上她明顯帶著些不屑的表情，果真父親的臉沈了下來。

「齊英，好好和父親說話。」母親暗暗地拽了一把二姊，二姊卻是別過頭。

齊眉心裡有些疑惑起來。

這個話題因為氣氛的僵硬便沒再繼續，齊眉心裡也在暗暗的琢磨，她住在月園會給母親添麻煩，住在自個兒的園子會找麻煩。

「五妹就吃飽了？」大哥撇撇嘴，問道。

齊眉點點頭，看著大哥關切的眼神，心裡一動。

入夜後，暖閣裡還點著油燈，晃動的燈苗讓人眼睛有些不舒服，齊眉揉揉眼，看著母親在翻查帳本，忽然不解地問道：「母親，什麼是風花雪月啊？」

「又是從哪裡聽來的詞？」母親依舊低著頭在看帳本，只不過唇角微微揚起，一臉好笑的模樣。

「二姨娘說的，說父親竟然又和母親去風花雪月了！」齊眉學得維妙維肖。

母親停下了動作。

進了二月，天氣還是冷得很，齊眉記得前世這年的她特別冷，在暖閣裡卻還是哆哆嗦嗦的，母親太忙，其餘的人也不願接近她，只剩得迎夏一個人掏心掏肺地照顧她，可是一個丫鬟罷了，能照顧得到哪裡去。

身子越發的糟了起來，卻只能眼睜睜的熬著。

新梅過來把手爐給了齊眉。「小姐又發呆了。」

齊眉回了個笑容，接過小手爐，今生已經不一樣了，她在母親的保護下過得很好，沒人敢動她，園子裡的丫鬟、媽媽即使有二心也不敢明目張膽。

夜深的時候母親才回來，簾子挑起，母親的臉有些疲憊，但面上是掛著笑意的。

和倪媽媽說了幾句，母親換上了褻衣。

剛坐到床榻上就一陣咳嗽，齊眉幫她拍著背，而後見母親疲累的樣子，又幫她捏著肩膀，她是沒什麼力氣，但這個舉動讓母親舒心得很。

「真是乖巧。」母親笑著道，而後又嘆了口氣。

「母親是有什麼憂心的事嗎？」齊眉好奇地問道。

母親頓了下，大概是想這個能不能說，看著齊眉稚嫩的臉龐，不過八歲的年紀能懂什麼？好多事她憋在心裡也難受，倒不如和齊眉說，反正她也不懂。

「妳父親下個月要去福祉縣一趟，又得要去上一個月。」母親的話裡有些寂寥。

從這年起的三月，之後每年父親都會去福祉縣住上一個月，福祉縣離這裡並不遠，而且意外的是個繁華地，以前齊眉不知曉父親去做什麼，只和其餘的人一樣當他是去辦事。可直到三年後那個女人被帶回府，還帶著個一歲多的男娃，那時候她才知曉父親去辦的什麼事。

還記得二姨娘怒極的神情，父親帶著那個女人冷漠的看她們一眼，什麼也不說。

而母親雖然一語不發，但入夜了後抱著她念叨了幾句，而後偷偷背過身抹淚，第二日就大病了一場。

母親住的園子叫月園，這名是父親給取的，聽說那時候母親剛生了大哥，父親心中喜悅，本在邊疆的他收到母親要生的消息，日夜兼程的趕回來，雖然已經過了十來天。那日父親夜深的時候才到，直抱著大哥不撒手。外邊一輪明月靜悄悄地照著，母親站在一邊，給父親披上了外衣。

父親笑著道：「人月兩團圓。」

剛好取了園的諧音，母親過了兩日就和祖母請示，把園子的名兒換成了月，月園。

齊眉有些唏噓，男子的情也不知能長多久、能有幾分。當時的花前月下，變成了之後的負擔。母親溫婉、二姨娘美豔，父親本是幸福的，可無奈二姨娘卻無意處好，總和母親爭執，而祖母也站在二姨娘這邊。父親心煩意亂，所以有了那個女子。

之後母親的病情簡直是一落千丈，齊眉想母親嘴上不說，心裡還是太難受。

「母親最近可忙？」齊眉問道。

母親搖搖頭。「也不是說忙不忙，都是府裡的事，都是我分內的事。」

「母親可有想過陪父親去福祉縣？」齊眉手撐著被褥，眼眸睜得大大的。「聽說那兒的風景不錯，空氣也極好，是個養人的地兒呢。」

「妳父親也不會許我去的，他是去做正經事，我一個婦道人家跟著他也不好。」母親的意思就是想去。

齊眉心裡暗暗地哼一聲，那是去做「正經事」，若是正室跟著自然是不好。如果她沒記錯的話，那位後來帶回來的三姨娘就是這一次父親奉命去辦事的時候遇上的，而她那個最小的弟弟也是這一次結出的果。

「母親，齊眉感覺最近喘得沒那麼厲害了。」齊眉突然換了話題。

母親也沒在意這個，手搓了搓衣裳，大概心裡還是在想，有些心不在焉地道：「還是要按時服藥的好。」

「所以齊眉想恢復辰時請安的規矩。」

母親顯得有些猶疑，但既然齊眉有這個心思自然是好的，想了會兒，便道：「明日母親和妳祖母說一下，只怕還是會覺得妳身子羸弱，不便出門。」

這是在給她一個準備，齊眉也知道祖母不會答應。

回來一個多月了，除了初十那日祖母答應讓她繼續留在府裡以外，之後也沒再見過，若是再這麼拖下去，免不了誰在祖母面前說點什麼，又得把她送回莊子裡去。

「不用和祖母說，明兒齊眉一起和母親去好不好？」齊眉環住母親的胳膊，聲音小小的。「好久不見祖母，心裡有些思念。」

「也好。」母親想了會兒，齊眉去見見老太太也好，這些日子二姨娘去老太太那兒很是頻繁，她心裡有不好的預感。若是祖母讓齊眉恢復請安，那送回莊子的事就不會有人再提了。

「好久不見二姨娘了呢。」齊眉伸了個懶腰，有些困倦的樣子。

母親的臉色變了下，悶悶地道：「明日就能見了。」

那日與母親說的風花雪月，母親果然放在心上了。每次二姨娘在母親面前即使吵鬧，之後的姿態也能放得很低，懇切地道歉，母親心軟又想著都是一家人，自是原諒得快。

這樣只會讓二姨娘越發的踩在母親頭上。齊眉坐在床榻上，由著母親把被褥蓋過肩膀。

翌日清早，齊眉跟著母親一起起身，新梅、新蘭進來給二人梳洗打扮。

剛到清雅園門口，就聽得裡邊一陣歡聲笑語，母親牽著她的手很快地進去。

簾子挑起來，暖閣裡的人看到母親身後那個小身影都有一會兒的愣神，大抵是沒人想到齊眉會出現在這裡，而且二十來日沒有出現過的她，只怕有些人都忘了。

最興奮的還是陶蕊，一陣子不見齊眉，這會兒見到整張臉都笑了起來。

齊眉給老太太福了禮，老太太面上沒有什麼表情，只淡淡地笑了笑。

母親道：「齊眉這孩子念叨了幾日了，說是身子好了些，要來給祖母請安。」

「有心了。」老太太點點頭。

二姨娘道：「不是前幾日才咳了整晚，走起路來又喘得厲害的，哪裡是好起來了的意思。姊姊妳也是，齊眉明明身子不好，還要帶她來。」

「姨娘，是齊眉自己要來的。」齊眉打斷了她的話，又轉向老太太。「現在既然在府裡，那便不能壞了規矩。況且每日來請安，還能和八妹妹一起陪祖母解悶。」

齊眉話音剛落，陶蕊就愣是從吳媽媽懷裡掙脫下來，幾步跑到齊眉身邊和她並肩站著，連連點頭。

「我倒也沒什麼悶的。」老太太笑了笑。

「大老爺來了。」丫鬟在門口通傳了聲。

齊眉便站到一旁，跟著眾人對父親福禮。

「這時候你不是該在朝中？」老太太笑著問道。

父親顯得有些疲憊，坐到一旁的軟椅上，鶯翠端了熱茶過來，父親抿了口才嘆道：「天還未亮兒子便去了宮裡，皇上好似是龍體抱恙了，今兒不上早朝。」

「這可要好好仔細著。」老太太眼眸瞪大了下，喃喃地道。

父親點點頭。「這個無須我們操心，太醫們已經把皇上的寢宮都圍住了，太后也守在邊上。」

這麼大的陣仗，齊眉心裡不由得暗暗地想著，她記得皇上的龍體極少抱恙的，也難怪眾人都那般緊張。
眼下看著弘朝是一片安寧，但過不了一、兩年，便要鬧騰起來了。
想著這些，齊眉又嘆了口氣。
屋裡本就都在聽父親說話，很安靜，齊眉這一聲嘆息讓父親才注意到她也在。「今兒個齊眉也來請安了？」
齊眉忙福身。「是，想著許久不見祖母，心裡思念得緊。」
「母親，齊眉倒是挺有心的。」
老太太笑了笑。「你我到底是母子，說的話都是一樣的。」
「聽說父親下個月要去福祉縣。」齊眉笑意吟吟的，彎彎的眼眸似是要流瀉出光來。
父親愣了下，點點頭。「是個輕鬆的差事，妳想跟著一起去？」
齊眉立馬搖頭，看了眼母親，道：「齊眉想母親去。」
母親擺擺手。「這怎麼成，妳父親是去做正經事，我跟著多少都不好。」
齊眉卻道：「母親近來總是咳嗽，聽聞福祉縣風景秀麗空氣宜人，最適合調理身子了。」
「那是去養病不更使不得了？」接話的是二姨娘，眉頭幾不可見的皺了下。
齊眉搖搖頭。「因得過年那段時間太忙，母親和父親都極少有相處的時間，若是兩人能一起去福祉縣，父親做正事的時候，母親剛好散散心，還能買些小食回來。」
老太太忍不住搭話。「一來一去要好幾日，買回來不就吃不得了。」

齊眉驚訝地看著老太太，皺起眉頭好像苦惱起來了的樣子，陶蕊聽著有吃的，老早就豎起了耳朵，學著齊眉的模樣也苦惱得不行。

老太太瞧著一下就笑開了。「看來以後又多了個活寶。」

齊眉心臟重重地跳了一下，按住內心的喜悅，悄悄地看了眼老太太。

「這可是妳自個兒說的，每日和蕊兒一起陪祖母解悶。」老太太笑得眼兒瞇起來，很是慈祥。

齊眉點著頭。「多謝祖母。」

想著以後日日都能見到五姊姊，陶蕊高興得一下跳到老太太身上，那重重的小身軀一砸上去，把大家的心都要嚇出來了，還好老太太只是愛憐的摸摸她的腦袋。「小心些喲，妳這身子猛地跳上來，祖母可不是次次都受得住。」

陶蕊馬上就明白過來這是在說她胖，氣得臉都鼓鼓的，其餘的人笑得前仰後合。

老太太抱著陶蕊，屋裡都是歡笑的聲音，心情也跟著越發的好起來，笑著問道：「爾容，齊眉說的話倒是有幾分道理，福祉縣我年輕的時候常去，是個好地方。」

言下之意便是要母親去。

父親也沒有接話，但看著母親的目光倒是有些期待。

母親笑了笑。「若是老爺答應的話，媳婦自然是去。」

母親嫁入陶家後就極少出門，這次不只能出門，還是和父親單獨出去，心裡按捺不住的高興，但還是怕父親並沒有那個意思。

「嗯。」父親點了點頭。

「老爺……」二姨娘忙喚了聲，意思很是明顯。

齊眉卻過去拉住二姨娘的手。「姨娘可不許走，父親和母親都去了福祉縣，齊眉和八妹妹便只有姨娘了。」

這話一出來，二姨娘心思一轉，是啊，三月姊姊一走，那暫時當家的還不是她？若是她能做得比姊姊好……

想著笑意就自然的出來了，摸了摸齊眉的小腦袋。「姨娘可沒說要走。」

「那就這麼定了。」老太太頓了會兒，又道：「爾容和伯全出門，那齊眉住哪兒？」

齊眉就等著這一刻，但也不急躁，只是看了眼一直坐在一旁吃糕點的大哥，衝他悄悄的使了個眼色。

「祖母，齊眉就住我那兒吧。」大哥幾下把嘴裡的糕點吞下去，急急地道。

「這可怎麼使得？」母親第一個反對，雖然說大戶裡不少親兄妹住一個園子，但齊眉身子這般弱，齊勇又是個粗心的，哪裡照顧得了齊眉？

「母親，還有齊英呢。」二姊接了話，悠悠地看了眼齊眉。

齊眉一愣，繼而抿著唇，一會兒才道：「母親有所不知，齊眉的身子弱也並不是養不好的，大哥武藝高強，可以每日教齊眉打拳強壯身子，而且……有大哥在的地方，那些膳食也一定會好吃些。」

老太太端著的茶盞停了下，慢慢地放到唇邊，茶蓋打開，熱氣便冒了出來，茶香四溢。

「這倒是個好辦法，齊勇的八字好，命也好，齊眉放在他那兒住，又有齊英照顧著，沒什麼不方便的。」老太太都開口了，便沒人再有異議。

第十四章

齊眉能感覺到，母親自打能和父親一起去福祉縣，整個人都比平時要雀躍幾分，連臉色都微微透著紅潤。

到了二月底，母親越發的忙碌，好不容易在最後一天把所有的東西都準備好了。父親倒是也放心，把所有需要打點的都交給了母親。

「明日就要搬去妳大哥那兒住了，新梅和新蘭也會跟著妳去，她們也跟了母親幾年，做事都勤快著。」母親竟是把身邊的大丫鬟撥給了她，齊眉知曉雖然母親能和父親出門，但心裡還是怕她被怠慢。

「新梅，新蘭。」母親忽然聲音嚴厲了起來。「妳們這個月要好好照顧小姐，可不許出什麼差錯了。」

新梅、新蘭齊齊地福身。「還請主子放心。」

把父親和母親送到門口，齊眉有些不捨了起來，這一別就是一月多，也不知曉中間在府裡會不會出什麼事兒，不過母親和父親同行，能阻止父親和那位女子相遇才是最重要的，說到底父親也是因得家裡兩位不和，才能讓那個女子鑽了空檔。

父親今日穿著一件水藍的錦袍，面如冠玉；母親梳著溫婉的垂花髻，一身淡粉襖裙，應得現在仍是寒冷的天氣，外罩了一件大紅的斗篷。兩人一個面如冠玉，一個溫婉賢淑，般配得緊。

「母親。」齊眉抱著母親，有些不願意鬆手，心裡卻滿意得不行。

母親見著這陣仗眼眶又紅了起來，父親撩開車簾。「再不走就趕不上驛站了。」

齊眉吸吸鼻子，這才放手，馬車很快地絕塵而去。

齊眉目送著馬車消失成一個點，才被新梅、新蘭扶著回了府裡。

齊勇的園子很大，入門便是抄手遊廊，階下石子鋪成甬路，園裡的一眾丫鬟小廝都在做著各自的活兒，見著主子回來，皆是福身行禮。

朱武這個園名大哥一直不喜歡，但幾次與母親提起都沒有要改的意思，久而久之他便也不再說起，抬頭看著朱武兩個字，心裡不知為何又煩悶了起來。

拉著五妹妹的手站在園門口，齊眉眯起眼，看著牌匾上的大字。「朱、武。」只是認出這兩個字便花了極大的力氣，但面上的表情卻是無法言語的認真。

「小姐可真聰明。」新梅立馬稱讚道。

齊勇看著五妹的小臉，問道：「知曉這兩個字的意思嗎？」

齊眉出乎他的意料，幾乎是立即就點了點頭。

「哦？」齊勇驚訝了下，爽朗地笑著又問：「妳給大哥說說，是什麼意思？」

齊勇一直覺得，朱就是朱紅，朱紅是個較為沈悶的顏色，用得好了是大氣，用得不好是晦氣；武雖然是武藝的意思，可和朱配在一起，難免覺著原本父親取名的期許也失色了不少。

齊眉不知道是想起了什麼，悶著臉竟是不答話了，只緊緊拉著大哥的手，往園裡走去。

大哥心想小孩子本就是這秉性，像春日的天氣，一會兒下雨一會兒晴天，本就琢磨不透，便也沒多想。

入了園子，沿途都有丫鬟小廝們福禮的聲音，齊眉皆是躲在大哥身後，似是有些害怕的樣子，誰也不理。

穿過抄手遊廊，很快就到了正堂，正堂裡除了擺放整齊的兩排桌椅以外，還有一些亮晃晃的兵器。

齊眉心裡咯噔一下，之前那種隱隱的情緒又湧了上來。

前世她正式來到朱武園的時候大哥已經是年近十八的男子，一身戎裝襯得他唇紅齒白的英俊面容多了幾分霸氣。她得了大哥凱旋而歸的消息，思念素來疼愛她的大哥，便也顧不得那麼多，急急的跑到朱武園。

那時候大哥正跪在正堂裡，門緊緊地關著，所有的丫鬟小廝都被遣到外邊，所以她很容易就闖了進來。

不知道為何母親一直哭哭啼啼的，父親顯然很是煩心，不停地揉著額前的兩側。

當時的齊眉也不過十二、三歲的年紀，太過單純的生長環境讓她壓根兒想不明白發生了什麼事，想去幫父親按著額頭，卻被一下子甩開。

「都是妳的錯。」父親惡狠狠的神情齊眉到現在都記得。為什麼說是她的錯，只因為她是剋陶家的陶齊眉，但當時的她連發生了什麼都不清楚。

重生回來，父親對她的態度已然逆轉，這是齊眉自己爭取來的，她知道。她除了改變自己的命運和陶家的命運，她還要證明給所有人看，她陶齊眉能活得多漂亮。

內室隔出了兩個間，西間是大哥住的，新梅正指揮著丫鬟們把齊眉的東西都搬入東間。並沒有多少物品，齊眉回來府裡不過一些時日，吃穿用度都是和母親一起，很快地便收拾好了。

此時已經夕陽西下，東間的光線有些暗，不似白日那般寬敞明亮，床榻比莊子裡的大許多，齊眉坐上去，身下的被褥柔軟舒適。

左手是梳妝鏡，右手是對著日頭昇起的地方，圓形的大窗下是一方楠木書桌，紙墨筆硯旁擺放著一疊整齊的書冊。

齊眉走過去，帶著她的新蘭會意的磨墨，執起毫筆的時候齊眉注意到了新蘭若有似無的目光，抿著唇下筆，筆觸歪歪扭扭。

大哥進來的時候就見著這樣的光景，好奇地湊過去，齊眉堪堪寫完。

稚嫩的筆鋒隱隱透著娟秀的味道，可以預見若是好好加以練習，齊眉定能寫出一手漂亮的好字。

「朱雀、玄武。」唸出齊眉寫在宣紙上的字，齊勇忽然沈默了一下。

齊眉拿起宣紙，上邊的墨跡還十分的新鮮。「大哥你瞧。」笑臉可以說是尤為清甜。

齊勇卻微微蹙眉。「這是妳理解的朱武兩字的意思。」和他所想的截然不同。

朱雀玄武，父親並不是重生而來的，也不是先知。但這四個字很好的詮釋了大哥以後的路。

齊眉所能做的便是盡力點醒他，年歲的限制她並不能說得太明顯，但年歲的限制又讓她能知無不言。

「為何會這麼理解？」齊勇來了興趣，拉開椅子坐了下去，把齊眉抱著坐到自己身上。

「以前在莊子裡唸書的時候看過的，朱雀是天靈之獸，比鳳凰更稀有珍貴，位於南方方能體現牠火一般的性子；而玄武苦練而功成，白日飛升，威鎮北方。」

朱武朱武、朱雀玄武……意味著大哥能在南方闖出一片天地，而名聲亦能在北方叱吒不衰。這後邊的話齊眉沒有說出來，也不適合她說出來。

大哥半天沒說出話來，新蘭瞪著好奇的眼。「小姐怎地懂得這麼多？」

齊眉笑了笑，面上盡是誠實的神情。「我只是記得書裡所寫，其實還是一知半解的，若不是唸了神怪書，齊眉還一直以為朱雀就是大鳥，玄武也只是個舞刀弄槍的普通男子。」說著還比劃了幾下。

新蘭忍不住地笑了起來，小姐到底還是個孩子。

這時候東間也收拾得七七八八，小廝來說飯菜已經準備好了，齊眉高興地拍起了手，拉著一直在愣神的大哥往正堂裡跑。

但在看到二姊的時候，齊眉頓了一下。

齊英並沒有任何不自然的神色，坐在八仙桌旁，等著大哥和齊眉過來。

「大哥，二姊也要一起用飯嗎？」齊眉扯著大哥的衣裳，扯了好幾下後大哥才有反應。

「是、是，齊英總是與我一起用飯的。」

齊眉沒再說話，以前她回來後便住在自己的園子，並不知曉這一層。看來大哥和二姊的兄妹關係，不比她差到哪裡去。

這一頓飯吃得有些安靜，除了碗筷和盤碟的碰撞聲以外，無人說話。

齊勇一直若有所思的模樣，讓素來冷淡的二姊也好奇了起來。「大哥平時話匣子是怎麼都關不住的，今兒莫不是被人點了啞穴？」

對著齊英的打趣，齊勇有點兒不好意思起來，擺著手道：「妳和五妹都在這兒，我多少要有大哥的樣子不是？」

齊英看著齊眉只是悶頭挾菜吃飯的樣子，放下了碗筷。「以後我還是不上大哥這兒來了。」

齊勇似是覺得齊英的話甚是突兀，兄妹一起用飯都兩、三年了，怎麼說不來就不來。雖然大哥是習武之人，心思不細膩，但見著齊眉一直不說話，齊英又忽然說不來，扒了幾口飯，心裡琢磨一下，便也明白了。

齊勇咳嗽了聲，道：「妳可不是個耍性子的人。」

齊英有些委屈，但面上的神色依舊是淡淡的。「我不是個喜歡賴著的人，大哥要照顧五妹，我不日日來叨擾，豈不更好。」

「二姊還是來吧，本來是大哥和二姊日日一同用飯，妹妹也是因得母親的緣故才先暫住到朱武園。」頓了下，齊眉見二姊的眉心皺了起來。

無論二姊再不歡迎她，也不會忤逆母親的意思，何況她暫住到朱武園可不單單只是母親的意思，祖母是親自點了頭的。她先說自己的不是，再把祖母和母親搬出來，二姊只不過是個十來歲的女娃，也不能有二話說。

果然，沈寂了一會兒，齊英站起身。「我吃飽了。」

「吃得比五妹還少怎麼行。」齊勇只不過說了句，齊英邁出門的步子一頓，齊勇又道：「明兒早些來吧，五妹一個人在這裡也悶。」

在齊眉以為二姊會一言不發的離去時，耳邊聽到她小小地「嗯」了一聲。

翌日清早，齊眉被新梅叫醒，或許是睡在朱武園的緣故，在月園睡得沈，在朱武園也睡得極香。

在齊眉的心中，無論是前世還是如今，她最能信任依賴的人就是母親和大哥，現下坐在妝奩前，銅花鏡映出她的面龐，齊眉覺得分外安心。

身後新蘭準備幫她梳頭，齊眉笑了笑。「新梅去哪兒了？」

「給小姐準備衣裳去了。」新蘭笑著答。

新梅和新蘭長得有幾分相像，卻並沒有血緣關係，兩人都是十五、六歲的年紀，新梅要比新蘭大一歲，但性子比新蘭急躁許多，相比之下，年紀小些的新蘭透著幾分沈穩。

新梅很快地來了，抱著乾淨整潔的衣裳，齊眉站起身，由著新梅服侍她穿衣。

外邊的丫鬟端來新熬好的藥，新梅接了過來。「小姐，服藥吧。」

齊眉端起了藥碗，濃郁的苦味飄入鼻息，她沒有喝，只是皺著眉把碗放下。「新蘭，我想吃蜜餞。」

新蘭應了聲，挑起簾子走了出去。

「新梅。」齊眉拉著新梅的衣裳，新梅有些不知所措的看著五小姐。

「這個藥能不能倒掉啊？」齊眉眨巴著眼兒，小臉上透著的懇求和期待讓新梅差點好字就要出口。

「不能。」新梅堅定的搖頭。「大太太臨走前千叮嚀萬囑咐的，一定要好好服侍小姐，這藥苦是沒錯，但有句話叫做苦口良藥利於病。」

「可是母親也說過的，不能什麼也不吃就喝苦苦的藥，這樣對肚子不好。」齊眉的話語裡外都透著小孩子的語氣。

新梅卻是一愣。「大太太說過的嗎？」

「嗯！」齊眉點點頭，認真得不行。

可是……到嘴巴的話嚥了回去，新梅看了眼五小姐。「奴婢這就去拿點吃的來。」

「不必了。」簾子一掀一落，進來的卻是二姊。

齊眉給二姊福了禮。

二姊皺起眉。「新梅，藥都涼了，待五妹和我們去祖母那兒請了安一同用了飯後，再回來喝也不遲。」

「這……」新梅不知道該聽誰的，看著齊眉又看著齊英，腦子裡還想著大太太的囑咐。

齊眉竟是微微一笑。「就聽二姊的。」

既然五小姐和二小姐都這麼說了，那便照她們的話做便是，反正也不是不服藥了，新梅想著便端著藥碗出去準備倒掉。

剛好撞上新蘭。「新梅姊，五小姐沒喝呢？」新蘭端著白玉瓷碟，裡邊裝著甜甜的蜜餞。

「五小姐說苦不願意喝，我勸著勸著二小姐又進來了，說是藥涼了喝不得，小姐們現在又趕著要去清雅園給老太太請安。」

「這樣。」新蘭點了點頭，把蜜餞隨意遞給身邊路過的小丫鬟。

齊眉站在窗前，看著這兩個丫鬟嘀嘀咕咕。

二姊順著她的視線看過去，新梅和新蘭剛好說完，只剩兩人很快消失的背影。

「若是有什麼不便的，和大哥說便是，大哥最疼妳。」二姊的話裡總是沒有什麼起伏，淡淡地道。

齊眉點了點頭，和二姊一起走出了東間，外邊大哥正舞著大刀，招式並不華麗，但刀鋒卻十分的狠，還隱隱透著些毛躁。

「大哥。」姊妹倆一起喚了聲，大哥回頭便見著兩個一高一矮的女娃站在正堂門口。

到了清雅園，二姨娘是難得的早到，坐在老太太右側的榻邊，案几上放著本冊子，二姨娘正認認真真地在看著，連暖閣裡來了三個人都不知曉。

老太太正和陶蕊說著話，大房的三個孩子一起福禮，老太太微微點頭，示意他們三人坐下。

暖閣裡的氣氛一直很是融洽，齊眉也不主動說話，如以前那般安安靜靜的坐在位上，陶蕊和老太太笑笑鬧鬧，二姨娘一直看著書冊，大抵是怕老太太悶，三嬸娘也過來了。

過了會兒二姨娘似是有事，拿著書冊走到老太太身邊低聲說了幾句，老太太便起身，兩人一起去了內室。

陶蕊幾步跑到齊眉身邊，熱絡地和她說起了話，一段時間不見，她好似藏了一肚子的話要說。

齊眉瞥了眼身後候著的新梅和新蘭，心裡默默地盤算起來。

這兩個丫鬟是母親身邊的，可有一個心不在母親身上。

原先齊眉以為有二心的是新梅，畢竟頭一天的魚蝦蟹是她親自命人端來的。可這一個多月來的觀察，再加上今兒早晨的事，或許有二心的是新蘭。齊眉雖然沒有確實的證據，但只要是對自個兒不利的，她不會容許其留在身邊。

和陶蕊神神秘秘地說了幾句，簾子掀開，二姨娘扶著老太太出來，陶蕊又蹦蹦跳跳地跑到老太太身邊，一會兒轉過頭，看著齊眉。「五姊姊。」招手讓她過去。

齊眉頓了下，沒有動身子。

老太太看在眼裡，抿抿唇。「齊眉過來吧。」

齊眉這才過去。

二姨娘已經坐到案几旁，翻著書冊的手遲疑了一瞬，抬頭看了眼齊眉這邊。

規規矩矩地坐著一小半的臥榻，齊眉只笑著看陶蕊和老太太說話，也不搭話，小孩子的世界裡都是美妙的東西，花花草草和好吃的才是陶蕊的主題。

老太太也耐心得很，無論陶蕊說什麼她都側耳聽，時不時地還摸摸她的腦袋。

「說起來，蕊兒以前極少聽人提起五姊姊。」陶蕊說完了自個兒的美妙世界，話題自然而然的轉到了身旁的齊眉身上。

老太太瞇了瞇眼，不答話。

陶蕊自顧自的說著。「記得五姊有兩個丫鬟的對不對，回來這麼久也不見人。」

二姨娘似是有些累了，揉了揉額前兩側，漫不經心地繼續翻著書冊。

「一個叫迎夏，一個叫子秋。」齊眉笑著道。

老太太有些疑惑地看著她。「這兩丫頭去哪兒了？聽說那晚兩丫頭出了不少力，倒是忠心護主的。」

齊眉倒是沒想到祖母會再提起那晚的事，雖然是不鹹不淡的提了句。

「安置在別處了。」大哥立即上前道。

老太太嗯了聲，不大關心的樣子，並沒再多問。

齊眉起了身，給老太太福禮。「孫女有個請求。」

「說吧。」

「原本子秋和迎夏就一直跟在孫女身邊，這一個多月不見她們倒是很不習慣，新梅和新蘭到底是服侍母親的，尤其是新蘭，大抵是服侍著容易混淆主兒吧。」齊眉說得模模糊糊。

老太太的眼神卻銳利了起來，齊眉繼續道：「子秋和迎夏雖是粗使丫鬟，但對孫女的習性都很瞭解，若是能回到孫女身邊跟著便好了。」

新蘭嚇了一跳，一抬頭就迎上老太太的目光，忙跪了下去，冤枉的道：「小姐這可使不得啊，奴婢在大太太身邊也是一直跟著的，若是服侍小姐有哪兒不周到了，小姐大可直說，如今在老太太面前這樣含糊不清的說著，奴婢擔不起這個罪！」

「還有沒有規矩了！」嚴媽媽怒斥了一句，早就看到老太太的眼神不對。

齊眉心裡訝異了一下，新蘭的反應出乎她的意料。

三嬸娘笑著打圓場。「新蘭是姊姊身邊的人，齊眉又是姊姊疼愛的女兒，即使是沒有情分在裡邊，給新蘭一百個膽她都不敢服侍不周。」

老太太擺了擺手，把嚴媽媽攬到身邊，說了幾句便起身，陶蕊鬧她她也不理會了，鶯翠和鶯柳忙過來扶著老太太走，內室的簾子掀起又落下。

老太太不高興了。

齊眉心裡一沈，隨便一試便知曉深淺。

新蘭還跪著，老太太這一走，屋子裡的人都多少有些尷尬。

三嬸娘心裡有幾分不快，但也沒太表現出來。一旁嚴媽媽笑著和齊眉說話。「五小姐，待會兒讓子秋和迎夏那兩個丫鬟收拾收拾，傍晚的時候就到朱武園繼續服侍小姐。」

用的是「繼續」兩字！齊眉心裡一喜，笑起來的時候餘光瞥到三嬸娘，不快的表情有幾分明顯，倒是二姨娘合上了書冊，讓吳媽媽把陶蕊抱了起來。

「姨娘，為何祖母不理蕊兒了？」陶蕊還完全不懂察言觀色，歪著腦袋臉上寫滿了不解。

「蕊兒以後別多事。」二姨娘說著不經意的瞥了齊眉這邊一眼。

因為迎夏和子秋的到來，朱武園是凌亂了會兒的，本以為會熱鬧一番，可沒想著大家探頭看熱鬧，正堂裡五小姐坐於位上，傳聞中護主有功的兩個粗使丫鬟子秋和迎夏跪在正前方，磕了頭。

而後五小姐和一邊的新梅耳語幾句，新梅便攤開宣紙，照著上邊的字唸出。

子秋和迎夏雖為粗使丫鬟，可其忠心程度日月可鑒，遂升為一等丫鬟，長侍五小姐左右。

聽說這可是老太太手下的嚴媽媽親自寫的鑒紙，從粗使丫鬟一躍升為一等丫鬟，在陶府還真是未曾聽說的。

翌日一早，齊眉起了身，一邊守夜的子秋馬上端來了洗漱的用具，一番折騰後齊眉出了屋子。

新梅迎了上來，齊眉忙問：「新蘭呢？」

「這個，奴婢也不知……昨日就沒回來。」新梅的情緒有些低落，看著齊眉的眼神也透著些猜測。

齊眉臉皺到了一起，眼見著眼眶裡的淚水就聚得要溢出來。

這下把周圍的丫鬟們都嚇壞了，這朱武園的主子可是把她當寶貝的，現下齊勇在外邊練劍，若是被他瞧見五小姐哭了，那他們這群丫鬟小廝少不了被收拾一頓狠的。
這麼一想，大家呼啦一下都圍了過來，子秋攔著眾人，皺眉斥道：「你們這是做什麼！」這樣的陣仗不更嚇了小姐？
包圍住的圈子小了些，但大家都很緊張的看著齊眉，生怕她的眼淚掉下來。
老實說齊眉有點兒想笑，她活了二十幾年了從沒有受過這樣的關注，新婚的時候都是悄悄摸摸的，比秦姨娘好不了多少。
這會兒她只是眼眶紅一下，一群丫鬟小廝緊張得肺都要出來了。
「都是我的錯，若不是我怕新蘭給我服的藥苦苦的，在祖母面前胡亂說，新蘭也不會現在還沒回來，都是我的錯。」齊眉的聲音細細的，這麼一帶點兒哭腔的話語把大家的心都撩撥軟了。
新梅也嘆了口氣，走過去扶著齊眉。「五小姐也不用自責，新蘭會沒事兒的，奴婢這幾日再去打聽打聽。」
齊勇這時候練完了武藝，剛好父親和母親出外一個多月，他這段時間除了去學堂以外其餘都是空出來的，可以好好陪陪五妹妹。
一進門，就見五妹妹眼角有些紅紅的痕跡，有些微怒地問道：「是誰欺負妳了？」聲音揚高了一分，外邊的丫鬟小廝都豎起了耳朵。
齊眉搖搖頭，揉了揉眼睛。「是進沙子了。」
「我來給妳看看。」大哥忙俯身仔細檢查齊眉的眼睛。「哪裡進沙子了，瞎說。」

這一聲倒是很小，只有他們二人可以聽到。

「大哥，你教五妹武藝可好？」齊眉順勢說了出來。

「妳個女娃娃要學什麼武藝？我們陶家雖是武學世家，但說到底舞刀弄劍都是男子做的事，保家衛國也是男子做的本分，妳就好好練練字成了，大哥之前見妳寫的那四個字，覺得妳若是練練的話，以後一定能寫得極好。」

齊眉抿了抿唇。「但是大哥也不能時時刻刻在府裡，學武藝不一定得做到保家衛國，保己為己也是很重要的。大家總覺得齊眉弱小，若是能有個強壯些的體魄，也不會有人再拿齊眉來當笑話看。」

「五妹啊，妳說妳腦子裡都裝了多沈的東西。」大哥嘆了口氣，但還是立馬答應了。

五妹說得沒錯，他這個做大哥的雖是袒護，但畢竟不能時時刻刻守在她身邊，而且即使他袒護，他自己都只是個半大的人，要變得更強大才可以保護身邊人的周全。

這個認知開始在齊勇心裡萌芽。

齊眉卻憶起前世，母親一過世，屍骨未寒，二姨太要扶正的消息卻在府裡蔓延。

那時候二姨娘跪在母親靈堂之前，磕得滿頭血，說不知是哪裡來的謠言要把她置於不忠的境地，指著天地義正辭嚴，說自個兒從無半點扶正的心思，可沒過多久，大家都說二姨娘得扶正，連族長都出來說話了。

越想越清晰，扶正後的二姨娘性子轉了，並不是一夜之間轉的，而是慢慢的，沒有什麼痕跡的轉變。

第十五章

從園子裡出來剛好是傍晚，夕陽斜斜地掛在天際，揮灑餘光。

新梅扶著齊眉上了馬車，齊眉主動窩到了新梅的懷裡。「新梅，八妹妹是去了哪兒？」

新梅笑著道：「奴婢猜，八小姐是去了新來的先生那兒，五小姐大概有所不知，近日京城裡來了個教書先生，容貌生得俊俏，又年紀極輕，可偏偏教書的手段好得不行。許多人家都在打探他的消息，不過咱們陶府先人一步，已經命人請了來。」

齊眉想起來了，前世也有這麼一位教書先生，那時候母親大抵發了狠，在祖母那兒軟磨硬泡了好幾日，祖母倒是意外的也答應了讓齊眉跟著先生學。

弘朝歷來教書不分男女，只要是家裡有條件的，小姐或者哥兒都可以一起在學堂學，當然最基本的條件是自家有能力開個小學堂。

那時候她也是特別的盼望能跟著府裡的兄長姊妹們一起學，知道祖母答應了後，高興得幾晚都睡不著覺，若是好好的學東西，被先生讚揚了，大家也能對她刮目相看，最開始她是抱著這樣美好的心思。

上學堂的第一日也是興奮得緊，可齊眉還是齊眉，齊集了所有霉運的人。

她連先生的面都沒有見到，坐在最後邊的矮長桌，充滿期待的跪在軟墊上，結果陶蕊拉著她說很沒意思，要溜出去玩。

齊眉一點兒都不願意，雖然兩人相差兩歲，可陶蕊身體圓圓的，而她體弱多病力氣極小，一下就被陶蕊拉走。

跑出去了會兒，齊眉總覺得不安心，一直勸陶蕊一起回去，結果還沒來得及回去兩人就被捉住了，俊朗先生拿著戒尺，狠狠地打兩人的手板，對大家都寵愛的陶蕊更是毫不留情。

教書先生，又是這般有學識的人，精通書畫還會指導女紅，這在弘朝是最受尊敬的學者類型，而且陶府花了大力氣把先生請來，便是不會怪責他什麼，即使是打了陶蕊。

兩人一起哇哇大哭，之後被匆匆趕來的母親和二姨娘抱著上藥，邊斥責邊又透著心疼的記憶到現在還很清晰。只不過第二日她還要去上學堂的時候，被嚴媽媽告知祖母再不准她去了。

有能力開學堂的人家，小姐和哥兒們都一定要去的，除非是本就有幸在宮裡和王孫貴族家的孩子，比如府裡的大哥就不必去。但像齊眉這樣的，如若不許去上，閒言碎語又能多一麻袋。

所以母親才拚了力氣都要讓她跟著上學堂，只可惜前世的時候那一麻袋閒話還是被她揹在了身上。

是時候自己來鋪墊一把了。

跟著大哥練了武後，齊眉覺得渾身舒爽，換好衣裳覺著屋裡有些悶，走到窗邊把窗戶推開。

抬手遮住照射進來的陽光，齊眉不由得看到自己的手，枯瘦又黃，跟秋天的落葉似的。

回府養了快二個月，她的哮喘好了一些，主要還是在府裡她並不需要自個兒走路，雖然不受喜愛，但到底是個小姐，又都是放在心疼她的人身邊帶著，她自己也看得緊，並沒吃過什麼虧。

可整個人還是呈現病態，如若平時不上妝粉，臉就比那宣紙都要慘白。

這段時日陶府和居家的人都來往密切，以前齊眉壓根兒就不知道裡裡外外的事，但隱約記起陶家被滅門，居家似是沒站出來說話。

那時候陶蕊已經嫁給居玄奕幾年了，也生了一個大胖小子，聽說日子過得還不錯，居玄奕封了侯，安國侯，不過二十來歲的年紀，可見皇上多重視。而居玄奕對陶家也很照顧，按理來說陶家有難，又是親家，居家卻是一點反應都沒有。

其中一定有更多她不知道的事，齊眉腦子一點都沒停下。

到了清雅園，四周的丫鬟和小廝都比平日要多，老太太也沒什麼心思說話，一會兒小廝道老太爺來了。

齊眉眸子一閃，自從和祖父上次一見，這會兒隔了快兩個月，其間她來清雅園的時候，總能聽到老太爺在吹笛，正是之前的那首。

老太爺進來的時候步伐有些緩慢，坐到位上後又重重地咳嗽了聲。

「一會兒御史大人一家要來了，老爺其實不必出來，一切交給我來就好。」老太太話裡都是心疼。

老太爺看她一眼。「伯全不在府裡，若是婦道人家出迎，妳當御史大人心裡會怎麼想？」

老太太正要爭辯，忽而二姨娘匆匆跑進來，把屋裡的人都嚇了一跳。

老太太皺起眉頭。「妳怎地這般莽撞？屋裡還坐著這麼些小輩，妳……」

「母親！這回真是有事兒！」二姨娘竟是打斷了老太太的話，齊眉聽著訝異的看了過去。

這時還是寒冷的天氣，二姨娘的額上卻有著些許汗珠，正在大口喘著氣，一看就是一路小跑過來的。

有什麼事能讓二姨娘著急成這個樣子？

老太太瞪了二姨娘一眼，二姨娘趕忙又跪下，老太爺咳嗽了聲，沈聲道：「妳有多麼大不了的事都先擱著，晚些時候御史大夫要過來，天大的事也沒這個要緊。」

齊眉挑了挑眉，御史大夫一家對陶府永不會是這般重要的存在，祖父這樣說就是不想讓二姨娘繼續咋咋呼呼。

屋裡的小輩們都睜大著眼，不明所以的看著二姨娘，陶蕊也坐在一旁一聲不吭，想了下還是走到二姨娘身邊，拉著她的衣袖。「姨娘，蕊兒來幫您擦汗。」

二姨娘有些煩悶地把她的小胖手揮開，看著陶蕊抿起來的唇，心裡又覺不忍。

老太太低頭柔聲和老太爺說著話，把二姨娘叫了出去。

陶蕊想都沒想就跟著往外跑，老太爺忽然道：「齊眉，去把蕊兒追回來。」

齊眉啊了一聲，看著祖父的眉眼，明白了祖父的意思，祖父是想著陶蕊和她關係好，也會聽她這個姊姊的話。

追出去也沒見著陶蕊，明明是小胖手小胖腿的卻一下子跑得沒了影，齊眉估摸著祖母把二姨娘叫出來，那也只能去書房。

看著外邊不少的丫鬟來來回回和她擦身而過，衝她福禮道小姐好，齊眉多了心思，繞了彎路走小道去了書房。

沒人遇見，也沒見著陶蕊，書房外邊不知名的花開出了花骨朵，齊眉趴在被柱子擋住的道上，那十分清淡的花草香味縈繞在鼻間。

「母親，您可一定要幫幫媳婦啊！」二姨娘的聲音果然從書房傳過來。「這也不是幫媳婦，都是為了蕊兒的幸福！」

「我一早知曉今日御史大夫一家會和阮大老爺、大夫人還有阮家大公子過來。」沈吟了一下，老太太的聲音十分平穩。「妳別杯弓蛇影的，又不是過來逼親。」

「可無端端的要過來，雖是下了拜帖的，可又為何要帶那個大公子？」二姨娘絮絮叨叨的。「上回阮大夫人送的玉簪媳婦到現在還收在很隱秘的地方，都不敢去碰，一碰就覺得燙人！」

「阮家大公子癡癡傻傻，但到底是嫡長子，而且阮家素來不待見這個阮成淵，也覺得他丟人。如今這樣帶來我們陶家，也算是一種信任。」老太太淡淡地道。

齊眉皺緊了眉頭，不可能是什麼信任。分明是帶著過來和陶蕊多見見的，前世阮家就極想讓陶蕊嫁去當大少奶奶，阮大夫人也一直在暗地裡做手腳，後來二姨娘扶正，陶蕊的身分也提升。阮大夫人可高興了，因得那時候阮成淵和陶蕊也是見過幾次面的，二姨娘也不似現在這般急躁，態度和祖母一樣都是淡淡的。

結果一來二去，變成了和她齊眉結親。

眉頭皺得更緊，她齊眉都能想到的東西，祖母不可能真的覺得帶阮成淵過來是出於信任，覺得陶府很親帶過來也不丟人。

可祖母的態度讓齊眉有些迷惑，陶蕊這樣大家都喜歡的人，誰捨得把她嫁給一個傻子。

別說二姨娘了，母親都不會捨得。

齊眉聽了半天並沒聽出什麼，準備轉身離開。

「玉簪的話，妳要不先給齊眉拿著。」祖母的話讓齊眉一個激靈停住了腳步。

悄悄回了正廳，屋裡一片沈寂，沒什麼人說話，自然也沒人注意她。

一會兒祖母進來，二姨娘不知所蹤。

齊眉扯了扯嘴角。

等到陶蕊被吳媽媽抱回來，老太爺才問：「齊眉沒回來？」

齊眉立馬站起身。「去找了八妹妹，結果沒找到，所以老早就回來了。」

今兒個老太爺也出來了，大家一起在正廳用飯，圍坐了兩桌顯得很是熱鬧。

齊眉一直悶頭吃飯，一句話都不多說。

待到要起身的時候，二姨娘忽然拉住了她，悄悄遞過來一個盒子。「見妳頭上光光的，一會兒御史大人一家和阮家都要來，戴點兒首飾也好看些。」

齊眉接了過去，打開一看，是那時候阮大夫人送給陶蕊的玉簪，驚訝地抬頭。「這是八妹妹的東西。」

「姨娘說送給妳戴戴，妳就戴著。」二姨娘眨了眨眼，按著她枯瘦的小手把錦盒蓋上。

「玉簪很好看，謝謝姨娘。」齊眉抬頭笑了笑。

老太太瞥了這邊一眼，又轉頭招呼丫鬟給老太爺倒茶水。

歇息的時候陶蕊閒不下來，一直鬧著齊眉，兩人便跑出去玩兒，二姨娘讓吳媽媽跟了過去，怕這兩個孩子跑遠。

午後時分，阮府的馬車先到，府門口一陣歡聲笑語，一段時日沒見，兩家人都有不少話說。

阮大夫人笑眼彎彎的。「八姑娘呢？」

二姨娘回身瞪了眼丫鬟，丫鬟哆哆嗦嗦的低頭。「五小姐和八小姐還在花園那邊遛達，吳媽媽很快就帶過來。」

話音剛落，遠遠的就見著三個身影飛奔而來，齊眉和陶蕊被吳媽媽幾乎是一路提著跑，兩個女娃的髮鬢都有點兒亂。

二姨娘轉頭目光先找著齊眉，結果一旁陶蕊頭上亮晃晃的東西讓她差點兒站不穩。

玉簪怎麼會插在蕊兒的髮鬢間？

二姨娘幾乎是要揪著齊眉過來問，但礙於阮家人都在場，她只能捏了捏拳頭，斥著齊眉。「怎麼這麼貪玩？」

「不礙事，小孩子都是這樣好玩的心性，淵哥兒也是這樣的，知道了是出門，興奮得在馬車裡跳來跳去呢。」阮大夫人笑意更甚。

看了眼陶蕊，又道：「八姑娘戴這個玉簪可真是合適得緊。」

齊眉這時候卻半句話都說不上來，這樣被拽著跑，她的哮喘又犯了。

把領口微微扯開了些，滿頭都是冷汗，不停地大喘著氣。

齊英走過去扶著她。「這樣的場合還跑跑跑，喘死妳才知道輕重！」

齊眉一句話也答不上來，臉色完全白了，只能勉強的和阮家人福了禮，便被嚴媽媽帶去正廳後的廂房歇息。

阮府的馬車進了陶府，裡邊自然是坐著那個阮成淵，二姨娘憂心忡忡地不停偷瞄後邊緩慢跟著駛的馬車，拉著陶蕊的手越來越緊。

「大夫人，大少爺好似肚子疼。」一邊的媽媽小聲地衝阮大夫人說了句。

阮大夫人臉色微微一變，低聲道：「忍著。」

二姨娘這會兒樂了起來，大聲道：「若是大公子有何不便，先讓媽媽帶著他去正廳後先歇息便是了。」

阮大夫人想了想也是，反正離用飯的時辰還早，讓淵哥兒去熟悉熟悉也好。

二姨娘倒是主動，讓吳媽媽帶著阮成淵去了正廳後的廂房。

這邊齊眉還是喘得厲害，還好藥很快端過來，齊眉忍著苦喝完了。

聽著隔間有響動，緩和下來的她好奇地問道：「大哥，外邊難道還有人來？」

齊勇出去轉了一圈，回來淡淡地道：「是阮家那個長子也被帶過來了。」

阮成淵，她前世的傻子夫君。

這時候丫鬟進來把大哥叫了出去，廂房裡只剩齊眉一個人，她放下藥碗，起身走了出去。

外邊特別的安靜，聽得到隔間傳來易媽媽的聲音，似是阮成淵在鬧，易媽媽讓他安靜。不一會兒易媽媽推開門，邊念叨邊搖頭。「老奴這就去找吃的來。」

等易媽媽走遠了，齊眉才悄悄地從門外探頭望去。

廂房裡的光線較暗，冬日午後的暖陽悠悠地從窗外灑入，堪堪落在那個穿著湖藍錦襖的背影上，有些枯燥的黑髮被一根白玉簪子束於頭頂，俐落乾脆。

背對著的男娃不知道在做什麼，腦袋晃來晃去的，敞開的門裡溜入了冷風，男娃一個哆嗦，茫然的回頭。

齊眉從重生回來也想過幾次和這個傻子夫君重遇的場景，畢竟她前世裡最後那幾年身邊相伴的都只有他，她縱使心底不甘，但多少會有些激動。

可對上那一雙清澈見底卻又夾雜著明顯呆滯的烏黑眼眸，齊眉只是動了動唇，什麼話也沒說出來。

她從未見過幼年時的阮成淵，第一次見是阮大夫人帶著他過來陶府，齊眉平時極少出門，那天正是夏日，她熱得厲害，難得想去池子邊走走納涼，見著個男子坐在池邊，模樣俊朗非常，五官分明，聽到身後的響動，一回頭，對上視線，齊眉只覺得這雙眼眸比池子裡的水還清澈。

齊眉正想走出來，卻見著阮大夫人從轉角的後山出來，男子伸開手衝著她邊蹬腿兒邊鬧。「母親，成淵要糖糖。」

可惜了，好端端的俊朗男子應是有無上的前途，卻如個孩童一般。

齊眉有些嘆息地搖搖頭，一邊跟著的迎夏也拉著她匆匆走了。她怎麼也想不到，之後掀起自己大紅蓋頭的夫君會是這個男子。

回過神，其實阮成淵和以前俊秀的模樣相差不止幾分，比之成年後的他，身形略瘦，淡淡的眉毛，薄厚適中的唇，顏色也並不紅潤，可這一雙眸子，完全和記憶中的一模一樣。

心底裡湧上太多的情緒，齊眉卻始終只能定定地站在門口，她不知道該說什麼。

阮成淵只是呆愣了一下，忽而露出了個無比純淨的笑容，伸出手衝著齊眉。「是拿糖糖來了嗎？」

齊眉頓了一下，想起之前邊念叨邊離開找吃食的易媽媽，大概阮成淵把她當成端小食過來的人了。

在傻子的世界永遠只有固定的思維。他很難分清楚誰是怎樣的地位，誰又是怎樣的人，可他的世界無比純淨，沒有紛爭、沒有陰謀，至少齊眉是這麼想的。

「糖糖要等一下。」齊眉本就是小孩子年紀，而且比阮成淵還要小三歲，她放柔了聲音開口，聽得人心裡都軟軟的。

阮成淵歪著頭，招手讓齊眉過來。

齊眉頓在原地，雖然阮成淵是傻子，但他畢竟不是和自己有血緣關係的齊勇或者齊賢。

大抵是等了會兒不見齊眉動身，阮成淵歪歪扭扭地站了起來，小心地一步步走向她，臉上帶著的是孩童才有的，純淨得讓人心都柔軟的笑容。

在離齊眉還有大約兩步的地方停下了，阮成淵左手一直背在身後，這會兒更是無比神秘的樣子。

齊眉猜阮成淵是想和她玩，在期待她有所反應。

「阮大少爺是藏了什麼好東西？」齊眉笑著問道。

阮成淵卻頓了一下，而後笑嘻嘻的。「淵哥兒覺得妹妹的笑容特別特別好看。」

妹妹？齊眉笑著搖搖頭，前世的阮成淵從不曾這樣叫過她，新婚那晚。他掀開蓋頭，看著她的臉蛋，特別認真地道：「妳是淵哥兒的媳婦，母親說的，媳婦是會跟著淵哥兒過一輩子的人。」

從那天起，阮成淵就只叫她媳婦，怎麼說都不聽，還好她很少出門，不然別人得被阮成淵的認真勁兒給逗得笑破肚皮。

阮成淵只叫過她兩次齊眉，每次叫齊眉的時候，他都是意外地發著成年男子的聲音，齊眉也沒問過他緣由，其實問了他也不一定能答出來。

第一次是她生熙兒的時候，疼得特別厲害，流了不少血，她也忍不住地疼得哭，阮成淵突然闖了進來，緊緊捉著她的手。「齊眉，不怕，淵哥兒陪著妳。」那時候的他和成年男子無異，眸光裡都是擔憂，聲音又極為沈穩。

順利生出來後，他高興極了，一把抱起了熙兒，邊上的丫鬟小廝都嚇得跪在他手下準備接著。

第二次是她死前倒下，拿著好不容易摘來的月季花看到這一幕的他，跪在地上，喃喃地唸出她的名。

無法控制的憶起前世的許多事，齊眉頭疼了起來，揉著前額兩側，一直忽視了眼前的小成淵。

「這個送給妳！」稚嫩的聲音讓齊眉睜開了眼，面前是一朵月季，剛回憶了許多事，齊眉腦子轉不過來，這究竟是前世的月季花，還是今生的？

齊眉最喜歡的花就是月季，月季的意思她聽人說過，等待即將到來的希望和幸福。本也無法拒絕，齊眉邊道謝邊準備接過月季，卻眼前忽而一閃，那股熟悉的檀香味兒竄入鼻息，月季被別在了她的髮鬢間。

「更好看了，和小仙子似的。」孩童心性的阮成淵毫不掩飾心裡的想法。

齊眉卻被他誇得臉燒紅了起來，不好意思地笑了笑。

「大少爺！又胡鬧什麼！」易媽媽走過來便見著阮成淵拍著手高興地笑，一邊陶府的五小姐臉背著身，看不清表情。

只想著大抵大少爺又欺負人了，還是欺負府裡的小姐，忙過來一把狠狠地扯著他。「媽媽說了拿小食來，大少爺就要乖乖等著，不然拿過來也不給少爺吃！」

阮成淵的臉一下子垮下來，眼眶裡很快盈了淚水，被易媽媽一瞪，又立馬收回眼淚，乖乖坐到矮椅上。

齊眉忍不住噗哧一笑。

「讓五小姐笑話了，若是大少爺有什麼無禮的地方，還望小姐莫要怪罪。」易媽媽恭敬地給齊眉道歉。

齊眉擺了擺手，這時候大哥也回來了，說是正廳那邊讓他們都過去。

「頭上的花是哪兒來的？」大哥邊走邊疑惑的問道。

齊眉瞥了眼後邊拿著糖吃開心得不得了的阮成淵，大哥有些訝異。「他給妳戴的？要到正廳了，妳快拿下來。」

齊眉知曉大哥的意思，馬上取下了月季花，別在腰間裝著半枚玉珮的香囊上。

易媽媽怕淵哥兒又鬧，低頭一看，阮成淵卻只是看了齊眉一眼，繼續開心的吃著手裡的小食，臨進門前，易媽媽幫阮成淵仔仔細細地擦了嘴。

正堂裡一陣熱鬧的聲音，居家的人也都來了，御史大人居大老爺、御史夫人和居玄奕都坐在了正堂裡。

齊眉一進去，眼眸一掃，就知曉了居玄奕坐的地方。

只不過十二歲的年紀，卻生得英姿颯爽，雖說性格頑鬧，但若是靜靜地坐在位上便只給人一種沈穩英氣的感覺，劍眉下生的一雙杏眼，也正看著剛邁進門口的他們。

齊眉給長輩一一福了禮。

二姨娘笑道：「不想齊眉竟是和阮大公子一同來，莫不說，兩人一起進來的時候倒是讓人眼前一亮呢。」

老太太抿了口茶，似是極有興趣。「這話怎麼說？」

阮大夫人忙插話。「五姑娘和淵哥兒可不是身上鍍了層金邊。」

二姨娘一會兒笑得合不攏嘴。「阮大夫人說笑了，只是覺著齊眉和阮大公子啊，跟那金童玉女一般。」

老太太瞥了眼齊眉，還是老樣子，福了禮便靜靜地坐在一旁，一句話都不多說，即使現在屋裡談論的人之一是她。

用絹帕撫了撫自個兒衣裳，老太太只是笑，不說話。

「陶老太爺精神可真是越來越好，風采不減當年。」居大老爺道。

祖父搖搖頭。「到底是老了。」

「可不是這麼說，陶老太爺縱橫沙場，當年的驍勇善戰我們這些小輩都是如雷貫耳，眼下是享福的年紀，果然風采依然，只是坐於位上便讓人覺得威懾。」居大老爺句句真心。

祖父難得出來一次，但只要是面對外人，他時時刻刻都是挺拔身姿、耳清目明的模樣，記得去年還總有人傳陶府的老將軍要垮了，現下那些人都只顧著自打嘴巴。

席間，陶蕊坐在齊眉身邊，總不自覺地往她身上靠，齊眉幾次覺得奇怪要問陶蕊，卻又礙於邊上有他人在場不好開口。

等到用完飯了，齊眉才拉著陶蕊悄悄地問：「八妹妹怎麼一直心神不寧的？」

「五姊……」陶蕊癟著嘴，半天才憋出兩個字，一開口就是要哭的樣子。邊上已經有人看過來，齊眉雖是不明所以，但嘴下的反應極快。「難不成有誰敢欺負妹妹？那可真是跟天借了膽兒！我們八妹妹，天上的神仙也得讓三分。」

誇張的語調把陶蕊一下子逗笑了，銀鈴一般的笑聲引得居玄奕往這邊看，眸光一掃，陶蕊忙止住了笑。

「五姊，蕊兒不想和那個傻子過一輩子。」齊眉愣了一下，這可還在正堂裡呢，若是被哪個丫鬟聽了去，可不得了，忙抬手捂著她的嘴。「這話可別在這兒說，知道嗎？」

陶蕊嚇了一跳，但五姊姊認真的語氣讓她立馬乖巧的點頭。

齊眉這才鬆了手。

三家的長輩都坐在正堂裡閒聊，外邊還未天黑，正是夕陽西下的時候，小輩們也漸漸地聚到了一塊兒，不一會兒便也敞開了話題。

不知道說了什麼，齊眉他們這桌笑聲一下子漾開。

老太太側頭看過去，果然齊眉是最沈默的那個，其次是齊英，而一張小嘴不停張合的只有陶蕊，二叔和三叔家的都只跟著說幾句。

阮大夫人抿了抿唇，身邊的阮成淵正靠在她肩旁打瞌睡，而離他們一旁的那一桌熱鬧非凡，那個白白嫩嫩的八姑娘笑得最厲害，一雙大眼兒眨一眨，活潑得不得了，一瞧就是個有福氣的人。

以八姑娘的身分地位，阮大夫人怎麼算，她配淵哥兒絕不吃虧。

不過總是這樣的，淵哥兒無論在哪兒都是被忽視甚至被嘲笑的人。

當初淵哥兒剛生下來，阮家上下誰人不歡喜？都搶著來看，個個都跟在她身邊殷勤萬分。

好景連半年都維持不下，淵哥兒在半歲的時候染上風寒，來勢洶洶，差點連命都丟了。阮大夫人衣不解帶地守著，看著、哭著。

最終上天見憐，留下了淵哥兒一命，卻只留下了命。大夫診治過，甚至得蒙聖寵，傳入皇上耳裡，太醫也被派來，都是一個結論，淵哥兒從此傻了。

在淵哥兒學會走路之後，她帶著淵哥兒去過靜慈寺，住持倒是意外地很喜歡淵哥兒，之後便形成了習慣一般，每個月淵哥兒都會去一趟寺裡，聽易媽媽說住持每次都教淵哥兒打拳，學得是有模有樣的。

會打拳又有何用？阮大夫人鼻頭一酸。

手忽然被覆住，是淵哥兒醒了，再傻再笨，他也知道母親不開心，阮大夫人心裡又安慰起來。也好，傻就不會被算計，傻就能平平穩穩過一生。

阮大夫人給阮成淵細細地擦著汗。阮成淵卻仰著頭。「母親不開心了，淵哥兒知道母親如果眼再紅一點，就又要落珍珠了。」說著要擦淚。

「珍珠？」二姨娘疑惑地重複了下。

阮成淵看著她，十分的認真。「母親眼睛如果很紅的話，就會掉很多很多珍珠下來，那就代表母親很難過很難過，這時候淵哥兒就一定要乖。不可以調皮，不然母親會因為淵哥兒調皮又落下很多珍珠，珍珠貴重，淵哥兒沒有銀子還不起。」

眾人皆忍不住地大笑起來，二姨娘開口逗他。「大公子哪裡會沒有銀子，拿個碗接一會兒珍珠，去賣了就能有不少銀子了！」

「真的？」阮成淵清澈的眼眸看著她，亮晶晶的。

齊眉看到阮大夫人白了的臉，她一直知道，這是婆婆的大忌，婆婆最難受別人取笑阮成淵，而且二姨娘太過分了，不僅拿阮成淵逗樂，還當著這麼多人的面，把阮大夫人的臉面踩在腳底。

「那當然真了。」二姨娘說著把桌上的碗拿起，遞給阮成淵，手顛了顛。

阮大夫人嘴巴都哆嗦起來，齊眉有些按捺不住了，剛要起身，卻見阮成淵笑嘻嘻地起來走到二姨娘面前，伸手卻並沒有接碗。

啪地一個清脆的巴掌聲，讓屋裡的氣氛完全凝固了。

齊眉也是滿臉震驚，阮成淵竟當著所有人打了二姨娘一個巴掌。

第十六章

「你、你！」二姨娘捂著左半邊臉，憤怒地指著他，卻氣得再說不出別的話。

陶蕊一下子衝過來，推了阮成淵一把。「你做什麼打我娘親！」耳根子都氣紅了。

阮大夫人慌得把阮成淵攬到懷裡，阮成淵卻一下子掙脫。「是她要淵哥兒接珍珠的！」

齊眉眸色閃了閃，看二姨娘的臉紅一半白一半，一會兒又變成了青色，齊眉走過去把陶蕊拉到身後。

「淵哥兒腦子不清楚，他也不知道做了錯事。」阮大夫人扯了一把阮成淵。「快道歉！」

「淵哥兒做了錯事嗎？」阮成淵縮了縮脖子，害怕起來，乖乖地給二姨娘福身。「下次請妳吃糖。」

「這是哪門子的道歉！」二姨娘哪裡受過這樣的氣，還是一連串的當眾羞辱。

居大老爺也道：「還是好好的說聲對不起吧。」

「私以為，陶二姨太和個小孩子般的人計較委實有些小氣了。」出聲的是居玄奕，他拱手抱拳，文質彬彬的模樣，用的是小孩子而不是什麼癡傻兒的稱呼。「若說起來，最先開始無禮的並不是阮大公子。」

齊眉記得，前世居玄奕和阮成淵也是好友的關係，那時候齊眉並不曾出來，也未知曉阮成淵打過二姨娘，現在一想，大抵他們二人成了朋友，是這一次結下的緣。

居玄奕一身正氣，看不過人欺負弱小，挺身而出是必然的事。

「胡說八道！」陶蕊才不理，她只知曉她的娘親被個傻子打了。

齊眉摸摸她的腦袋，輕聲道：「齊眉猜，阮大公子只不過是聽了二姨娘說的接珍珠換銀子，阮大夫人也沒有落淚，剛剛阮大公子的意思大抵是人疼了定是會落淚的，所以他才依著自個兒單純的思想，並不是有意冒犯二姨娘的。」

聲音雖然輕，屋裡的人卻都聽得清楚，輕柔地平著眾人的心。「其實阮大公子這樣，也是覺得二姨娘落下的眼淚是珍珠呢！」齊眉說著一笑，感覺到身邊的目光，齊眉側頭，正好對上居玄奕的視線，他也不閃躲，反而唇角微微牽起一些，也形成一個和她的笑一樣好看的笑容。

忽而腦裡湧上記憶的聲音，是成年了的居玄奕。「齊眉妳瞧，池子裡倒映了我們倆的笑容，一模一樣呢！都說啊，互相喜歡的人，笑起來便會是一個模樣兒。」

池子裡倒映著一個俊朗非常的高大男子，身旁站著的女子身形瘦弱得厲害。

老太太微微地點點頭，撫了撫衣裳，淡淡地道：「都道歉了，阮大公子到底只是個孩子，妳與個孩子計較個甚？」

「是，母親。」二姨娘雖是心裡無盡的氣，這會兒也只能變成悶氣。

老太太和阮大夫人笑了笑，指了下二姨娘。「也是她有錯在先，見著淵哥兒是個讓人喜歡的便失了禮，大夫人可不要放在心上才好。」

「是淵哥兒不懂事。」阮大夫人順著下了老太太給的臺階。

雖然氣氛緩和了些，但到底還是出了場鬧劇，就這麼僵著一會兒，居大老爺道：「天色已晚，陶老太爺還要早些歇息，爾等下次再來拜訪。」阮大夫人也忙起身要告辭。

祖父幾人一起把阮家人和居家人送出去。

馬車上。

「母親不說話了。」阮成淵搖著阮大夫人的胳膊，又從兜裡掏了半天。「母親吃糖，甜甜的就會高興了，淵哥兒就是這樣的！」

阮大夫人嘆了口氣，心中五味雜陳。

鬧了這麼一齣，非她所願。

日後要讓陶八姑娘嫁過來又多了分難度。不過好在幾人一起說話，把局勢扭了回來，尤其是那位陶五姑娘。

以前只聽得說陶五姑娘身體極差，還剋陶府，今日匆匆一見，其實生得模樣秀麗，只不過確實體態瘦弱，面色略顯蒼白。不過她幫理不幫親已經很難得，還能做到不易察覺，反而合情合理，可見其聰慧。

阮大夫人心裡感激了起來。

陶府漸漸地也安靜下來，忙碌的丫鬟小廝公僕們都睡下了，齊眉也被大哥帶著回了朱武園，靠在床榻上，露出了淡淡的笑意，看到鏡中自己的笑臉，她又皺起眉。

憶起今日那個一樣的笑容——

居玄奕，她前世情竇初開的男子。

今生不知會如何？

想著坐回床榻上，把香囊放到枕頭下，別著的月季花掉落在地上，齊眉撿起來放到枕頭旁，淡淡的香味讓她心神很快又安定了下來。

「妳這是何必？」老太太靠在臥榻上，面上都是疲累。

「母親，媳婦只有這樣，阮大夫人才不會想讓蕊兒嫁給阮大公子。」二姨娘接過嚴媽媽拿來的冷布巾，敷著略微紅腫的臉。「阮大夫人是書香世家出來的，掛不住面子，至少短時間內不會再來。」

嚴媽媽扶著老太太去了暖閣。「主子，今日在花園裡，八小姐見五小姐拿出玉簪吵著鬧著非要戴，五小姐勸了許久八小姐都不依，五小姐才只好讓她戴了，可不是二姨太以為的故意。」

「知道了，妳也下去吧。」

簾子一掀一落，老太太靠在了臥榻上，她今日故意讓二姨娘把玉簪給齊眉，她就是要試，試這個孫女究竟有幾斤幾兩。

今日齊眉在正堂，幾句就解了大圍，老太太的手在案几上一下下地敲著。

一到春日，雨天也多了起來，連著下了好幾日的雨到今日才有停下來的意思。

老太太是被嚴媽媽喚醒的，有些不悅地起身，蹙眉看著她。「現下天還未光，妳平時也不是個急躁性子。」

梳妝完畢，老太太覺得渾身不利索，一到這陰雨天氣她的風濕就又犯了，都是年輕時候落下的病根，疼起來真是要人命。

嚴媽媽道：「五小姐在外邊候著了。」

老太太訝異地看了嚴媽媽一眼。「她出了何事？」

「老奴見五小姐手裡抱著個東西，也不知是什麼。」

大抵是什麼新奇的小食罷了，老太太並未在意，反而想起了老太爺最近總是強撐著身子，要表現出他如今一切安好的樣子，實在是讓人擔心得緊。

暖閣裡安安靜靜的。光線極暗，時辰未到，誰都還沒來，只有齊眉一人坐在靠近門口的位上，她一直是規規矩矩的坐在那裡，從不亂跑。

外邊一陣夾雜泥土氣息的風吹過來，齊眉打了個哆嗦。

丫鬟們向老太太福禮，齊眉忙站起身，手裡果然抱著個錦盒，放到了一邊。

老太太抿了口剛端上來的熱茶，舌尖被燙了一下，微蹙起眉，心情不悅地嘆口氣。身上的疼痛更明顯了，看著面前低頭站著的齊眉，該不會又是五丫頭剋她？

這個念頭已經在老太太心裡根深柢固，她這麼想著，揮著手要讓齊眉回去。

齊眉卻轉身抱著那個錦盒過來，聲音輕輕的。「祖母，孫女見近日天氣不好，便拿了藥膏來，這個藥膏對祖母的風濕很有幫助的，配合著適當力氣的揉捏，能把痛楚減緩。」

老太太揮著的手一頓。

她風濕不是一年、兩年的事了，年年都犯，年年都疼，真正掛心的人幾乎沒有。

「今日起身就見雨停了，孫女便自作主張地拿了藥膏來，這時候用是最好的。」齊眉笑著道，許久未現的酒窩淺淺地嵌在臉頰旁，襯得整個人都水靈起來一般。

「妳真是個有心的。」老太太露出了笑意。

齊眉的心舒了下來。嚴媽媽要把藥膏接過去，齊眉卻搖頭。「還未到辰時，不如讓孫女來幫祖母按摩一番。」

老太太心裡輕笑了一聲，原來還是急著要邀功領賞，到底年紀小，還是個沈不住氣的丫頭。

由著齊眉扶她回了內室，把褻衣褲管卷到膝蓋，齊眉皺起眉，讓鶯翠去拿了厚毯過來，拿來後又親自細細地裹好，老太太只覺得剛剛還冷的腿立馬就暖和了。

只這麼一想的工夫，膝蓋上傳來一陣涼意，伴著力道適中的按摩，真的讓疼痛霎時減去了幾分，老太太也不再說話，閉目養神起來。

耳邊嚴媽媽問：「五小姐為何只把藥膏塗在自己手上？老奴記得把藥膏先塗在膝蓋再按摩的話，會有更好的效果。」嚴媽媽是怕五小姐不懂。

只聽得一陣淺淺的笑聲，齊眉的聲音從腳案旁傳來。「這藥膏藥效好，但是是藥三分毒，越是好的藥越有它本身的毒性，塗在齊眉的手上，便能減少些。」

談話就此結束，老太太一直未插話。

齊眉也小心翼翼地按著，頭也沒抬起來過，眼睛只十分認真的盯著膝蓋，時刻注意自己的力道，所以也不知曉老太太睜眼看著她，齊眉並不像蕊兒那般小小年紀就滿頭珍貴的髮釵，只是兩支簡單的珍珠髮簪，一左一右的插入，綰成了垂花髻的烏髮，耳墜是和髮簪配套的小珍珠花。

這次看得久了些，齊眉似是感覺到什麼，抬起頭，月牙兒眼眸自然地略略彎著，老太太忽而覺得這張小臉看上去，竟然生出一分討人歡喜的感覺來。

「是不是孫女手重了？」齊眉忙問道。

老太太搖搖頭。「不，一切都剛剛好。」

待到齊眉扶著老太太走出內室，大家已經都在暖閣裡等著了。

「齊眉這麼早就來了？」二姨娘熱絡地上來幫著扶過老太太，快十日過去，她面上微微的浮腫早就消失了。

不待齊眉答話，老太太便笑著道：「是呢，一早上便來了，送了藥膏來幫我按摩，現在膝蓋都不疼了。」話裡的幾分高興意思掩飾不住。

接下來這十來日，二姨娘都忙忙碌碌地準備，為大老爺和大太太接風的事落在了她手上，而老太太放心把這事交給她做，一句話都不問，那足以證明有多信任她。

二姨娘去清雅園的腳步都快了些，總算忙完了所有的事，她得早點告訴老太太她把事兒都安排得妥妥當當了。

熬了幾日夜才把事全部安排好，但都是值得的，姊姊現下身子不爽利，去了趟福祉縣她不信就能轉好，即便回府也還是老樣子，等再過段時間姊姊身子再差些，她便能多多幫手府裡的事。

入了暖閣，二姨娘的笑容卻是一僵。

齊眉竟然也在，正陪著老太太下棋，一老一小對立坐在臥榻上，進門的時候齊眉正落下一子，老太太先把棋盤一推。「不玩了，我老了。」

「是祖母讓著孫女。」齊眉笑著道。

門口的婆子給二姨娘福禮，齊眉這才抬眼，忙從臥榻上下來。「二姨娘。」

現在是午後時分，這時候老太太都是用來小憩，要不就叫陶蕊過來說說話，怎麼會幾日的工夫就變成了齊眉？

二姨娘心裡的疑惑大了起來，同時夾雜著不滿，要不是她這幾日忙得暈頭轉向的，怎麼會讓這個病弱女給鑽了空子。

「齊眉真是個有孝心的，日日都來幫我塗藥膏按摩，別說今兒起身都沒覺著多疼。」老太太嘴角難得地展露著笑意，眼睛卻是看著齊眉。

二姨娘動了動嘴唇，想起自己過來是為了什麼，忙告訴老太太她辦好了明日接風的事宜。

老太太微微點頭，齊眉在一旁靜靜地收著棋子，黑白分明的棋子在她手裡快速地分類，很快就裝好了。

待到齊眉和二姨娘各自離去，老太太坐到了軟榻上，嚴媽媽端了糕點來，老太太拈起一塊吃了下去，閉上眼，只覺得清香爽口。

翌日午後，果然小廝來報，大老爺和大太太乘坐的馬車已經到了城門口，老太爺自是不去，老太太領著大房幾人過去，二叔和三叔已經站在門口候著。

齊眉心裡有些激動，和母親一分別便是一月半，她心裡早就思念了起來。

馬車到了府門口，父親先下來了，而後母親也被扶著下來。

齊眉站在後邊細細端詳著母親，面色紅潤，嘴角帶著笑意，一看就是這一趟福祉縣之行去對了。

齊眉心裡默默地念叨著，沒有三姨娘了，陶府也不會多個小少爺。

父親關切地問著祖母的身子，他就是為數不多記得祖母風濕的人之一，祖母笑了笑。「多虧了齊眉這孩子，拿了個好藥膏來，這十多日都堅持給我按摩，並不怎麼疼過。」

大家都唰地一下看著她，齊眉道：「這都是孫女該做的。」

「這麼小的孩子，一誇反而還謙虛，都沒有小孩子的靈氣模樣了。」說話的是二嬸娘。

父親道：「謙虛才好，她年紀這般小就知曉要謙虛懂禮，不似別人。」

花廳裡熱鬧非凡，父親扶著祖母過來，二人面上都帶著笑意。

三叔道：「看大哥笑得這般開心，福祉縣的事兒都辦妥了吧。」

父親點點頭，二姨娘接了話。「讓我說，福祉縣可真真是養人的地兒，瞧姊姊去了一月半，整個人的氣色都好了不少。」

母親笑了笑，道：「確實是個好地方，山青水秀的，空氣宜人，身子委實好了不少。」頓了下，又道：「聽母親說這次的接風宴是妹妹親自操辦的，真是辛苦了。」

「這都是小事，能為母親和姊姊分憂是我的榮幸。」

用完了飯，二姨娘忙前忙後的，又帶著眾人去了搭好的戲臺子處，京城裡新來的戲子們唱的曲兒新奇，大家都聽得津津有味，老太太搖頭晃腦的，時不時還試著要唱幾句。

二姨娘心裡一陣欣喜，瞧她也能做得這般好，一點問題都不曾出。母親雖然沒說什麼，但素來掌家的姊姊一開口就是誇她，母親也微微地點了點頭，這便是肯定她的能力了。

和老爺一起去了福祉縣又如何，二姨娘撇撇嘴。

戲再好看也有落幕的一刻。戲班子下臺，過來領銀子，二姨娘出手特別大方，領班的看著眼睛都直了，生怕她反悔，連忙接過銀子鞠躬道謝。「二姨太可真真是菩薩一般的好人。」

齊眉看到母親蹙起了眉。

大家紛紛散去，祖母把二姨娘叫了過去，父親先回書房了。母親也往清雅園走，看著母親難得的步履匆匆，齊眉猜和二姨娘有關。

內室裡，齊眉把簾子稍稍掀開一點兒，外邊的聲音聽得清楚。

「妳說說妳，府裡是怎樣的情況妳也不是不知曉，昨日就想說妳了，不過是給伯全兩人接風，並不是皇上親臨，這般大的排場是要做什麼？剛剛給戲班子的銀子，妳知曉究竟有多少？」祖母似是生氣了，說話沒有了往日的平淡，帶上了幾分情緒。

母親也道：「用飯的時候也是，鮑參翅肚這些雖然家裡暫時不缺，可也沒必要統統拿上來吃，府裡並沒有時不時就負擔這些食材的能力。」

難得聽到母親訓人，而且訓的還是二姨娘，再加上祖母也難得生氣，齊眉想著她們話裡的意思。

陶府現在很困難嗎？

給戲班子的銀子她也看到了的，並沒有很多，她記得前世阮府請了戲班子來看，可比二姨娘這次的出手還多些的，也不見阮大夫人皺眉。

「要知道現在老爺這麼撐著不容易，伯全是個尚書卻也沒太大的權力，先皇賞賜下來的田莊這幾年收成都不好，城南的鋪子經營得也不大好，年初還出了岔子。府裡還剩幾斤幾兩，外人不知曉，我們自己得清楚。要做得每次都有臉面，那府裡該省的就得省。」祖母嘆了口氣。

齊眉這才恍然大悟。

祖父是老將軍了，可身子也在征戰時落下了病，父親是兵部尚書卻沒能繼承祖父那驍勇善戰的能力，而大哥雖然有心，但年紀還小並不能獨當一面，再加上武試未考，身上沒有名也無法立功。

陶府原來最驕傲的就是府裡人丁眾多子孫旺，可現在這麼一看，成了負擔，無論做什麼都要銀子，人一多，分出來的銀子就得更多。

難怪二姨娘要遭訓斥。

前世的齊眉總是待在自個兒的園子裡不出門，府裡的許多事都不知曉，原來如今的陶府並不如她心中所想。

會不會之後祖父的決定也和現在陶府的情況有關？

這段日子請安，齊眉總見著祖母幾人眉頭緊蹙、心裡鬱結的模樣，她猜想是和現下陶府內部的實情有關。

她在朱武園的時候也聽嘴碎的婆子抱怨，這次發的月錢比以前要少點兒，雖然沒少多少，但到底一分錢都是血汗錢，換了她們這種沒日沒夜幹活的，心裡都跟割肉似的疼。

大哥最近也忙忙碌碌的，十分勤奮地練武，上宮裡的武學堂，和父親偶爾巡邏，也無暇顧及她這個妹妹，陶蕊不似之前活潑，算起來，齊眉這段時日竟是和二姊相處的時間最多。

這會兒齊英正坐在屋內繡著個小香袋，馬上就要完成了，密密的針腳翻過來就不見了影兒，齊眉嘆道：「若是能有二姊這般的手藝便好了。」

齊英看了她一眼，背過了身不說話，齊眉也不生氣，坐到窗邊的書桌旁開始練字。

「這月中就開始上學堂，母親說了妳也可以去。」齊眉的眼前出現了剛剛的小香袋，有些訝異地要伸手接，齊英卻又拿了回去，急急地把線頭咬掉，再遞過來。「給妳拿這個裝東西，裡層可以裝繡線，都是有內袋的，繡線不會扎破袋子，外層便可以放筆一類，這樣會方便許多。」

「多謝二姊。」齊眉笑著接了過去，拿在手裡仔細地看了看，果真是一雙巧手做出來的東西。

二姊素來繡功了得，十五歲那年繡出了一幅雙面鴛鴦戲水圖，見過的人都讚嘆得不行，都說誰娶了這陶府的二小姐，誰就有福氣了。

可惜的是二姊前世的姻緣可真真是……

齊眉想著搖搖頭，齊英卻誤以為她覺得不好，一把又奪了回去。「妳若是不喜歡的話，那我就送給八妹妹好了。」

「不，五妹喜歡著呢。」齊眉搶了回來，笑得眼角都瞇起來。

小香袋內裡的右下角還繡著朵小小的梅花，這是二姊的習慣，十分的細小，若不是熟悉她的人並不會知道。

迎夏端著茶進來，給兩位小姐斟茶。

大抵是覺得屋內太過安靜，迎夏倒完茶了，笑著道：「明日那教書的先生就要來，府裡的丫鬟都在念叨著呢。」

「是啊，連迎夏也一進門就開始念叨呢。」齊眉笑意吟吟地看著她。

迎夏一下子臉都通紅了。

這也是難怪，那個教書先生俊朗非常的美名早就傳遍了，也難怪一個個的小丫鬟們又好奇又緊張的。

齊眉把齊英剛剛送的小香袋收好，抿了口熱茶，身子也暖和起來。

祖母的風濕因得她送的藥膏和力道合適的按摩而緩解了不少，前幾日又連著下了雨。齊眉今早請安的時候與陶蕊閒聊時說過，可以熬些藥給祖母服下，正好迎夏來了，便讓她去找大夫抓些藥，不到傍晚的時候迎夏便回來了，齊眉拿著包好的藥草包，往清雅園趕去。

服完了藥，老太太背靠著軟榻，陶蕊被吳媽媽抱了回去，齊眉留了下來，嚴媽媽會意地把藥膏拿出來，齊眉再次幫老太太按摩。

老太太的眉頭卻越蹙越緊，最終深深地嘆了口氣。

「主子，您皺眉頭嘆氣，老奴真是看著心裡也難受啊。」嚴媽媽忍不住地道。

老太太半天沒說話，齊眉埋頭老老實實地按摩著。

「老太爺現下是這樣的情況，還硬撐著要去祖宅那兒把田莊清算清算，妳說說我怎麼能不嘆氣？」說著老太太又搖搖頭。

齊眉半晚上折騰了好一陣子。幾乎是全無睡意的挨到天泛起微光，換班的子秋端著洗漱的用具進來，齊眉也下了床榻。

有些懵然地坐在梳妝檯前，銅鏡裡照映出她的臉龐，比之前都要蒼白，整個人的病態顯露無遺。

「小姐的臉色怎地這般差？」子秋皺起了眉頭。

齊眉搖搖頭，只讓子秋幫她梳洗。

出東間的時候外邊全是濛濛的霧，看來會是個好天氣。

二姊也剛好出門，齊眉向她福了禮。二姊看了她一眼，轉頭吩咐身邊的貼身丫鬟綠竹去叫了馬車來。

姊妹倆素來甚少交談，一個看著左側的馬車簾子，一個看著右側的。

過了會兒，齊眉搓了搓手，把小香袋遞還給二姊。「這個還是留給二姊自己用吧。」這香袋裡面有引發哮喘的香料，她用不得的。

齊英抬起頭，兩人對上視線，齊眉只覺得二姊那一雙眸子清冷又淡漠。

齊眉忽而止不住地咳嗽了幾聲。

子秋忙過來。「聽聞小姐昨兒晚上整夜未睡，哮喘症又犯了，這一、兩月都會是梅雨天氣，奴婢會好好的照料小姐。」說著目光在齊英身上掠過一瞬，扶著齊眉下了車。

齊英還坐在車裡，只是微微蹙起略顯英氣的眉，把小香袋湊近鼻間聞了下，又打開細細看了一番。

「二小姐，該下來了。」綠竹在外邊提醒。

二姊捏緊了小香袋，眼眸裡透著寒光。這香袋裡沒有她習慣在內側繡好的小花，再對應子秋剛剛的話，她明白她原先給的香袋肯定是被別人掉包了。

教書先生的馬車直接在午後入了陶府，陶府外安安靜靜的，一個圍觀的人都沒有。但陶府裡卻熱鬧非凡，今兒個所有的小輩都留在了清雅園，父親幾人也都坐在兩側。

今日是和教書先生的第一次會面，都知曉那先生年紀輕輕就學識淵博，若是能得了他的注意和賞識，傳了出去名聲不只是翻倍的增長。

誰都想博得個好名聲，大家都是慎重打扮了一番。

齊眉和齊英一進去都是微微一愣，陶蕊、齊春和齊露都是仔細打扮過的，鮮豔的襦裙顏色，和宮裡的小公主一般，特別好看，再加上齊春和齊露是雙胞胎，穿得幾乎一樣，讓人恍惚間分不清誰是誰，只覺得這三個女娃都真真是粉雕玉琢。

齊眉和齊英在小輩中就顯得尤為不同，齊眉穿著一身淡色水墨輕點襦裙，因為身子不佳的緣故，外罩了一件月牙白的薄衫，髮鬢間的小粉花是唯一的顏色。而齊英則是一貫來的暗色裝扮，顯得沈悶非常。

老太太有些不悅地抿了抿嘴，母親忙把兩姊妹叫到面前。「怎麼就這麼穿著出來了？」

「就是，齊英、齊眉，今日是要見先生的，那先生名氣早已傳遍京城，妳們二人這般隨意的對待，若是先生不高興了，說不準就不教了。」二姨娘說著看了眼陶蕊，順著她的目光看過去，明眸皓齒的小女娃正在和齊春、齊露說話，齊眉這才發現，陶蕊的身子瘦了點兒，顯得越發的粉嫩。

這樣的小女娃誰見著都會歡喜的，陶蕊繼承了二姨娘的美豔容貌，這是天生，即使現在年紀尚小，也已經讓人有些挪不開目光。

齊眉知曉再怎麼打扮也是無濟於事，但她並不是什麼都沒準備。

笑著望向母親。「就是知曉先生要來，齊眉才選了這件衣裳。」

話音剛落，小廝來報說先生已經要到花廳。

第十七章

父親帶著眾人一起過去，齊眉跟在了最後邊，遠遠的見著個身材頎長的男子背對著他們站在樹下，三、四月份正是月季花開的時節，他一身水墨長衫，肩上落下幾點月季花瓣。

齊眉抿嘴一笑，這先生是個貪玩之人。

只看背影大約二十來歲，一頭烏黑茂密的頭髮被玉冠高高綰起一些，餘下的則率性地披在肩後。

先生轉身的那一刻，齊眉都能聽到周圍那些丫鬟抽氣的聲音。

一雙桃花眼眸黑如點漆，隱隱的笑意顯出幾分邪氣，回身的剎那手中摺扇唰地一下打開，對著眾位長輩竟是不福禮，只是牽起笑容，禮貌地點了點頭。

「劉先生。」父親並不怪責反而上前一迎，弘朝對學者都是十分敬重的。

「在下蘇邪，路上遇著美景耽擱，讓尚書大人一家迎接切莫怪罪。」聲音如潑了墨的夜空裡點綴的星星，溫柔萬分。

和當下的皇族一個姓氏，卻取了單名一個邪字，倒是和他的氣質特別符合。

齊眉心裡暗暗地想著。

父親和蘇邪先生說話的時候態度隱隱的恭謙非常，把小輩們叫過來一個個的給他福禮。

到了齊眉的時候，她微微屈膝。「先生好。」

「和我竟是有一樣的眼光。」蘇邪打量著齊眉穿的水墨襦裙，笑著點頭，其餘的小輩都是一眼掃過去，不曾停留半分。

這水墨襦裙就是齊眉特意準備的，她還記得前世那些丫鬟是如何繪聲繪色地描繪這個先生的一舉一動，而他愛好的衣裳更是被提了又提了，那幾年的工夫，府裡的丫鬟都用著水墨荷包。她今日投其所好，輕易就能吸引蘇邪先生的目光。

母親高興地看著齊眉，老太太也微微點頭，二姨娘卻是有些氣惱地一甩寬袖，陶蕊年紀是小，可打扮得和小玉人似的也吸引不了這個先生的目光，看來先生的品味真真是獨特。

過了兩日，老太太把齊眉她們又叫了過去，說是先生今日送來了考題，在月中第一日上學堂的時候每個人都要回答。

齊眉有些愕然，前世未曾發生過這樣的事。

果然四月是梅雨天氣，齊眉伏在書桌上，看著窗外的雨淅淅瀝瀝的落下，離月中只有六日的時間了。

她能感覺得到，她改變了前世自己的路子，所以身邊一些事情也跟著在變換，前世發生過的事情不少都沒有發生，自然也遇上了像先生出考題這樣前世未發生過的事。

其實蘇邪先生送來的考題說不上難，齊眉看著面前的字條——上窮碧落下黃泉，兩處茫茫皆不見。

他讓小姐兒和小哥兒們談談對這句的理解，可以一人，也可以幾人一起。

這是出自〈長恨歌〉中的一句，說難不難，說易不易。

丫鬟們偶爾進出東間也是腳步輕盈，怕吵著齊眉，到了用飯的時候，倪媽媽進來了，身邊跟著的子秋端上了精心準備的菜餚。

齊眉卻似是沒有胃口的樣子，皺著眉頭。「子秋，妳說說怎樣才能出彩？」

子秋一愣，繼而溫婉地笑了下。「奴婢連個字都不識，哪裡能有主意。」

齊眉有些失望的癟起嘴，子秋仔細思索了一會兒，認真地道：「奴婢記得小姐對畫畫有些研究，先生又喜歡水墨一類的東西，小姐倒不如畫一幅好畫呈上去。」

「時間哪裡來得及。」齊眉說著眼睛又忽而一亮。「對，先生說過可以幾人一起，不如我找二姊，我和二姊合力畫一幅，二姊畢竟長我幾歲，又一直在府裡居住的，定是能想到多些點子。」

子秋見五小姐笑了，忙把碗筷擺好，倪媽媽也在邊上服侍著。

用完了飯，齊眉便讓子秋去請齊英過來，自個兒先把宣紙準備好，讓倪媽媽在一旁磨墨。

對倪媽媽，齊眉一直是有禮的，母親回來後也沒再把她帶在身邊，倪媽媽便來照顧齊眉，說是照顧，倒更像是給子秋和迎夏打下手，兩個丫鬟怎麼都不許倪媽媽直接來照顧，為此還差點鬧到了祖母那裡。

記得前幾日，齊眉把兩個丫頭和倪媽媽一起叫到跟前，訓斥了迎夏和子秋一番，雖然五小姐年紀小，平時又是柔柔弱弱的，但把面一橫，氣勢就足夠嚇人，即便還是小娃子聲音，卻讓子秋和迎夏跪著半天說不來話，迎夏被氣得臉都鼓鼓的。

倪媽媽見齊眉訓得都咳嗽起來，忙擺擺手，笑著道：「她們倆其實是太懂事了呢，怕我年紀大了，做起事來不方便。五小姐也別太傷神了，老奴都是修了幾世的福氣。才遇上這樣好的兩位主子。」指的是大太太和齊眉。

迎夏不滿地翻了個白眼，再要發作的時候被子秋拉住了。

「媽媽不放在心上就好。」齊眉笑得甜甜的。

二姊出乎意料，很快就來了，面上雖然無甚表情，但卻主動地開口。「我聽子秋說了，作畫的話，我們兩人一起定是來得及。」

兩姊妹湊到一塊兒開始商量起來，但平時並未交流過幾次。兩人顯得很沒默契，倪媽媽磨墨磨得腰痠背疼了，兩個小姐才堪堪把畫的構思寫出來一半。

子秋關切地小聲道：「倪媽媽還是先下去歇息吧，這活兒子秋來做就成了。」

「這哪成。」倪媽媽搖搖頭，慢慢地磨著墨。「磨墨不是個簡單的活兒，得耐心地來。」

幾日的時間過去，齊眉大概是第一次這麼頻繁的和二姊相處。

兩人總是坐在一起作畫，輪廓已經在畫上描好，一個美貌的華服女子側身立於雲端，雲端之下是一片蒼茫，盡頭只見得一個男子蕭索的側影，兩人相互輝映，一股不曾相忘卻也不得見的悲涼呼之欲出。

精益求精，讓兩人總是不滿意地修修改改，但是在清晨強健身體和用笛子鍛鍊肺部的事齊眉不曾落下，依舊每日都做，二姊這幾日來得早，在她吹笛的時候便來了，也不打擾她，點了點頭便進了東間，坐到窗口的書桌前。

在東、西間服侍的丫鬟婆子們總能看到東間外邊，五小姐悠悠的吹著笛，隨著目光後移，窗下是提著筆認真作畫的二小姐。

倪媽媽這幾日在東間裡出出進進的，十分勤快，服侍起齊眉來也是盡心盡力。

迎夏幫齊眉梳洗的時候嘀咕了幾句。「奴婢總覺得倪媽媽……」

齊眉笑著打斷她。「倪媽媽想好好服侍，那便由著她服侍。」

第二日便是蘇邪先生來的日子，看著完成了的畫作，齊眉和二姊舒了口氣，而後一起去給祖母請安。

「這是先生對妳們的第一印象，這可是最重要的，不需要太出彩。個個都出彩的話反倒就不特別了，只求讓先生能留下個陶府的孩子都十分聰慧的好印象。」老太太說著擺擺手，囑咐著道。

翌日梳洗完畢，齊眉第一件事就是打開書桌上放著的一枝做工精緻的畫筆，十分精巧的荷花在筆頭雕刻得栩栩如生。

「五小姐是否還要帶著筆去？是送給蘇邪先生嗎？」迎夏見齊眉摩挲著畫筆，好奇地問道，而後又想起了什麼似的。「可先生喜歡的是水墨一類的物品，若是這畫筆上是水墨的雕飾先生定會愛不釋手。」

齊眉不置可否地笑了笑。

今日是個晴朗的天氣，昨晚的那一場雨似是下足了力氣，唰唰地衝走了無盡的陰霾，午後的太陽透過層層疊疊的葉子照下來，顯得溫暖非常。

蘇邪先生今日到得比齊眉他們要早。父親先過來了，待得齊眉一行人到花廳的時候，蘇邪先生正與父親說著話。聽著身後的響動，蘇邪先生回頭一笑，眼眸裡跟流瀉了星光似的。不說身邊那些丫鬟們，連齊眉這幾個小姐都看得一愣。

一一福了禮後，丫鬟婆子們扶著老太太幾人落坐。小輩們都站成一排，一個個的把考題答案呈遞給先生。

氣氛倒是並不沈悶。先生一直嘴角帶著笑意，三房、二房的都一一呈遞給他看了。到二哥的時候，蘇邪先生明顯地挑了挑眉，雖然未多說話，但能看得出二哥舞的這一套有些不足的劍很合他意。

陶蕊小聲地衝齊眉嘟囔。「這兩句明明是說男子和女子的想見不能見的情誼，連蕊兒都知曉，為何二哥要舞劍？這不是完全離了題意？」

蘇邪先生耳朵極好，看了陶蕊這邊一眼，齊眉便也沒有答話。

倒數第二個呈遞的是陶蕊，齊眉這時候也拿出了錦盒，打開了隱隱可見是一幅卷軸。

二姨娘咦了一聲。「難不成齊眉也是作畫？」

齊眉微微福身。「齊眉和二姊一起作了一幅畫，但畢竟沒有畫師先生教過……」

話還沒說完，二姨娘笑著拍掌。「這可真是巧了，妳和蕊兒啊總是能心意相通。」說著頓了下，眾人都疑惑的看過來，二姨娘走上去把陶蕊手裡抱著的卷軸展開。「蕊兒也是作的一幅畫呢。」

站在後邊的子秋和迎夏瞇起眼，看清楚了畫後驚異地對望一眼，二姨娘看到兩個丫鬟也嚇成這般，不由得抿抿嘴。

展開的畫卷清清楚楚，和齊眉、齊英二人所作的畫幾乎是一模一樣，除了在本就不佳的畫工上又稚嫩了些以外。

齊眉手裡抱著的長錦盒在眾人眼裡都和針刺一樣，看著她們二人身後丫鬟的驚愕表情大家就猜出大抵是用了一樣的立意。

這可不是什麼好事，尤其是在這樣的場合。

兩個小姐本就不受寵，一個還被送去莊子靜養幾年，可昨兒個老太太還說起，不求都出彩，只求不丟面。

這下得丟多大的人。

老太太的臉色已經不大好看，大太太緊張得來回搓著手，呼吸都屏住了。

蘇邪先生好似一直未受到面前話語的影響，只是低頭看著畫，看了一陣才抬起頭，衝著陶蕊笑了笑。「以後若是好好練習，弘朝又能出一代妙手丹青了。」

陶蕊害羞地低下頭，二姨娘喜笑顏開，老太太也總算露出些笑容。

終是輪到了齊眉，她邁著不急不緩的步子和齊英一起走上前，蘇邪先生與她正好對視，讓先生眉目一動的是，齊眉眼裡並沒有半點驚慌。

眾人都盯著齊眉手中的卷軸，比之齊眉的淡然，還有一點讓人覺著很奇怪，素來不打扮自己的二小姐今日穿上了軟銀輕羅袉地裙，本就身姿挺拔的她顯得亭亭玉立，雖然顏色素淡得很，但卻更顯出塵。

「快把卷軸拿上來吧。」父親沈聲道。

齊眉呈上了錦盒，並不拖泥帶水，卷軸很快地展開，攤至先生面前，盡頭的一圈捲著，並不去展開，先生也沒有那個意思，面色微微動了動，並沒有開口。

「祖母、母親、先生。」齊眉輕輕地開口，聲音婉轉柔和。「齊眉和二姊的考題答案是要當面呈現的。」

大家都是一怔，不知道這兩姊妹葫蘆裡賣的什麼藥。

「那開始吧。」蘇邪先生總算出了聲，抬眼看著她們兩姊妹。

齊眉和齊英對視一眼。齊英站到了正中，齊眉目光往身後一瞥，子秋快步上前，呈上了一支笛子。

這時候日頭正好，陽光斜斜地穿過茂密的樹葉照射下來，落在兩姊妹的身上，她們屏息站定，蘇邪手裡的摺扇唰地一下打開，緩緩地搖著。

笛子遞至唇邊，悠揚的曲調霎時入人耳中。齊英聞曲舞起了身姿，誰都未想過，像齊英這樣刻板又總是黯淡的女娃，舞動起來也能有幾分意思在裡邊。

並不是纏纏綿綿的曲子。從最先的柔和忽而轉至緊張，一陣連著的跳音過後，齊英的舞姿也趨向緩慢，直到曲子戛然而止，齊英也俯在地上，身子弓著好似在悔恨在落淚。

在大家以為莫名結束的時候，齊眉眉目一挑，曲調再次從唇邊傳出，奔騰的氣勢被她發揮得淋漓盡致，齊英猛地起身，隨著旋律舞動身姿。

不停的旋身，直到曲調復又轉向柔和，如開始的一般。

但又比最初始的柔情多了幾分蒼茫，直到最後一個音意猶未盡的止住。齊英福下身子，齊眉把笛子別在腰間，走到先生面前。

先生自始至終都沒有開口，整場都只見得兩個女娃一個吹笛、一個舞蹈。好聽好看知其意卻不知其心。

齊眉把卷軸的最後一圈展開，滾落出一枝做工精緻的畫筆，把畫筆恭敬地遞到先生面前。「先生，該您了。」

蘇邪先生眉毛一挑，似是覺得有趣，反問了句：「到我了？」

「是。」齊英也上前一步，道：「該先生題字了。」

「題字必有因，因未見，我如何題字？」蘇邪胸前的扇子輕輕搖晃，青絲跟著飄起些，本該是透著仙氣，他卻透著邪氣，邪而不讓人生厭的邪氣。

陶家其餘的人並沒有出聲，誰都看得出，齊眉和齊英這一齣，先生並未覺得冒昧，反而起了興致，和姊妹倆你一言我一句的說著。

先生忽而把摺扇收起，並沒有接過畫筆，聲音淡淡的。「我若是不題呢？」

齊眉依舊是呈遞畫筆的姿勢，聲音清脆地道：「齊眉與二姊把對『上窮碧落下黃泉，兩處茫茫皆不見』的理解，用笛聲結合舞姿呈現給先生看了，但最終的意思還得先生自個兒來寫。」

「人都道這兩句是說男女綿綿長情卻不得見，追至碧落黃泉也遍尋不見。其實還有別的一層意思。」齊眉說著頓了下，才緩緩地道：「還可作於對人生目標的追求，即使上天下地也不會放棄。」

蘇邪先生眼眸動了下，低頭看著畫筆，這時候他才注意到筆頭上的精巧荷花。

這是蘇邪最喜歡的花，荷花出淤泥而不染，被硬冠上邪字又如何，目明則心清，心清則身正。

這個陶家的五小姐，真是有幾分特別。

齊眉最後說了句。「上窮碧落下黃泉，給得了再好的意境，也只有先生才知道真正的涵義。」

都傳言是個身體羸弱的，除了面色蒼白些，倒是也看不出哪裡弱。蘇邪先生唇角微微牽起一些，形成一個好看的笑容，提筆落了詞。

大家都上前去看，蘇邪的字看似隨意得厲害，實則一筆一劃都恰到好處。

上邊簡簡單單的一個「正」字。

齊眉微微和二姊相視一笑，也鬆了口氣。

小輩們都跟著來到西側的小學堂裡，齊眉的座位和前世一般依舊是在最後，前世的她滿懷希冀的跪坐在軟墊上，那墨香味她到現在都記得。

如今她剛跪坐好，先生走上來，衝她點了點頭。

坐在前邊的陶蕊回頭。「五姊姊和二姊姊真是讓妹妹佩服。」

「也是先生不計較，還由得我們這般。」齊眉笑著道：「妹妹的畫才是真真的好看，先生獨獨只誇了妳的，妙手丹青呢。」

陶蕊有些得意起來，搖晃著頭。「妹妹本是沒主意的，問了姨娘的意思，就想出了這個。」

「原來如此。」齊眉眼眸彎了起來。

先生的戒尺在臺上打了兩下，下邊便立即安靜下來。

老太太幾人看了一陣，小輩們有認真的，有不專心的，但都乖乖的跪坐在軟墊上，跟著先生搖頭晃腦的唸書。

老太太覺得舒心，陶家的孩子從來沒有資質差的，現下陶家不濟，這些孩子就是希望。

先生總算說了下學二字，齊眉並不覺得累，只是跪坐許久不曾動彈，到底身子不舒適。

被陶蕊拉著說了好一會兒的話，蘇邪先生都收拾好東西離去。

齊眉也跟著出了學堂，見先生上了馬車，方向卻是往父親書房那邊行去。

大抵是和父親說說今日小輩們上學堂的情況吧，齊眉和齊英一起回了園子。

大老爺的書房裡，夕陽的餘暉從窗戶照射進來，蘇邪笑道：「果真虎父無犬女。」

「齊眉？」父親倒是沒有訝異。「她身上確實有別的孩子沒有的東西。」

蘇邪認同地點頭，齊眉身上多出來的東西並不是聰慧，如老太太所念想的，陶府的孩子個個慧根不錯，沒有愚鈍的。

但齊眉身上多了的是一分由內而發的傲氣。

別人家的小姐兒都是爭著要學古箏，只是坐在那兒便有一股子沈靜婉約的氣質，讓人賞心悅目。

但這陶五姑娘就不一樣，樂器是尋常小姐不常拿來做技藝的笛子。笛子象徵一種氣節，齊眉身上有傲骨，所以笛子更適合她。和大老爺說了心中所想，大老爺哈哈一笑。「你也是見解獨到，誰不說我這個女兒羸弱得風一吹就倒，只有你說她有傲骨。」

蘇邪不答反笑，那種氣節不是外表，是由內而發。

齊眉回了園子，外邊天已經有漸黑的跡象，待到第二日起身，洗漱完畢後齊眉先去了母親那裡，和母親低聲說了幾句，母親面色變得厲害。

過不多久就叫來了倪媽媽。

月園的氣氛是第一次這麼安靜，齊眉坐在母親身邊，倪媽媽跪在正中低著頭。

母親冷聲道：「妳跟了我多少年？」

這話一出來，倪媽媽有點兒哆嗦，大太太從不用這樣的語氣和她說話，再看一旁坐著的五小姐，抿了口茶，看她一眼，眸中竟是透著寒意。

「回主子，算算有近二十載了。」倪媽媽聲音很小。

母親的話有些微微的顫抖。「跟了我這麼久，我也不只是把妳當老媽媽，在剛嫁進來的那段日子，妳一直服侍我、提點我……」

母親說著停下來，齊眉注意到倪媽媽的臉白了一下。

「到了現在妳做了什麼，自己心裡清楚，我給了妳兩次機會，今天是最後一次。」母親的聲音淡淡的。「以後妳也別做事了，老實在後院裡待著吧，常青也別在門口做活了，跟著李管事一起學學。」

李管事是專管帳簿的，奴婢小廝的月錢都是經他的手，大家總得討好他，母親說讓常青跟著李管事，那豈不是……

齊眉看向母親，她的側臉還是那樣溫柔，轉過頭拉住她的手，安慰性地撫摩著她的頭，把門口的新梅叫過來，讓她把齊眉送了回去。

坐在東間的床榻上，窗外是陽光明媚，齊眉許久都沒動一下。

她本以為倪媽媽就算不死，也是要被趕出府的，倪媽媽為誰做事連她都看得出，母親怎會不知曉。

之前倪媽媽一直在東間轉悠，齊眉就知道她在想些什麼，故意和二姊商量了，做了一齣戲給她看。

常青是家生子，可倪媽媽做了這樣的事，還能被變相提拔。

齊眉頭一次覺得看不透母親。

這不是溫婉善良的性子使然，這是原則問題，而且齊眉還記得去年在莊子裡，母親是如何訓斥劉媽媽和梨棠的。

齊眉翻轉難眠，第二日午後上學堂的時候還沒回過神來。

天氣開始漸漸地熱起來，到了小輩們做新衣裳的日子，陶府素來都是由繡院的繡娘們來根據個人的身形尺寸和喜好來做衣裳和其餘用具。

繡院並不大，一個老媽子帶著一群繡娘在一個院子裡。

嚴媽媽帶著幾個繡娘過去給小姐們和小哥兒們量身，小娃子都長得快，尤其是勇哥兒和賢哥兒，就一、兩月的工夫尺寸也能不一樣。

幾個繡娘清一色的身穿青色衣裳，但絲毫不顯得黯淡，齊眉掃了她們一眼。

嚴媽媽帶著繡娘們福禮，又道：「以前妳們也服侍過五小姐，這是頭一次做五小姐的衣裳，別怠慢了。」

齊眉想著大概是祖母的意思，她回府也大半年了，除了母親和大哥身邊的丫鬟公僕，其餘的下人對她依舊是不鹹不淡的態度，五小姐剋陶府的流言傳得太久，比她在府裡的時間多了幾倍，多說一句，繡娘們心裡才能有個底。

所幸祖母和父親的態度轉變有越來越明顯的趨勢，之後也定會和她的身子一樣慢慢地完全好起來。

繡娘們仔細的給齊眉量身，一個年紀頗大的繡娘忍不住開口。「五小姐這身子骨也太瘦弱了，奴婢瞧著都有些看不過。」

「住嘴。」嚴媽媽斥了一聲。

年紀頗大的繡娘才驚覺自己失言，這要傳出去了，還不得傳成陶府對五小姐不好。

齊眉一直安安靜靜的，等到繡娘們量好了，嚴媽媽便準備告辭，齊眉忽而想起了什麼，問著面前的繡娘們。「不知哪位繡娘姊姊現在有時間？」

嚴媽媽笑著上前。「小姐若是有什麼要修補的，直接拿了讓子秋送去繡院即可。」

齊眉轉身快步走到東間，很快地又出來，手裡拿了個小香袋，遞給了那個年紀頗大的繡娘。

年長繡娘咦了一聲。

齊眉苦惱地搓著手，問道：「是不是補不好？都怪我粗心，這是二姊在先生來的前日送我的，但先前就不小心被鉤子給勾破了，一直沒戴，也忘了要補。這會兒繡娘們來了才記起，破了這麼大的地兒也不知曉還能否縫補好……」

「這個五小姐大可放心，就幾針幾線的工夫。」年長繡娘立馬拍著胸脯，頓了下，又問道：「五小姐說這是二小姐親手縫製的？」

齊眉點頭。

「這個陶憶也做了個，大概是從五小姐這裡看了覺得好看，就自個兒做了。」年長繡娘說著笑了起來，拉著邊上一個繡娘哈哈一笑，聲音壓低了。「偷偷戴小姐才能戴的飾物，難怪妳要遮遮掩掩。」

齊眉看了過去，那個繡娘圓臉杏眼。長得有些溫吞憨厚的樣子。

陶憶，齊眉記得這個名字，因為陶憶繡工極好，又深得府裡女眷，主要是老太太的歡心，所以特意給賜了家姓。

眼裡的銳利一閃而過，齊眉抿著唇，走到陶憶面前。「能不能勞煩妳來修補呢？既是做了個一模一樣的，那修補起來也快些，我這兒也有針線。」

話音剛落，子秋就把針線盒拿了過來，啪地一聲擺在八仙桌上。

陶憶吶吶地應下，有些戰戰兢兢地接過小香袋，果然如年長繡娘所說，一會兒就修補好了。

齊眉高興地接過小香袋。「果然繡院裡都是好手藝的繡娘。」翻轉過來仔仔細細地看，齊眉忽而有些奇怪地歪了歪頭。「怎麼沒有小梅花？」

「五小姐，什麼小梅花？」嚴媽媽輕聲問道。

齊眉看著她。「二姊繡東西有個習慣，一定會在內側繡個十分精巧的小梅花，這個極少有人知曉的。罷了，那日二姊匆匆地給我，大抵是趕著做出來忘了繡。」

說著劇烈咳嗽了起來，嚴媽媽和子秋過來幫她順著氣，子秋嘆道：「奴婢等會兒就去催催藥，小姐自先生來之前咳嗽了一陣，之後便也沒這麼厲害過，莫不是香袋裡的香料聞多了不適宜吧。」

嚴媽媽怔了下，囑咐子秋。「現在剛入夏，天氣難免反覆，五小姐的身子妳們幾個跟著的丫鬟得仔細著。」

「是。」子秋應下。

「五小姐身子不適，老奴也不叨擾小姐歇息了。」嚴媽媽領著繡娘們走了出去。

在出門的時候，嚴媽媽深深地看了眼陶憶。

子秋把齊眉扶到東間。「小姐為何不直接去與老太太或者大太太說？」

齊眉搖搖頭，那日她回到屋裡，結果二姊竟是又來到她屋內，把小香袋遞還給她，齊眉覺得有異，直覺地把小香袋翻轉過來，看到內裡並沒有繡小梅花。

二姊的習慣極少有人知道。對哮喘不好的小香袋並不是二姊所做，而是別人仿製的。齊眉又把小香袋拿起來看，果然做得極像，於是，她想起了幫陶蕊做軟膝的那個繡娘陶憶。這也是她今日會拿替換的小香袋去試探繡娘的原因。

子秋端了藥過來，齊眉閉眼喝了下去。

直接去說遠遠沒有旁敲側擊有用，拈起一塊蜜餞，口中的苦味被沖淡。

內室裡，嚴媽媽挑開簾子走了進來，老太太正在抄寫佛經。

「都辦好了？」指的是給小輩們量身的事。

嚴媽媽點頭。「都辦好了。」

「五丫頭那裡可是找到了滿意的繡娘？」老太太正寫著「忍」字。

她很少叫齊眉的名字，還是打心底裡覺得不舒坦，那時候齊眉出生，她就生了病，二姨太總說齊眉這名字不好，要改。

老太太越想越覺得是，眉同霉，齊了所有的霉運，所以剋她。

自個兒從沒想過能讓這丫頭回莊子，也沒想過明明身子弱成那樣，竟能頑強的一直到現在，還有好起來的趨勢。

放在身邊，漸漸地開始刮目相看，聰慧有氣節，年紀小性子卻尤為沈靜。

今日五丫頭一說要找繡娘來，老太太就聽出了不同的意思。

嚴媽媽一五一十的說了在東間裡的事，老太太把筆放下。

「主子，這個忍字心上少了一點。」嚴媽媽輕聲提醒，老太太從不寫錯字，即使錯了也立馬要改的。

心上少了一點，便沒有東西壓著心口，都說忍字頭上一把刀，不再忍耐了，刀沒了，便沒有東西可以傷害自己。

老太太搖搖頭，打了個呵欠似是起了倦意，嚴媽媽扶著老太太去床榻上躺下。

都是糾糾纏纏的錯事，到了她這個年紀，也才會明白些。

過了幾日，叫陶憶的繡娘被賣到了青樓，雖然不是做「姑娘生意」，而是負責給「姑娘」們繡衣裳，但畢竟在那樣的地方，即使人是清清白白的，別人也不會如此想。

第十八章

這幾日因為三叔要去田莊的事，府裡忙上忙下，之前還不大樂意的三叔變得十分積極。

齊眉知曉，這個事在祖父和祖母心中尤為的重要。

這一趟出行，對三叔也尤為特別，不只是去田莊的緣故，齊眉記得的。

送走了三叔，老太太的眉頭還是鎖著的，平素不大過問帳簿的事，卻讓母親拿了過來看。

老太太細細地看著，眉頭沒有舒展絲毫，嘆了口氣。「要不是伯全太迂腐，也不至於這般。」

母親忙接話。「都是跟了老太爺的性子，武將之家自是個個都忠義耿直。」

父親是從一品兵部尚書，在朝裡地位高卻不善用，說得好聽了就是如母親所言——忠義耿直；說直白了就是祖母的話，迂腐。

如今的朝野，哪個做官的不乘機撈點兒油水，清廉的只拿朝廷俸祿過活，陶府這一大家子老本雖然足，也總有吃空的一天，再說了，弘朝現在是一片福泰安康的樣子，但即使別人不似齊眉這般重生，知曉快十年後的改朝換代，也猜得到幾分。

看祖母的樣子就是預料著了這層。

皇帝今年已然五十有五，從來為龍之人都是命不長，老皇帝已經在位夠久的了，十幾歲登基，迄今四十來年，如何坐穩的誰也不知曉，各種心酸也只有自個兒知道，但得虧了皇上和一班忠臣，弘朝才能有這樣的日子。

一想起皇上就自然的想到當今皇后，前皇后是在生了當今太子後就去了，皇后的位置懸了幾年，當時的左家長女是仁貴妃。幾年之後，群臣上奏，後宮不可一日無首，何況還空懸了幾年。

仁貴妃當上了皇后，她平素樂善好施，為人孝義，賜號仁孝皇后。

太子從小常伴仁孝皇后身邊，如今二十有三。

這都是齊眉前世所知道的，今生她想自然也是如此。

齊眉也是請安的時候聽三嬸娘與祖母說才知曉，原來年初的時候幾個小混混在鋪子鬧事。一排鋪子都要被砸沒了，雖然小混混當場就被捉走受了應有的懲治，可鋪子損失不是一般的大。

「媳婦想等三老爺回來了，再命工人把鋪子好好修整一番。」三嬸娘用著商議的口氣。

祖母擺擺手。「都停了好幾月，等叔全回來再說也不遲。」

三叔這一去就去了兩個多月，來回的路程極遠。

這日捎了封信回來，卻直接轉去了祖父手裡，祖父在眾人向祖母請安的時候出來，平淡地說了件事。

季祖母身子不適，三叔想把她從祖宅那裡接回來。

正廳裡因為祖父說的話頓時安靜，祖父的語氣並不是商議。

祖母頓了下，笑著道：「接回來便是，我也許久未見妹妹了，過年的時候她也總不過來，老爺這一提起倒是有些想念起來。叔全此舉也是有孝心，很好。」

祖母平日對三叔不曾上心，只因三叔並不是她所出。

三叔是庶子，是那個從未見過的季祖母，祖父的小妾所出，祖母難得提起幾次，提起她也總說是妹妹，態度倒也親切。

齊眉在一旁聽著祖父的話，心裡有些激動。

前世那時候齊眉好奇地偷偷跑去園子瞧了季祖母一眼，季祖母雖是年紀大了，但面上的皺紋極少，三叔是男子卻能生得這般清秀也是有緣由的。

在改朝換代的前兩年，祖母也跟著祖父去了，季祖母成了家裡唯一的長輩，三叔早先謀了官職，一步步地往上爬，在祖母去了的時候，三叔在府裡的地位越發的重要起來。

季祖母和三叔回來的時候外邊正是日照當頭，曬得厲害。二姨娘說怕祖母曬壞了身子，不讓她去門口接人。

母親也是這麼說，祖母心裡似是有些不安樂。「妹妹守了祖宅這麼多年，多少功勞在身上，如今回來也是許多年未見了，我到底還是要親自去接。」說著便要起身。

「祖母不去接是合理，這樣熱的天氣，又是合情。」齊眉笑著道。

祖母有些惋惜，祖父今日一直在廳裡坐著。搓著手，小廝來報說快到了後，眼睛偶爾瞧一瞧外邊。

祖輩的感情齊眉一點都不知曉，她以前總覺得祖父對季祖母大概是絲毫情義都無，現在一看也不全是如此，祖父身子不好，難得出門，季祖母一要回來，祖父居然早早的出來，披了外衣坐在廳裡。

眼睛若有似無的看一眼門口，那是有些記掛的意味。

好歹生下了三叔，三叔雖說現下看著毫不出眾，但也沒給府裡添麻煩，還幫著打理鋪子。

現在已經是七月中，炎炎夏日，正廳裡卻算是涼爽，丫鬟們搬來了儲存的冰塊在四周站定了打扇，整個廳裡透著陣陣涼意。

小廝一路喊著進來，說是到了。

祖父滄桑的眼眸在看到季祖母的身影時，眼裡透著點點柔和的意思。

齊眉看著季祖母進門，一身淡色蘇繡綢衣，頭髮梳得整整齊齊，和記憶裡一樣的面容，臉上並未有多少皺紋，年華逝去的容顏裡還能瞧得出年輕時秀麗的影子。

小輩們紛紛起身福禮。

祖母過去拉住季祖母的手。「妹妹，真是太久未見了。」聲音顫抖，好似要掉下淚來。

祖母掏出絹帕，抹著眼角。

季祖母面上掩不住的激動，扶著祖母一路到位上，似是千言萬語，卻不知從哪裡說起，很快地紅了眼眶。

母親笑著把這沈寂的氣氛打破。「這本是喜慶的時候，先用飯吧，舟車勞頓，一定也餓了。」

齊眉本要上前扶住祖母，陶蕊卻一溜煙就跑了過去，努力地攙住祖母的胳膊。

二姨娘笑著道：「齊眉去扶著妳季祖母過去吧，她剛回來，定是還未習慣府裡。」

齊眉只得應下，扶起季祖母的胳膊，季祖母側頭衝她笑了笑，齊眉心裡蜷縮起來，想起了前世季祖母對她的好，忽而覺得自己這般避讓委實過分，眼眶不自覺地紅起來，季祖母不明所以，但還是柔聲安慰。

用飯的時候氣氛很是和睦，三叔帶來了好消息，用了齊眉所說的方法，父親又去宮裡具體詢問了，紮紮實實地消了蟲災，三叔臨走時把法子留下，若是再有蟲災，佃戶也好防備，同時也如父親說的那般，繼續減免賦稅。

佃戶們個個感恩戴德，都說幫陶老將軍做事是他們修來的福氣。

得了好消息，祖母笑得越發的開心，祖父也露出了笑容。

季祖母住的園子就在清雅園的邊上，季祖母偶爾會去陪伴祖母，和前世一樣。

哼著小曲兒，齊眉覺得這天兒好似都沒那麼熱了一般。

剛和祖母請安完，就見著個小廝慌慌張張的跑進來，那是三叔身邊的人，現在鋪子剛開始修整十日，大抵是出了什麼事兒，不過要出，那也不會是大事。

小廝和嚴媽媽說了，嚴媽媽臉色一變，走到祖母耳邊低語幾句，祖母驚得眼睛都瞪大。

「出什麼事了？」母親見祖母臉色不對，關切地問道。

祖母半會兒都沒回過神來，母親問她也不知道，還是嚴媽媽又喚了她幾聲。

「等、等叔全回來。」祖母竟是結巴了起來，而後顫顫巍巍的起身，指著門。「叫伯全也快些回來！」

看來事情真不小，從未見祖母失態的樣子，但齊眉還是老實的坐在一旁。

屋裡霎時安靜下來，祖母不說是什麼事，也沒人再敢問。

齊眉努力地回想前世的這時候究竟出了什麼事，搜遍了記憶。她記得初回府的這年夏季祖母被接了回來住，蘇邪先生有事所以暫時換了個慈眉善目的老先生過來教，除此之外就再無其他了。

忽而靈光一閃，齊眉想起來了，那時候她在園子裡，迎夏驚慌地跑進來，說是府裡來了好多人，那時候的齊眉真真只有八歲的年紀，本又身子弱，讓迎夏把園子鎖了，兩個小女娃躲在內室裡，直到外邊許久無聲了才探出頭。

而後讓迎夏去問，帶回來的消息是平甯侯帶了許多兵過來了，然後又走了。竟未傳出是因的何事，再之後邊關戰亂，祖父不顧一切的請命掛帥出征。

難道這二者才是聯繫？

平甯侯是左家的大老爺，也就是仁孝皇后的親弟弟，老皇帝賜了他侯位。仗著老皇帝這個大靠山，左家是有名的霸道。

父親最不願接觸他們，當時三叔要娶三嬸娘，本不關父親的事，他卻反對了好一陣子，後來祖母把他叫去跟前勸，這才勉強點頭。

搓著手裡的絹帕，心底隱隱地生起一股不安的情緒。

三叔很快就回來了。和三嬸娘一起急急的跑進來，手裡拿著一本絹書，齊眉匆匆一瞥，看上去精緻得很。

小輩們被抱著各回了各的園子，祖父和父親幾人在正廳裡緊張的商議，雖然大家嘴上都不說，但每個人心裡都知曉定是有大事要發生了。

陶蕊緊緊地拉著吳媽媽的手，幾次小聲的問是何事，吳媽媽哪裡會知曉，只能安撫著帶她回園子。

母親一直安慰著小輩們。「沒事兒，都回去好好用飯，晚些時候先生要來的。」這會兒已經到了午時。午後是要去學堂上學的時辰。

母親的手在顫抖，說話的聲音也是抑制不住的輕顫，其餘的小輩都被帶回了各自的園子。

母親側頭一看，驚訝的道：「齊眉妳怎麼還在這兒！快些回園子去！」

「是不是要出什麼事兒了？」齊眉不肯走。前世的她一直處在局外，不知曉錯過了什麼，後來平甯侯為何要帶兵過來，說不準是和三叔手裡拿著的絹書有關。齊眉這麼想，便也這麼問了出來。

母親眼眸都瞪大了，她怎麼也想不出年紀小小的齊眉為何能猜得出來。

「齊眉想陪著母親。」齊眉小小的手伸到母親掌心裡，炎炎夏日，母親的手心卻很冰涼。

日頭正曬得厲害，大太太卻只覺得有些莫名的寒意。身邊的小女兒這般貼心，讓她有了絲絲力量，連這麼個小女娃也這麼懂事，她相信一切都來得及。

領著齊眉進了正廳，祖父幾人見到齊眉進來都是一愣，但顯然事情緊急，沒人多注意她，祖母也只是焦急地坐在一旁看祖父和父親。

齊眉看到父親手裡拿著之前三叔帶來的絹書。

祖母搖著頭，又急又不解地道：「這是造了什麼孽？以前老太爺幫著聖上打拚江山下來，文官為表慶賀作詩詞一首贈予老太爺，怎麼就有謀反的心了？」

「當年的事就不要提起了。」祖父瞪了祖母一眼。

母親過去安撫祖母，一會兒下來，齊眉也知曉了個大概。

當年祖父幫老皇帝穩定江山，軍功高，在民間口碑也極好，文官想要巴結，作了慶賀詩詞獻上，裡邊弓箭幾字卻被人作了文章，弘朝的弘字左邊為弓，說是有了祖父這把箭，弘朝才可以穩定，那慶賀的詩詞字字句句似是透著祖父已然功高震主的意味。

而這些傳言的源頭就是平甯侯、仁貴妃幾人，那時候他還未封侯。

老皇帝本是要給祖父封侯位，聽信了讒言又不斷有些邊邊角角的消息，不僅打消封賞的念頭，還要把祖父關起來，更是差點抄了家。若不是阮老太爺帶著幾個朝中地位頗高的同僚於殿前求情數日，現在陶府已然是空殼一座。

齊眉這才恍然大悟，難怪陶府一直在走下坡路，老皇帝不信任祖父，身旁有平甯侯，枕邊還有仁孝皇后吹枕頭風。

功高震主，為君者最忌諱的東西。若是大老爺不是為人難得的清廉，又挑不出錯，只怕也坐不穩尚書的位置。

而三叔所帶回來的絹書，就是當年的慶賀詩詞，過了這麼些年，竟是在今晨休整鋪子的時候被挖了出來，還好三嬸娘是左家出來的庶小姐，多少也看得出這絹書不一般，先收了起來，等三叔回來後拿給他看。

當年祖父出事的時候三叔還小，但他知曉內裡的可怖，先讓小廝回來報信，再急急地帶著絹書趕回來。

「為何會在聖上御賜的鋪子裡出現？」父親問道。

祖父劇烈地咳嗽了幾聲，抿了口茶，不知如何作答。

「怕是聖上放的！當年聖上心裡就有芥蒂了，他這是留了好深的一手啊！若是何時再看我們陶家不順眼，我們連回過神來的時間都沒有。」祖母說得眼淚都要掉下來了，齊眉忙遞了絹帕過去，心裡亦是鬱結。

老太爺半生戎馬，赤膽忠心，還要落得這樣的下場。

「現在天正熱著，祖母千萬別動氣，傷身子的。」齊眉的聲音輕柔，十分懂事乖巧。

祖母心裡一暖。「妳才是流著我們陶家的血，到了這個時候還能想著幫祖母分憂。」說著伸手摸了摸她的腦袋，手下的髮絲意外的有些枯燥。

「不會是聖上放的。」三叔已經冷靜了許多，沈聲道：「聖上是做大事的人，哪裡會做這樣細緻的小事，還想得這般遠？」

齊眉心裡也同意，只怕是皇上身邊的人做的，而那人是誰，已經無須細說。

「當年平甯侯還未封侯，我這人性格使然，沒他那麼多心思，知曉得罪了他的時候已經無法挽回。」祖父的聲音沈悶得不行。

父親不屑地斥了一聲。「我們陶家歷經兩朝，三代為官，父親您和祖父都是大將軍，我們這樣忠膽的難不成還要去巴結著他們那些個陰陽怪氣的！」

陰陽怪氣指的不只是平甯侯，還有老皇帝身邊從小服侍到大的老太監。

「現在最要緊的是如何處置這絹書，其他的容後再說。」祖父皺緊了眉頭。「還好上天眷顧，讓我們早發現了這絹書，不然真當災禍臨頭的時候才是百口莫辯。」

如何處置，這是個要謹慎思索的問題。

廳裡一時沈寂下來，齊眉卻心裡亂糟糟的。祖父他們都不知曉，但她知曉。平甯侯要來了，還帶著兵來，定是收到了消息稟明皇上。

「燒了吧。」事態緊急，齊眉也顧不得其他，聲音脆脆的，大家都聽得見。

其實父親他們也是這個意思，現今之計燒了是最好的，這本就是早前的絹書，早該被銷毀的，被有心之人拿走放到皇上賜的店鋪裡。

再不燒，算著時間只怕要來不及了。

這時候小廝在外邊大聲的稟報，齊眉心都提起來了。

「蘇邪先生來了。」小廝的話讓齊眉大起大落。

絹書自是不能被人瞧見，父親把其藏在櫃裡，大家一起出去迎接蘇邪先生，站在花廳，齊眉還未來得及福禮，忽然鶯翠和鶯柳慌慌張張地跑過來。「外邊、外邊圍了好多官兵，府裡被封了，平甯侯直接闖了進來！」

齊眉心迅猛地沈了下去。

祖母慌得不知道如何是好。「這，趕緊拿了藏到地窖裡去。」

藏？能藏到哪裡去？

平甯侯帶了人過來，一定是要搜遍的，依他的能力，藏到地底下也能給找出來，燒更是來不及了，煙霧一下就能暴露。

「出了何事？平甯侯怎地胡亂帶兵進來？」蘇邪先生剛來，顯然完全不清楚狀況。

遠遠的，已經見著一個身著華服的中年男子帶著一眾官兵快步過來。

祖母站都站不穩，母親扶著她，兩人都搖搖欲墜。

祖父和父親的面上也白了。

齊眉狠狠地咬著牙關，一轉身衝到了正廳裡。

平甯侯已經到了面前，蘇邪先生站在大老爺身後。

「這是太陽打西邊出來了，平甯侯什麼時候想著來看看我這把老骨頭？還帶了這麼一大班弟兄過來，我這可還沒入土呢。」老太爺面上露著笑意。

平甯侯一對鷹眸，卻顯得狡詐，目露寒光。「收到了消息，陶府裡有謀反的罪證，得了聖上的旨意，過來徹底搜查陶府。」

說著湊到老太爺面前，皮笑肉不笑。「老將軍，這下得罪了。」

祖父的嘴唇都抖了起來，平甯侯卻不再理會，轉身一聲令下，官兵們開始四處搜查。

官兵們的動作帶著粗魯，平甯侯也跟著指揮，表情十分嚴肅。

搜索的響動越來越大，小輩們驚慌地跑出來，媽媽們雖然也怕，但還是護著各自的主。三嬸娘帶著齊賢和齊春、齊露過來，聲音裡有著哭腔。「大哥這是怎麼了？瞧齊春和齊露都哭了。」

果然兩個小女娃哭得昏天暗地的，哪裡見過官兵來搜查府裡的陣仗，早就嚇得不行。

齊勇和齊英這時候也快步跑過來，齊勇要丫鬟們把祖母、祖父、季祖母還有母親扶回內室，現下正是烈日當空，幾位長輩的身子都不好，再加上心裡或者著急或者後怕，身子都已經搖搖欲墜。

老太爺拄著梨木枴杖，身姿挺拔地站著。

老太太也搖著頭不肯走。「我活了大半輩子，從未有過這樣的事。」說著聲音顫抖起來。

齊勇力氣大，把老太太硬是扶走。

「這可是聖旨下令要徹查的，聖上旨意如親臨，陶府自是勞苦功高，但不會真的連皇上都沒放在眼裡吧？」平甯侯冷哼一聲。

齊勇愣了一下。

搜查的將士先從最偏僻的地方搜起，漸漸地一路搜尋過來，平甯侯親自帶領著。

老太爺絲毫不拖沓，緊跟其後，其餘的人也沒有落下，大太太緊緊的扶住老太太，小輩們也好像意識到什麼似的哭聲都止住了。

四處都被翻得凌亂不堪，平甯侯似是要掘地三尺一般，看著陶家變成這樣，老太爺幾要站不穩，但又無力阻止。

這時候陶府其餘地方已經搜遍了，領隊搜查的將士過來，衝著平甯侯大聲地稟報。「稟侯爺，剛剛在祠堂附近發現了一個身影。」

「老太太，五小姐一直不知所蹤。」鶯柳在邊上小聲地提醒。

齊眉？大太太和老太太驚訝地對視一眼，大老爺這時匆匆上來，在老太太耳邊低語。「絹書不見了。」

「怕是那笨丫頭抱著跑了，怎麼這麼笨！」大太太有些惱恨地搖頭，絹書不小，齊眉抱著會很是顯眼。

在這種時候，陶府已經是保不住了，絹書不可能搜不到，即使藏在身上，看平甯侯這肯定的架勢，在陶府遍尋不到一定會搜身。

齊眉若是拿著絹書被人當場逮到，那只是雪上加霜。

老太太也皺緊了眉頭，之前還有些覺得這個孫女沈靜又懂事，現在一看，真真還是剋陶家的！平時不見有那麼大的災難，現在她回來不過大半年而已，就出了這般大的事。

「蘇邪先生也不知去了哪兒。」不知道誰說了句。

蘇邪先生只是府裡的先生，只是個客人，在這種時候陶府出了事他也不會出事，大抵是早就腳底抹油地溜了。

在將士稟報在祠堂發現陶五小姐蹤影的時候，平甯侯嘴角牽了牽。立即讓將士全都停止其餘地方的搜尋，環視了面前的一眾陶家人，個個都是面色發白。平甯侯了然的手一指。

「馬上給我去祠堂搜！」
祠堂就在邊上，幾步就過去了。
「使不得！」老太爺急急地上前，大聲吼了一句。「這是我陶家先祖的安息之地，你們怎麼可以、怎麼可以……」老太爺氣得話都要說不出了，拄著枴杖，要衝進祠堂護著。
這時候一個小小的身影從祠堂門口被士兵拎了出來，後邊還跟著幾個將士。
那個目光透著堅毅的女娃，不是齊眉還能是誰？
大太太面色慘白，已經站不穩，虧得新梅扶穩了她。
「哪裡來的黃毛丫頭撒野？」平甯侯一見這打扮就知曉是不知所蹤的陶五小姐，卻還這樣大剌剌的訓斥，一點情面都不留。
他可以肯定，陶府今天一定可以被徹底鏟倒。誰讓那時候陶老將軍不識相！平甯侯冷哼一聲。
「這是陶五小姐，屬下被她咬了一口。」
大家都看過去，離得近的人都能看到揪著齊眉出來的士兵手臂上一個淺紅的齒痕。
這時候誰都不敢出聲也不能出聲，平甯侯帶著的是皇上的旨意。
齊勇已經要衝過去，被大太太一把拉住。
「陶五姑娘，鬼鬼祟祟的在祠堂裡是為何?!陶府所有人都在這裡，只有妳一個從祠堂被抓出來！」平甯侯面露凶光，狠狠地問道。
小輩們又被嚇哭，陶蕊更是哭得撲到二姨娘懷裡，不敢看被士兵抓住的五姊姊。

齊眉站直了身子。「本是在閨房裡歇息，聽得外邊響動，不知出了何事，和丫鬟一起跑出來卻走散，四處都是凶神惡煞的男子，我才想著躲來祠堂裡，這是陶家祖先安息的地方，惡氣難侵。」

「惡氣難侵」這四個字說得異常清晰。

平甯侯正要發作，將士出來稟報祠堂並未有任何發現，先前陶五小姐這麼一鬧，將士心裡多少都有了畏懼，這畢竟是老將軍居住的府邸，祠堂裡供著的還有前朝的將軍，若是有個什麼差錯，他們這些聽命於人的會吃不了兜著走，所以搜尋起來都輕手輕腳。

聽聞未有發現，平甯侯頓感訝異，老太爺幾人也微微一震，大老爺回頭看了眼，發現蘇邪先生不知什麼時候站到最後邊，原來竟是還未離開。

只是思索了須臾，平甯侯回身對著眾人。「聖上下旨要徹查，既然在陶府各處都搜不到，那就只有搜身了。」

皇上的旨意無人能抗，陶府所有的人都被集中到了一起，老太爺的臉色都青了。

「平甯侯，你我也算是相識一場，陶府是如何赤膽忠心，日月可鑒，你如今步步進逼真是讓人寒心！」老太爺說不了幾句便劇烈的咳嗽起來。

要開始搜身，也無人可以去煎藥，其餘的人亦都心慌意亂，老太爺一個人乾乾地咳著。

既然遍尋不到，那一定是被藏在誰的身上了，現在所有人都在這裡，只要搜就一定能搜出來。

齊眉幾步過去幫老太爺順著氣，一老一小身子都站得直挺，老太爺手一揮，示意自己無事，而後讓齊眉躲在他身後。

平甯侯耳邊充斥著陶府小輩隱隱約約的哭聲，三嬸娘過來。「大哥，你念在你我的關係上，請高抬貴手。」

「什麼高抬貴手？」平甯侯撫了撫衣袖。「在國面前，顧念親情陷國於不義的事我做不出來。」

沒有什麼能阻止了。

先從陶府的下人搜起，絹書的體積較大。若是藏在人的身上會有所痕跡，僕役是被將士拿棍子前後敲打幾下，而正值夏日，丫鬟的衣裳穿得輕薄，一眼便能看得出有沒有藏匿。

至於陶府的男子和女眷都是眼觀，一路看過去，到齊眉的時候她又被帶了出來，她直直地站在眾人面前，老太太看著她整個人都要垮了。

平甯侯十分意外，面前的女娃一目了然什麼都沒藏。

老太爺也迷糊起來，齊眉要被帶出去的時候他恨不能把她藏起來，絹書卻竟不在她身上。

之前那麼大的陣仗，平甯侯也以為絹書是齊眉藏起來，一直把搜查重心鎖定在她身上，結果竟然不是？

齊眉是小輩裡最後一個搜的，平甯侯的意思十分明顯，眼下卻又落空。

「還請侯爺能准許府裡的丫鬟去搬個軟椅來，足足地站了兩個時辰，祖母的身子受不住的。」齊眉脆著聲音，仰頭看向平甯侯。

「這個時候提出要讓丫鬟去搬軟椅，誰知道罪證會不會又被轉移到哪個丫鬟身上了？」平甯侯一口回絕。

因得這個時候大家早已經六神無主，命都要沒了，誰還管得到其他？

只有齊眉還想著長輩的身子，老太太看向齊眉的眼神都帶著迷茫，她的心一直大起大落。

在搜老太爺的時候，是平甯侯親自來的，剛剛他看見了，陶五姑娘去了陶老太爺身邊，還躲在了他身後，但她一身綢衣，一點拱起來的地方都沒有。

「侯爺，會不會是收到了假消息？」領頭的將士在平甯侯耳邊小聲地道。

「不可能。」平甯侯說著抬頭，看著個個面色蒼白的陶家人，若是消息錯誤，他們斷不會這般驚慌。

若是消息錯誤，依照陶老將軍的性子，怎麼都會阻攔他，而不是之前在祠堂門前那樣，隱隱地講起了情面。

「繼續搜！」平甯侯這麼一想，定下了心。

陶老太爺把齊眉叫到身邊。「妳扶我去祠堂。」

齊眉正要詢問，忽而聽得老太太身邊的人驚叫一聲。

被精神折磨了許久，老太太終是撐不住的暈過去，眼看著身子就要倒下，忽而一個身影快速地衝出來，扶住了她。

是一直靜靜站在後邊的蘇邪先生。

老太太被他穩穩當當地接在懷裡，蘇邪先生寬大的衣袖被拉得緊緊的裹住老太太，一襲水墨的袍子正被風吹得飄逸。「你們還有沒有人性了?!」

聲音不是往日的溫柔調子，震懾得都聽不出來是他的。

平甯侯震怒，誰在這種時候還敢出來訓斥他們。「哪裡來的混小子！」

這時候蘇邪先生猛地抬頭，烏黑的髮絲落下幾綹，隨著風輕輕地飄盪，一雙如點墨般漆黑的眸子直視著平甯侯的眼。

平甯侯驚得退了一步，一句話也說不出來。

「馬上把陶老太太扶到內室去。」聲音沈冷，讓人絲毫無法拒絕。

「參見二皇子！」平甯侯回過神來，立馬跪地，身後的將士們也都傻了眼，紛紛地跪伏到地上。

除了齊眉和大老爺以外，其餘的人皆被蘇邪先生的身分震得半句話都說不出來。

第十九章

跪了一地的人，包括陶府一眾。

平甯侯跪在地上，看著用上好石頭鋪就的地面，腦子不停地運轉。

沒有蘇邪的命令，誰都不敢起身，縱使平甯侯滿腦子都是疑問——為何不該出現在陶府的人竟會出現？

然而如此種種他都無法問出口，甚至起身的資格都沒有。

平甯侯只想著那句，山中無老虎猴子稱大王。

他的目光一直鎖著陶府的五小姐，並未有什麼異樣，剛剛搜遍了整個陶府，人也都一個沒落下，他不明白絹書為何會憑空消失，怕不是真的弄錯了消息？

在他怔愣跪地的時候，陶老太太已經被丫鬟們扶起，平甯侯看著身著水墨長袍的男子站起，左手始終關切地攙扶住已經暈厥過去的陶老太太。

猴子就是猴子，誰都要討好，也不想想自個兒的身分地位。

縱使皇子又如何，上頭壓的是太子，再往上走可是皇帝。

蘇邪望向大老爺。「陶老將軍、陶尚書起身吧，老太太去屋裡歇息才好。」

「謝二皇子。」祖父什麼場面沒見過，極快地回了神，因為在烈日下久曬，聲音已然沙啞。

蘇邪的眼在齊眉身上若有似無地掃過一下，送陶老太太到了正廳，其餘的就交由嚴嬤嬤幾個奴僕去做了。

回來的時候，眾人依舊跪在地上，平甯侯不耐地動了動身子。

「敢問二皇子，老夫是否可起身了？」平甯侯乾巴巴地問道。

蘇邪撫了撫衣袖，抬起左手。「起身吧。」

陶府眾人都是在蔭涼的地方，而平甯侯所帶的一眾將士都是在正中，正是太陽直曬之處，現下已到酉初，卻還四周都蒸騰著熱氣一般，沒了樹蔭遮身，只不過一炷香的工夫，平甯侯一眾就滿頭大汗。

得了二皇子的令，眾人紛紛起身，平甯侯亦是立馬起身，一副什麼事兒都未發生過的模樣要告辭。事實擺在他面前，絹書就是不在陶府，也不在誰身上。

平甯侯淡淡地道：「今日鬧了這樣一齣，也非我所願見，既是已經查明並無賣國私通的證據，那本侯爺就此告辭。」

蘇邪把手裡的扇子唰地一下打開。「平甯侯現在就這樣走？」

平甯侯看了看天，竟是笑著福身。「二皇子私自出宮不知可有稟報皇上？酉時之後宮中皇子公主一律都不得在外的宮規，二皇子莫不是忘了？」

蘇邪冷哼一聲。「本皇子這段時日的外出在宮內都有記載，父皇也是知曉的。若是平甯侯有所疑問，大可去查看。」

平甯侯雙手抱拳。「老夫無權過問皇子之事，現下誤會已除，也不叨擾了。」

「慢著！」這兩個字洪亮無比。循聲望去，老太爺面色鐵青，剛要開口就又咳得半個字都說不出來。

「陶老將軍，就如你之前所說，你我算是相識一場，你，還是回床榻上好好躺著歇息吧！」說著一甩袖，便要離去。

齊勇攥緊了拳頭，眼裡迸發出憤恨的光芒，似要刺穿平甯侯離去的背影。

齊眉一直在幫祖父順氣，平甯侯的話語字字句句都清晰地落入他們的耳裡，齊眉胸口鬱結，斷不能讓這個囂張至極的平甯侯就這樣半點事都沒有的離去，祖父一直大喘著氣，齊眉掏出隨身戴著的薄荷香囊。「祖父，聞了這個會舒服些。侯爺這樣便要走，祖母那樣的身軀就平白站了一個下午，府裡的人亦是被平甯侯這樣欺辱了個遍，皇上乃天之驕子，做到這樣的地步……孫女以為即使是皇上之命，也必定要給陶府個說法。」

祖父猛地看著她，他當然不會讓平甯侯就這麼走了，齊眉剛剛字字句句都戳到他的心裡。

讓齊眉把自己扶起來，站直了身軀，吐落的話語字字有力。「平甯侯，你如此大張旗鼓地把陶府折騰得翻天覆地，整整兩個時辰有餘，陶府滿目瘡痍，下自門口掃地的小廝，上至堂堂弘朝老將軍都被你搜遍了身，甚至是未出閣的小姐和婦孺你也不曾放過！」

平甯侯站住了腳，回頭看著他。「那老將軍想如何？本侯爺只是奉了聖上旨意。」

祖父和平甯侯平視，周身的熱氣都被其中的硝煙激得越發的濃烈。

「後日我就進宮面聖，看看究竟是皇上的旨意，還是有人胡作非為！」老太爺把枴杖狠狠地往地上一頓，目光銳利，且帶著許久不曾出現的殺氣。

平甯侯愣了一下，陶老太爺已然十幾年不再去朝中，不過問朝中事，如今若是大張旗鼓的進宮，即使他……

平甯侯扯出個老狐狸一般的笑容。「老將軍說得這般嚴重，不知曉的只怕以為我堂堂弘朝的國舅，居然連禮儀都不知曉，特意帶足了人，排場極大地過來羞辱有功績的老將軍。」

齊眉心裡不齒，仁孝皇后乃是平甯侯的親姊，平甯侯搬出了國舅的身分，就是在壓著祖父，縱使將軍又如何，他平甯侯是堂堂的皇親國戚，誰也奈何不了他，皇上在私底下說不準也得稱他一聲國舅。

而且左家在朝中的勢力有眼者都能瞧見，老皇帝被仁孝皇后吹著枕頭風，身邊又有個從小服侍到大的老太監做平甯侯的內應，到了如今，只怕已經難辨忠奸。

平甯侯靜立了一會兒，見無人再出聲，陶老將軍滿腔憤慨地說了一大通話已然撐不住的咳嗽，身邊那個陶五小姐遞上絹帕給他擦嘴，身邊的丫鬟驚叫了一聲，絹帕上赫然是血跡。

陶老太爺吐血了。

大老爺、大太太和二房、三房的全都圍了過去，驚慌地把老太爺扶回去歇息，平甯侯趁著這個時候帶著人靜靜地走了。

蘇邪，不，應該是二皇子。

二皇子跟著眾人一起入了清雅園，和大老爺說了幾句，便匆匆地回宮。

園子裡老太太才剛剛甦醒，老太爺又吐血，大夫這邊還沒照顧過來，那邊又被人扯著去瞧。

齊眉看到母親站在門檻上，抬起衣袖悄悄地擦淚。

她和母親一起掀開門簾。

祖母正被嚴媽媽扶著坐起來，面色仍是有些蒼白。「那人走了嗎？」指的是平甯侯，問話的對象是齊眉。

齊眉過去把老太太扶著坐到軟榻上，柔聲道：「已經趁亂走了。」

「老太爺他，真吐血了？」語氣都揪起來了。

「並不是，不過絹帕還在孫女袖裡。」齊眉低聲地說道。

老太太眼神銳利，抓過她藏著的手到面前，三根手指竟都被割破了，血跡剛剛才乾。

大太太看得差點暈過去，幾步走到面前，抱著齊眉仔仔細細地察看，聲音萬分焦急。

「是不是剛剛那幾個將士怎麼妳了？」

齊眉搖頭，安慰母親，搖了兩下頭，覺得暈眩起來。

剛剛在外邊，平甯侯步步逼人，祖父的身子幾斤幾兩外人不知曉，齊眉記得真切，再動氣的話討不到半點好，連嘴上的也不行。

倒不如先讓那個害人的東西離了府，讓祖父好好歇息。

齊眉在眾人一起跪下的時候撿了身邊尖銳的石子，趁著平甯侯和祖父唇舌相稽時狠狠的割破自己的手，雖疼痛難當但血流得不少，又在祖父咳嗽時上前扶住，把血擠到絹帕上。

祖母眼神複雜地看著齊眉，動了動嘴唇卻沒有開口。

還是母親忙道：「再去請個大夫來，手指破了可耽擱不得半分！」

齊眉就這樣被母親帶走，在東間的床榻上躺著，大夫很快就來了，仔細地察看了手指，傷口不算深，但也不淺，得好好休養，不然免不了留下疤痕。

母親心疼地握著她未受傷的右手。「妳這是做什麼，府裡的事自有我們這些長輩來處理，妳若是真的傷了手，可要為娘如何是好？」

手是女子身上美態的體現之一，玉手蔥蔥便能勾人目光，若是左手上三根手指都有疤，那真是得不償失。

齊眉已經疲累不堪，咧嘴勉強笑了笑。「母親多慮了，割手指的時候齊眉心裡有數，不會有大礙才割的，祖父和父親總說陶家人該如何，齊眉都記在了心裡。不可讓人隨意欺辱，但也不可在不必要的時候逞強。

「進退是連在一起的詞，退並不代表怯懦。」

「說得好！」

齊眉和母親循聲望去，站在門口的是父親。

有些訝異他會在這個時候過來，齊眉起身要福禮。

父親卻揮了揮手。「妳才是真正受了傷的，妳祖父並未吐血，妳祖母也甦醒了。」

這時候子秋端來了熬好的藥，齊眉有些不樂意地搖頭，她日日都要喝藥，現在又要多服一碗。

母親要接過的時候，父親卻先一步接過藥碗。

坐到床榻邊，舀了一勺吹得不那麼燙了。「聽丫鬟說妳總是怕藥苦不肯老實喝藥，剛小小年紀字字鏗鏘地說堂堂陶家人都是錚錚硬骨，難不成連苦藥也怕。」

聲音嚴厲卻讓齊眉的心都溫暖起來，父親親手給她餵藥是前世想了一輩子的事。

大太太也是甚為驚異，大老爺極少露出溫柔的模樣。

剛剛在府裡鬧了那麼一齣，他不說，她也知曉在他心裡留下了多大的觸動。始終大老爺都和老太爺一樣，心裡先是滿載著弘朝，其次才是陶府。

齊眉一口一口的喝下父親餵的藥，一旁的母親似是坐立不安，齊眉知曉她心裡在擔憂著什麼。

鬧到了這個地步，誰也預料不到。

府裡今日被徹底翻了個遍，一切都是混亂的，也不清楚多少東西被毀壞了，是不是有什麼貴重的寶貝被人趁亂拿走？

今生親自經歷了平甯侯的這一齣，齊眉大概猜得透。

翌日出了東間，丫鬟小廝們的動作很是利索，不過一晚的工夫，一些被翻亂的地方被收拾得七七八八。

入了清雅園，已然是和昨日平甯侯闖入前一樣。

剛到門口，就聽得祖父把梨木枴杖狠狠頓地的聲音。

齊眉皺起了眉頭，陶家豐功偉績，到頭來卻被人這樣羞辱，別說祖父，即使是外人見到心裡也會覺得憤慨。

前世的路子並不是這樣走的，平甯侯把絹書找到，不知做了怎樣的交易。之後未有稟報上去，再之後兩家的來往依舊幾乎沒有，但陶府卻平靜了許多。

尤其在祖父掛帥出征後的一連串事件，陶府總算過了那道坎。

齊眉現在總算明白，為何大哥勝利歸來的時候，父親和母親會責難他、訓斥他，而沒有半點高興的意思。

祖父為了讓陶府能繼續生存下去，讓空殼能被填滿，犧牲了自己；而大哥年輕氣盛，過於追求名利。祖父再是身子不好，沒能安然的回來，大哥少不了責任。

給屋裡的各位長輩福了禮，祖母點了點頭。

齊眉並沒有馬上就走，而是靜靜地坐到了一邊，陶蕊老早就被二姨娘抱著過來，正悶得厲害。見齊眉來了，忙跑到她身邊，掏出紅繩要與她玩。

一段時日沒怎麼和她親近了。齊眉笑了笑，小指頭一勾，靈活地把繩子挑起來。

父親、二叔和三叔都十分難得地聚在一起，祖父拄著枴杖，站在軟榻邊。下巴上蓄的白色鬍鬚都在微微顫動。「陶家歷經兩朝，先父跟隨先皇，赤膽忠心，我亦是追隨聖上，天地可鑒，從不說功高，這都是陶家該為國做之事！我待到明日定要進宮面聖，看看皇上是否真如平甯侯所言，下了要把老將軍的府邸翻天覆地、老者婦孺都不放過的地步！」說了這一大段話，又咳得不行。

二叔過去給祖父順著氣。「父親，您還是別去了，您十幾年未再踏足宮裡，這麼長的時日過去，宮裡老早就變了樣。」

「變了樣又如何？我錚錚鐵骨半生戎馬，哪裡沒去過？」祖父剛剛才好一些，又被二叔的懦弱勁兒給氣到。

父親扶著祖父坐下。「聽兒子一句，先等一等，平甯侯鬧出這麼大的陣仗，即使是在宮裡，皇上一定也略有耳聞，兒子昨日就與聖上告假了，說府裡出了些事。今日在朝堂，想必會有誰說出來的。」

「說出來皇上就能知曉？平甯侯一口一個聖上的旨意，若他是撒謊的，那昨日在什麼都沒搜到的情況下，還能咄咄相逼？」三叔說的不無道理。

三個兒子就這樣你一言我一句地爭了起來。

祖父頭突突地疼。

父親索性往直地說：「我與阮大老爺說了，今日他必定會告知聖上。」

「我們與阮府的交情誰都知曉，可左家在朝中的地位，誰也不敢去胡亂得罪的吧。現下大哥又不在朝中，只剩得阮大老爺一人，能說出什麼好話來？」三叔一臉不相信。

祖母見幾個兒子不說話，道：「齊眉和蕊兒都在這裡，你們都是為人父的了，還比不過兩個小娃子，也不帶點好樣兒！」

這麼一鬧騰，已然要到正午。

父親幾人索性在清雅園一起用飯，嚴媽媽正和丫鬟吩咐著要加菜的時候，忽然小廝驚慌地跑了進來。

祖母看著他那模樣就有些撓心，昨兒個也差不多是這時候開始，鶯翠、鶯柳過來稟報，平甯侯一來，陶府就被整得雞飛狗跳。

「以後不許誰再這樣大呼小叫的進來。」祖母在他開口前訓道。

小廝大喘著氣，先福禮後便急急地道：「宮裡的公公來了，說是皇后娘娘送了東西過來。」

仁孝皇后？

祖父和屋裡幾人對視了一眼，齊眉拉著陶蕊站起來到一邊。

很快地，祖父和父親便坐上馬車。

仁孝皇后是平甯侯的親姊姊，她動作這樣快地送東西來，無外乎就是賠禮。她既然有這個舉動，齊眉猜想，平甯侯說不準了是真的在空口胡說。

什麼皇上親自的旨意，只不過是他以為自己謀算得天衣無縫，誰想會半路殺出個程咬金。

但齊眉還是疑惑，仁孝皇后送賠禮來，陶府接受與否都意味著這次是平甯侯的錯，仁孝皇后為何會這麼快的做出反應。

總覺得玄乎。

沒回東間，依舊待在清雅園，祖母顯得有些不安。「爾容，妳說為何皇后要送禮？」

「媳婦覺得……並不是賠禮道歉的意思。」原來母親也是這般想的。

「怎麼說？」

「左家在朝裡的地位已經不用言說，皇上如今對他們也是全盤信任，今日老爺並未上朝，即使阮大學士說了些什麼，平甯侯也不是不在朝中，憑他的地位和皇上的關係，要把事情掰回來並不難。」

「除非……」母親想了下。「除非他們對父親要入宮面聖的話有所顧忌。」

「那自然，老太爺的名聲不是白白得來的，即使多年不入宮中，他的地位也不會輕易就那麼沒了。」祖母說著自豪起來。

過了一炷香的時間，祖父和父親回來了。

兩人的面色都不大好看，身邊的新梅和鶯藍捧著兩個錦盒，上邊繡著的鳳凰尤為打眼，身後兩個小廝哼哧哼哧地抬著兩大箱。

「送了這麼多？」祖母驚訝地站起來，外邊那幾大箱分量可不小。

「是補身子的藥材，兩個錦盒，一盒千年人參一盒鹿茸，其餘的兩大箱裡也是珍貴的藥材。」新梅福身答道。

父親哼了一聲，一甩袖子坐在軟椅上。

「這是怎麼了？」祖母皺著眉問道。

「送禮來的那個公公，是皇上身邊長年服侍的李公公。」父親接過了嚴媽媽端來的茶，抿了一口。

「李公公親自送的？那也算是……」

母親話還沒說完就被父親打斷。「李公公是皇上身邊的，那就是說皇上確實知曉，確實是他的旨意，送來這麼些補身子的東西，無非是在告訴父親，待在府裡老實養身子要緊，這是讓父親別去宮裡了。」

「你說，這是皇上的意思？」母親聲音低了下來。

父親猛地起身。「我得去趟阮府。」

這時候外邊卻道二皇子來了。

祖父按著父親坐下。「昨兒府裡整個都是亂糟糟的，二皇子也就這麼走了，倒是得好好感謝他昨日出手相助。」

「也是。」父親氣消了些，嚴媽媽讓小廝、丫鬟們把仁孝皇后送的東西放到後院去。

二皇子一進來，眾人都起身福禮。「參見二皇子。」

「這樣倒是見外了，還是喜歡你們叫我先生多一些。」二皇子笑得如沐春風。

「禮數不可違，之前都不知曉二皇子的身分，幾個月都是喚的先生，還望二皇子不要怪罪才好。」

「不知者無罪，何況是本皇子隱瞞身分在先。」蘇邪揮揮手，還是如以前一般。

正廳裡現下除了齊眉一個小輩，其餘的都去了學堂，齊眉也正要離開，蘇邪卻叫住了她。「五姑娘先留下吧。」

丫鬟們奉上了茶，是府裡平時不常拿出的珍貴茶葉泡的，連泡茶的水都是格外講究。

齊眉想起來，今兒個起身，迎夏就在她耳邊念叨，大房的丫鬟們天還未亮就湊一塊兒，個個端著白瓷杯取晨露。

「昨日還得多謝二皇子，也不知曉是哪裡惹的冤事兒，明明不是府裡的東西卻還出現在府裡。」祖父面上帶著感激的笑意，不一會兒又嘆了口氣。

二皇子皺起了眉。「也不知是誰要害老將軍一家。」

這話一出，屋裡靜了下來。

到底府裡的人對二皇子的身分肯定不是一般的顧忌，於是只好用著先生的身分進來。

父親忙解釋了一番，本來教書的先生是二皇子小時候教過他讀書的劉老先生，臨時被派到江南半年，二皇子便起了興致和大老爺說了要來頂替劉老先生教書。

眾人這才恍然大悟，難怪得大老爺對「蘇邪先生」這麼恭敬，也難怪這個先生被傳得那般完美無瑕。

齊眉抬眼看過去，祖母的面色不大好看，這是有緣由的，因為二皇子向來不受寵，祖母並不想要讓這樣的人和陶府有什麼牽扯。

二皇子是德妃所出，德妃從誕下龍子後便深居簡出，現下二皇子已近弱冠之年，只怕老皇帝已然忘了德妃。

前世的時候連齊眉也對二皇子略有耳聞，都說二皇子身上帶著邪氣，德妃日日誦經唸佛，都是為了幫其消去前世的罪孽。

也怪不得人這麼傳，丫鬟暴斃、太監的屍首在井裡被發現的事件，在二皇子三到五歲那兩年發生得特別頻繁，掌管後宮的仁孝皇后親自去查，竟是一點蛛絲馬跡都無。

當年還小的盈清公主和希琮公主，每每一見著也不過六歲的二皇子身影就大哭不止。小孩子是不會說謊的，過不多久，兩個小公主都生了場大病。

這事也無可避免地傳到皇上耳裡，德妃娘娘當下就帶著二皇子去仁孝皇后那裡請罪，有了仁孝皇后幫忙說話，皇上才沒太怪罪。

自此德妃日日誦經唸佛，日子好似也平靜了一些。

「絹書可還在二皇子這兒？」祖父總算是問起了這個，其實從昨日二皇子走了後，府裡的幾個長輩心裡都無不擔憂這個。

除了大老爺，誰都不知道他就是那個二皇子。難怪得給自己取個邪字，又是國姓，容貌好看得過分，談吐有禮修養極高，而大老爺又對他那般恭敬。

二皇子把一直背在身後的錦盒拿出來打開，裡邊就裝著絹書。

老太太一看就頭暈目眩，急急地道：「快些拿去燒了！」

三叔也滿臉不悅，想起了不好的回憶。「我拿去後院抱一堆柴火，放烈火裡燒個盡！」站起來就要拿過絹書。

「不，就在外邊燒，我要看著這個被燒了。」老太太讓嚴媽媽攔下。

三叔也跟著幫忙，外邊很快地就燒起了熊熊的火，老太太硬是看著絹書被扔到火堆裡，撫著胸口，心頭的大石頭終於落下。

本來就極熱的天氣，齊眉正好站在最靠近火堆的地方，被熱氣灼得喉嚨不舒服起來，大大的喘氣，被母親拉到身邊去坐下。

「絹書也得虧了二皇子藏起來，不然的話，現下陶府只怕是空殼一座了。」祖母感激的聲音傳來，齊眉立馬回了神。

「也是陶五姑娘機靈。」二皇子說著看向齊眉。

她明白二皇子讓她留下，並不因為她是小孩子聽不懂事，就算二皇子不出聲，她也一定要留下來。

「這話怎麼說？」看著絹書被銷毀，祖父語氣也平穩了些。

祖母卻靜靜地望向齊眉。

齊眉忽而咚地跪在正中。「那時候齊眉心裡著急，把絹書偷偷拿了來，外邊那群官兵那般無禮，大概就是看著絹書貴重才要搶走，府裡被翻得亂七八糟，看著就覺得難受，想著祠堂是蒙先祖庇佑的靈氣之地，便想藏到那裡去。」

二皇子先是不解齊眉的舉動，再看向陶老太太，心裡也明白了七、八分。看齊眉小心翼翼的樣子，年紀小竟這麼多心思，只有在府中活得辛苦，才會說話做事和年齡不符啊！這個陶五姑娘的路只怕也是走得艱難。

「本皇子見府裡大亂，也不知要去哪兒，走到祠堂就見著陶五姑娘，看她手裡拿著絹書臉色蒼白，本皇子便自作主張地拿過來藏在身上。」二皇子把話頭接了過去。「再怎麼說，我是二皇子，除了父皇，誰也沒有權力搜本皇子的身。」

祖母恍然大悟地點頭，原來如此，齊眉只是擔心府裡，心思單純罷了。

齊眉感激地衝二皇子偷偷笑了下，又和祖母道：「那群人太凶惡，孫女躲在祠堂的時候見他們凶狠地衝進來就要四處亂翻，也沒有別的人在。更沒有法子，氣急地咬了最近的將士手臂一口，旁的將士就急忙衝出去告知平甯侯。」說著後悔地低下頭。

「妳沒錯。」祖父說著一拍手旁的矮桌。「那群人就是小人得勢的模樣！多咬幾口才好！祠堂也敢去鬧，若不是妳咬了他們，引得外邊的注意，保不准現在祠堂成什麼樣子！」

齊眉這是立了功。

老太太印象最是深刻，在她站得要暈倒的之前，也就這個孫女發現了她不對勁。其餘人都嚇得魂不附體，小輩們更是只知道大哭，只有她還能關切地扶著自己，還要平甯侯准了丫鬟搬軟椅過來。

老太太細細地回想，從一開始出事到最後平甯侯離開，齊眉都是最沈穩的一個，甚至比他們這些長輩還要沈穩太多。再聯想起她在莊子裡面對賊子都面色不改，反而還有勇氣拿著匕首反抗，這是難得的膽識。

老太太望向齊眉，剛剛跪了一番才起來，面上還顯得有幾分驚慌，大概都是被她嚇的。以前總認為齊眉剋陶府，可這回……

這時蘇邪起了身，嚴媽媽忙恭敬地道：「小姐們和二少爺都各自先回園子了，若是二皇子現在要過去，老奴立即讓丫鬟們去園子裡告知他們。」

二皇子點點頭，語氣有些遺憾。「因得昨日的事，鬧得厲害，在陶府也不好多待……」

祖母忙道：「二皇子紆尊降貴的來教府裡的小姐和哥兒們已是難得，受了皇子的提點，他們已經是備受恩惠。」

「離劉先生回來還有些時日，若是二皇子樂意前來，陶府自是榮幸。」父親道。

二皇子沈吟了一下。「那等劉先生回來再議吧。」

祖母抿著唇，眉頭微微鎖起。

齊眉跟著蘇邪和父親一起走了出去。

兩人行在她前方，齊眉聽得隱隱約約的聲音。

「二皇子以後有些話，還是要小心著在旁人面前說。平甯侯爺是皇親國戚，是二皇子的親人，微臣不過是尋常人家，還請二皇子能明白我們的苦處。」父親的聲音低沈。

二皇子回身望了一眼，齊眉正低頭仔細看著地上的路，小心地走著。他唇角勾著笑容，說道：「本皇子自是明白，不過這回五姑娘確實是有膽有識。」

那時候齊眉就發現了，二皇子只是出了題，卻在那段日子到昨日出事之前，幾乎日日都會去父親的書房。她開始猜想二皇子的身分，當時聽到教書先生是國姓，又單名一個邪字，結合前世的記憶再加上種種細節。

二皇子那個題目也是別有用意，大概是很符合他的心境。齊眉又把飾有荷花雕刻的畫筆呈上，荷花出淤泥而不染，濯清漣而不妖，二皇子還寫下個「正」字，於是她才大膽地猜測。

昨日齊眉也並不是直奔祠堂，趁亂衝到正廳裡拿了絹書，出來以後便見著平甯侯盛氣凌人的在前方呵斥著什麼，她悄悄走到站在最後的二皇子身邊，把絹書直接往他袖筒口裡塞。只看到二皇子身子巍然不動，卻立馬把袖口挽起，轉身悄然離去，齊眉便放下了心。之後她之所以四處跑動，無非是想擾了那群官兵的視線。

絹書放在哪裡都能被找到，只有放在二皇子身上才是萬無一失，二皇子如若真是因為貪玩要出宮，決計不會選擇到陶府來教書，而應是去到一些山山水水的地方玩耍，他既然選擇來到了陶府，那定是有他自己的思量，若他真想要得到陶家的幫助，不可能看著這一次陶家就此倒下，不然心思可就白費了。

第二十章

這日學堂裡安安靜靜的，除了蘇邪的聲音以外，就只剩下風吹過葉子的沙沙聲，迎面撲來幾分悶熱的氣息。

齊眉挪了挪身子，跪坐了許久，一個動彈的小輩都沒有，她便也紋絲不動。

眾人都不敢直視蘇邪，低著頭盯著書冊，跟著蘇邪的話認真無比的學。

昨兒個的事，陶府上下無人不知那位像畫中人一般的蘇邪先生竟然是二皇子。

每個人的心思都不盡相同，但反應都是一樣的。

尤其體現在學堂裡，再無人敢不老實聽課。

連總是叫苦叫熱的陶蕊都好半會兒沒動了，有些圓嘟嘟的側臉上那一雙眸子瞪得老大，拿起軟毫筆仔仔細細地寫寫畫畫。

齊眉不由得點點頭，連陶蕊都轉了性子，難得見她這樣沈靜的模樣，乍看之下還真是不習慣。

探頭望過去，齊眉差點噗哧一下笑出聲，陶蕊竟是在畫小兔子。

「五姊，好不好看？」剛好畫完了，陶蕊有些得意，衝齊眉擠擠眼。

「好看，但不過……」

「怎麼？」陶蕊生怕有哪裡畫得不好，著急的拉著她問。

「五姊還以為妳轉了性子，誰知道還是江山易改本性難移。」齊眉故意板著臉說道：「現在講課的可不是原先的那個先生，妳這可是向天公借了膽？若是被二皇子發現了，妳少不了要被罰。」

陶蕊做了個鬼臉，絲毫不在意，反而大笑了幾聲。她素來對畫畫有著天賦，就像齊英對繡工、齊眉對音律一樣。六歲的年紀，畫起小動物來幾分維妙維肖的模樣。

「這是什麼？」

隨著溫和的聲音響起，齊眉和陶蕊都是一個激靈，抬頭正好對上和蘇邪溫柔聲音明顯不符的嚴肅眼眸。

陶蕊站起來，結結巴巴地說：「有問題不懂，不敢請教二皇子，就問了五姊姊。」

「之前說過了，還和以前一樣叫本皇子先生。」蘇邪眉頭挑了挑，把宣紙拿起來，小兔子的模樣顯得十分靈性。「是問的什麼？問下筆的線條是否該重一些？兔兒的眼是否還該大一些？」

陶蕊抿著唇，站起來什麼話都不答。

「現在是教的什麼？」蘇邪問著陶蕊，手裡的戒尺揚了一揚。

「是……是……」陶蕊半天答不上來。

齊眉見她急得快哭了，忙道：「先生教的是《道德經》。」

蘇邪瞥了齊眉一眼，表情更是嚴肅，邊上丫鬟們麻著膽子偷瞄過去，只見他劍眉攏起，一對桃花眼眯起來卻更添幾分迷人。

蘇邪讓齊眉和陶蕊伸出手。

在兩人還沒反應過來的瞬間，戒尺就左一下右一下地狠狠落下來。

在疼痛炸開前，陶蕊就放聲哇哇大哭，一下子眼淚就糊住了眼。

齊眉卻是驚得只愣愣地看著。

和前世一樣，又和前世不一樣，今生的路總是這樣出乎她的意料。

在二姨娘和大太太得了消息趕過來的時候，正好看到這一幕。

「二皇子也累了吧，這會兒下學的時辰也到了。」母親笑著過來。

「參見二皇子。」二姨娘連忙把陶蕊摟到懷裡。

蘇邪收起了戒尺，看著依舊站在原地的齊眉，一滴眼淚都沒掉。

他下的可是狠手，瞧陶八姑娘哭得梨花帶雨的模樣就知道有多疼。可這個陶五姑娘不過八歲的年紀，身上不知為何總有那麼多讓他意外的地方。

剛上好了藥，鶯翠過來說老太太讓大太太和五小姐過去。

齊眉習慣性地要捏緊絹帕，疼得微微皺眉。

「只怕是要怪罪今日的事了。」母親坐上了馬車，十分的擔憂。

「也不一定。」齊眉笑著掀開車簾，外邊的太陽剛好落下，在天際匯成一抹暖黃。

進了內室，就聽得二姨娘叫苦的聲音——

「也知道二皇子這下是對陶家有恩了，而且天下臣民亦都是皇家的，但也不能真當是自己出的一樣，說打就打！」二姨娘是氣得不輕。

鶯翠挑起簾子，大太太和齊眉進去。

「來了。」祖母衝兩人微微點頭，齊眉和母親一起坐到右側的軟椅上。

陶蕊哭得臉都腫起來了，在陶府她從不曾受過這樣的委屈，知道打她的是二皇子，氣都不知道往哪裡發。

祖母看了眼齊眉，以前本是蠟黃的臉，現在看著也是漸漸白淨，隱隱透著的紅潤，暗示著身子越發的好起來。

齊眉看來是一滴眼淚都沒落，兩個孫女的手都腫起來。

「今日究竟是怎麼回事？剛剛妳二姨娘進來就嚷嚷，蕊兒也只哭，什麼都說不上來。」老太太看著靜靜坐在一邊的齊眉。「妳來說說是怎麼回事？」

齊眉如實地說了。

「有何大不了的，不就畫了個小兔兒？也不是畫的什麼牛鬼蛇神。」二姨娘越發生氣。

「皇家的人本就尤為注重這些，二皇子紆尊降貴給府裡的小姐小哥兒們教學，齊眉和八妹妹卻肆意笑鬧，二皇子才心裡有氣。若換了其他的宮裡人，可不是打板子這麼輕。」齊眉在路上就想得清楚。

老太太認同地點頭。

「也是，這可是皇子，若換了是太子，只怕得打得屁股開花。」見陶蕊嘟著嘴，老太太有意逗她笑。

語氣緩和了下來，說了幾句，陶蕊也哭累了，就這麼伏在二姨娘懷裡睡著了。

祖母讓二姨娘把陶蕊帶了出去，屋裡現下只剩得齊眉和母親。
「二皇子與妳是何關係？」祖母的話卻嚴厲了起來，面色也是一沈。
齊眉訝異了一下，心裡飛速地運轉，忙起身。「於陶府便是先生和學生的關係，於弘朝便是皇子和將軍之女的關係，並無任何聯繫。」
「那日妳怎地就知曉要把絹書藏在二皇子身上？」
該來的還是要來，老太太午後的時候想起，總覺得哪裡不對，絹書的事發生的時候，德妃娘娘連二皇子都沒懷上，這事之後知曉的人也並不多。
老太太這樣直接的問，齊眉反倒安下了心，把想法一五一十地說了。
內室安靜了下來，大太太道：「妳心裡怎麼想得這般多？」
「在莊子裡的時候成日也見不著誰，拿了一本本的書冊看，看不懂就猜，裡邊很多道理和故事。」齊眉面上乖巧的笑容。「所以遇上事情就總想得多一些。」
「極好。」老太太抿了口茶。「我倒不是懷疑妳，只不過皇家的人少惹為妙，劉先生在九月初就能回來……」
頓了下，老太太把茶盞放到一邊。「妳和蕊兒先別上學堂了。」
齊眉神色沒有半點波動，十分乖巧地應下。「是，祖母。」
「明兒和二皇子說，五小姐和八小姐身子不適，要歇息一個半月的樣子。」老太太轉頭吩咐嚴媽媽。
齊眉問起了別的。「祖父心情可好些了？孫女見祖父先前氣得厲害，憂能傷心，怒能傷身。」

「唉。」只是一聲長長的嘆息。

大太太忙道：「父親究竟去是不去宮裡？」

「我也問了幾次，得的都是模稜兩可的答案。」老太太憂心極了。「可我瞭解老太爺，他這人脾氣倔得很，跟牛似的，決定了什麼就幾十個人都拉不回來。」

祖母最近對齊眉或者大太太，語氣明顯隨意了些，以前她只會這樣和二姨娘說話。

不過祖母憂心的事確實難辦。

「齊眉，妳覺得如何？」老太太的語氣明顯不是隨意一問。

齊眉想了想，道：「祖父性子耿直，這趟不去的話，就等於陶府白白受了這麼大的羞辱，自古好事不出門惡事行千里，這事兒一旦傳開，陶府只怕以後……那些市井裡的人會傳，原來老將軍的府邸是可以被隨意搗亂的。最重要的一點……」

齊眉看著祖母。「府裡的女眷都是被搜了身的，雖然只是眼觀，可三人成虎，傳多幾次，內容定是會難聽得厲害。況且落到茶餘飯後的談資，若是好事也就罷了，這樣的事就算是不添一分誇張的說出來，已經不是面子的問題。」

老太太既是認真地問她，齊眉便就把心中所想和盤說出。

「但若是去，宮裡的事誰也說不準。」老太太還是拿捏不準主意。

大太太道：「依著父親的性子是一定會去的，既是會去，那倒不如先把一切都準備好。即使皇上要問些什麼，父親也有話可答，而且最好是在平甯侯不在的時候去。」

「平甯侯日日都在朝中，哪裡有什麼不在的時候？」老太太搖搖頭。

「孫女有個主意。」齊眉等祖母和母親都望向她，繼續道：「二姨娘的娘家做鹽生意，平甯侯也是有涉及的，若是想出個什麼事兒讓平甯侯爺不得不去處理，那祖父便能單獨和皇上見面。」

「但仁孝皇后那裡又能如何？」大太太轉念又覺得不妥。

「後宮不得干政，老太爺只要遞上與國事有關的摺子便可。」老太太眼睛一亮。「何況安的罪名便是賣國通敵，這可是天大的事，仁孝皇后再得寵也無從插手，只要平甯侯不在。

「我自是知道宮裡的水有多深，不然那時候老太爺一身功勛，如何會落得那樣的……」祖母欲言又止。

齊眉看了祖母一眼，話題卻並未繼續下去。

「後日阮大學士會來，好好準備一下。」這時進屋來的父親開口道，而後半句話是對母親說的。

「也好，阮家大老爺學識淵博見解也多。」祖母忙點頭。

「阮大夫人會來嗎？」母親問道。

父親道：「都會來，御史大夫大概也是會來的。府裡才剛被折騰了一番，二皇子在府裡教學的事不用想就知道已經傳入了宮中，這時候無論誰來府裡都要有個名目，免得落人口實。」

大老爺和老太爺商議了一整天，都心裡覺著除了平甯侯和仁孝皇后也不會有他人要害陶府，當時皇上賜給陶府城南的一排鋪子，為表謝意特命人推翻了重建，指了讓平甯侯的人監工，定是重建的時候做了手腳。

老太太只覺手腳冰涼，平甯侯的心太深，多麼久的事了，竟是那時候就埋下了伏筆。

大抵是半個局外人，齊眉覺得平甯侯不似是做這樣事的人。那會不會是仁孝皇后？

仁孝皇后不能出宮，但她身邊的丫鬟公公拿了權杖便能出去，不過皇后身邊的人好查又不好查。誠如父親所言，即使查出來又能如何，幫著做事的人哪裡還能活到現在。

大老爺讓丫鬟磨墨，寫好了請帖。

陶府被折騰得夠嗆只怕已經傳開，所以大老爺請御史大夫過來幫陶府再做一次見證，並未有任何對國不忠的物品存在也是合情合理。

而阮大學士見多識廣，說的話可信得很，讓他來查看陶府，更是無話可說。

雖然阮、陶兩家是世交，但都到了這個地步，也沒有誰還會再傻乎乎地上來踩一腳、落井下石。

翌日午後，齊英下了學，直接入了東間，齊眉正靠在臥榻上看著書，見著齊英進來，把書放到旁的桌上。

「二姊。」起身福了禮。

齊英把手裡一直端著的錦盒遞給齊眉。「這是二皇子送的。妳一份，八妹妹一份。」

「是什麼？」齊眉好奇起來，把錦盒打開，裡頭是上好的金創藥。

齊英道：「綠竹去了二姨娘那兒把八妹妹的錦盒送去，八妹妹不樂意看，二姨娘卻立馬打開了，藥都是一樣的，但多給了妳一樣東西。」

「多了什麼？」齊眉不解，來來回回的看錦盒，只有金創藥而已，並沒有其他。

「多了句話。」不知道是不是齊眉眼花，二姊眉眼竟然有些彎起來，看上去好似是在笑。

齊眉鬆口氣，還好只是口頭的話，若是多的是物品，她少不了要費腦子去和別人解釋。

「陶五姑娘和陶二姑娘那日舞蹈合著笛聲的表演讓本皇子印象極為深刻，若是有機會，倒想再欣賞一次，以後大抵是極難相見了，昨日的打手板就當作是告別的禮物。」

聽著二姊學著二皇子的模樣和語氣，齊眉本還帶著笑意，到最後半句的時候卻詫異起來。「二皇子要離開？劉老先生不是要九月初才回京城嗎？」

「聽二皇子的話是這個意思，明日就不來了，可能劉老先生之前就被下令要馬上回來，明日或者今日到京城。」二姊沒有多說這個。

齊眉坐在軟椅上想著事，劉老先生和二皇子關係極好，聽二皇子那段話的語氣是對今日就要離開沒準備的，如若劉老先生真的提前被皇上召回來，二皇子不可能不知道。

那會是誰來教書？

前世的時候二皇子是一直在府裡待到齊眉十二歲才離去的，學堂的規矩，女眷學滿三年便不須再上。

而哥兒們則是兩年有一次宮裡的弘學院應試，分文弘學院和武弘學院，王孫貴族家的子弟把能上文武弘學院作為一種榮耀。能上文武弘學院的，還等於站在狀元門欄的邊兒上。齊勇就在武弘學院裡，武弘學院只有春試，明年剛好是兩年的期。

前世二皇子走了後，齊眉還是過了好一陣見迎夏再沒念叨那位貌賽潘安先生，好奇的問她，才知曉先生早已經離了府。

讓子秋扶著她去了祖母那裡，齊眉想知道對於二皇子離開，長輩們會是怎樣的心思各異。看得出，二皇子的突然離開並不是巧合。

「劉老先生回來了嗎？」

「並沒有。」祖母搖搖頭。「所以學堂得暫停一段時日，別的沒什麼，昨兒個二皇子才鬧了不愉快，今日就說再也不來。我就是怕他……」

祖母說著嘆口氣。

「怕二皇子與皇上說？」二姨娘有些疑惑。「這事說大不大，說小不小。皇上日理萬機，哪裡會管這雞毛蒜皮的小事？難不成下旨讓齊眉和蕊兒給二皇子謝罪不成？」

「妳這性子真是要改。」祖母責備了句。

祖母並不是擔心二姨娘所說的事，二皇子因得幼年的事，壓根兒就不討老皇帝的喜歡，德妃日日誦經唸佛，只在每年宮裡祭祀等大事的時候才會出現。

這樣不討人喜歡的妃子和皇子，無端端出現在陶府幾個月旁人還不知曉。現下因得平侯鬧的一齣，不少人都知道了，會怎麼亂傳？

昨日大老爺說了這些利害關係，老太太憂心忡忡。

「皇后動作那般快的送東西來，看上去好似是賠罪或帶著警告的意味，特意讓李公公來送，定是有別的意思。」一想起這些事，祖母又憂心得不行。

煩悶地靠在臥榻上，內室裡窗戶大開，鶯翠、鶯柳在兩旁打扇，屋裡還算是涼爽，但祖母額上卻冒出了細細的汗。

齊眉掀開簾子，把門口站著的鶯藍叫過來，低聲說了幾句，便走了出去。

「到底是小孩子，聽著這些複雜事難免覺得頭疼。」二姨娘看著簾子落下，撇撇嘴。

老太太卻看著她。「齊眉這回並沒有剋陶府，反倒救了陶府。」

二姨娘不解地搖搖頭。「當初她出生，在府裡待多久，母親的身子就不適多久，這還不是剋陶府？還有別的那些瑣碎的事，雖然小，但也不見哪幾年府裡能不順暢到那樣的地步。」

「不多說了，我見她原來走個路都喘得要去了似的，這麼努力的要活下來，這份堅強和堅持，總讓我想起以前的自己。」老太太說著靠在臥榻上。「她吃了好幾年的苦，過著比丫鬟都不如的生活。」老太太說著看向二姨娘。「也算是還了債了。」

「母親？」二姨娘聽著心裡一抽。

這時候鶯翠在外邊道：「五小姐來了。」

簾子掀開，齊眉端著一個白玉瓷茶杯進來，看著二姨娘別過臉，齊眉無措地站在一旁。

「是不是打擾祖母和二姨娘說話了？」

老太太笑了笑，道：「並沒有，妳剛剛那一會兒去哪兒了？」

齊眉把白玉瓷茶杯端到她面前，茶蓋掀開，裡邊飄著一小片綠綠的嫩葉。

「這是什麼？」老太太不待齊眉回答，又問了個問題。

齊眉抿唇笑了下。「是銀丹草茶，剛剛見著祖母熱得額上都有些密密的汗，便回東間裡去拿了午後才摘的銀丹草泡給祖母喝，入到口中涼涼的，會去掉一些暑熱。」

老太太眉眼笑開。「也就妳這樣細心。」

接過來喝了半盞，齊眉拿起了扇子打扇，老太太覺得整個人都舒爽了好幾分。

銀丹草是薄荷葉的土名，齊眉回了陶府後日日戴著薄荷香囊，熬過了之前哮喘特別厲害的幾月，所以她總是讓子秋和迎夏摘了銀丹草來備著，現在較少用到，還好今日提前採好了。

第二十一章

阮家和居家又是差不多同時候到的門口，一路迎著進來，花廳裡霎時歡聲笑語。

齊眉福了禮後就站到遠處，阮大學士果然是帶著阮大夫人，阮成書沒有來，來的卻是阮成淵。

自從上次阮成淵在府裡打了二姨娘，就再沒聽過他的消息，齊眉也沒去哪裡打聽。

幾月不見，阮成淵似是比之前又瘦了些，穿著一件曲水紫錦織的寬大袍子，一雙眼好奇地四處看，舉手投足都和個孩童無異，忽然看到了二姨娘，一下子竄到她面前，俊秀的面上盡是純真得一塵不染的笑容。「上次說了的，請姨太吃糖。」

本來都不記得這事了，記得的也不會去提起，阮成淵這麼一說，大家面色都尷尬了些。

阮大學士皺著眉，小聲地對阮大夫人道：「都說了不要帶他過來。」

阮大夫人讓易媽媽把阮成淵拉到一邊，大太太卻先道：「淵哥兒孩童心性，由著他點才好，以前也是來過幾次的，原先你我兩家走動得多，最近總是不太平，待到過了這段時日，以後也要多些走動才好。」

大太太說著笑了笑，阮大夫人心裡有些高興起來，落了坐也和大太太說著話。

齊眉老實地坐在小輩的桌旁，今日御史大人就帶了居玄奕過來，阮成淵和他坐在一起。

午後的太陽曬得厲害，用完了飯，丫鬟們掀起斑紫珠簾，腳步輕盈地進來倒茶。

小輩們坐著的八仙桌被收到一邊，丫鬟們引著少爺們坐在右側的一排青竹軟椅上，而小姐們則是坐在左側。

齊眉和齊英挨著坐，對面的位置正坐著居玄奕，不知道是不是她多心，總覺得有目光似有若無的從她身上瞟過，等她一抬頭，居玄奕低頭飲茶，劍眉下一雙鳳眸隱隱透著星光。

阮成淵手舞足蹈，也不知道在瞎樂呵什麼，明明生得一副俊秀靈動的容貌，男娃卻做著傻氣的動作，大家都掩嘴笑了起來。

大太太笑著道：「我們說的東西孩子們也聽不懂，瞧他們心都要飛出去了一般，你們領著居大少爺和阮大少爺在府裡轉轉吧。」

「阮大夫人，成嗎？」大太太問起阮大夫人的意思。

阮大夫人明顯有些猶疑。「我怕淵哥兒他……」聲音低了下去。

「都是孩子，玩著便能高興到一塊兒去的。」大太太的話裡帶著安慰的意思。

阮大夫人這才點了頭，但仍是擔憂地道：「易媽媽，妳也跟著淵哥兒。」

易媽媽從阮成淵剛出世就陪在他身邊，那時候阮成淵半歲那年的一場大病，也虧得了易媽媽陪著她一起照顧，中間那一次淵哥兒病情加重燒得腦子從此糊塗，也是易媽媽先發現他不對勁的，不然只怕真的連命都沒了。

易媽媽跟著小少爺和小姐們出了花廳，外邊的太陽正曬得厲害。

齊眉伸出手擋著烈日，慢慢地走到樹蔭下，讓大哥帶居玄奕和阮成淵出來轉轉，只不過是母親為了讓父親和大學士他們更好商議的說辭罷了。
齊勇一早就想聽長輩們要如何處理那些事，卻被母親打發了出來，心裡正氣悶得很，外邊又是烈日炎炎，只站一會兒也冒出些汗，偏偏阮成淵還要拉著他。
「淵哥兒想去池塘下水。」阮成淵不停地鬧齊勇。
齊眉和阮成淵相處了七、八年，一聽就知道阮成淵是熱得厲害，在他的腦子裡，池塘是涼快的地方，以前阮府的盛夏，阮成淵只要是旁人不注意，就會往阮府花園的池塘裡鑽，動不動就渾身透濕，免不了又大病一場。
「成淵，下水後都會要喝苦苦的藥不記得了？還想讓大夫人再落一地的珍珠是不是？」居玄奕板著臉，在陶齊勇的暴脾氣要發作之前把阮成淵拉到身後。
齊眉記得阮大夫人和易媽媽給阮成淵餵藥的時候，他臉總是皺在一起，嘴裡嘟囔著。
「淵哥兒要媳婦餵藥，媳婦餵那就不會是苦的。」
阮大夫人敲他的腦袋。「腦子裡就只記得齊眉了！」
齊眉其實每次都站在門口，看到阮成淵捂著額頭自顧自吃吃地笑。
「是……」大概是舌尖立馬反射出那種苦味，阮成淵立即縮手縮腳的站在一旁，再也不鬧著要去池塘。
「還是居少爺有法子。」易媽媽笑著道。
前世齊眉和阮成淵成婚後都在府裡見過居玄奕不少次，但她都儘量地把自己關在屋裡，看到居玄奕心裡總是會蔓延出苦楚。

樹蔭下，這兩個本是只差了一年的男娃，因得阮成淵癡傻的緣故，襯得居玄奕尤為成熟。

「若是齊大少爺有事兒，那便無須理會我們，我和阮大少爺也不去哪裡，就在這周邊走走。」居玄奕和陶齊勇一個在文弘學院，一個在武弘學院，偶爾照面過幾次，雖然兩人都只是點頭的關係，但對陶齊勇的脾性也有些瞭解。

齊勇自是答應，轉頭就往花廳的方向走。

這時候極少言語的齊賢站了出來。「阮大少爺和居大少爺難得來一次陶府，四處看一看也好。」

說著微微一笑。「阮家和居家都是權貴之家，府裡的新奇玩意兒自是不會少，但阮大少爺這孩童心性，看著就知曉好奇得不行，而且總不能要大家就一直站在這兒一、兩個時辰吧？我們受得了，妹妹們的身子比不得我們，要嬌弱一些的。」

「也好。」居玄奕點點頭。

齊眉小聲靠近齊賢，道：「二哥，我先離開一會兒。」

「嗯，妳身子最是弱，讓蕊兒陪著妳回園子去歇息。」齊賢以為齊眉是身子不舒服要離開。

齊眉也沒有解釋，陶蕊要跟著她一起離開，齊眉卻似是腳下生風，一會兒就跑得老遠。

「五姊姊不是素來身子羸弱？怎麼這會兒……」陶蕊有些不解地歪了歪腦袋。

齊眉一路跑著去花廳，跑得急喘了起來，拿出薄荷香囊聞了下，很快地平復。

「小姐。」子秋站在門口，看她臉色蒼白，忙過來扶。「怎麼跑得這麼匆忙，要仔細身子。」

「我身子已經好了許多了，都不用日日服藥。」齊眉微微喘著氣，衝她笑了下。

一邊迎夏端著糕點，氣惱地跺腳。「小姐您這是好了傷疤忘了疼！」

「又沒規矩了不是。」子秋橫了她一眼，迎夏依舊不服氣。「奴婢都是為小姐好，自己的身子還得自己疼才行。」

齊眉苦笑了下，她又怎麼會不知身子好是一件多幸福的事，眼見著這段時日，身子確實是好了一些，剛剛試著小跑過來，卻還是喘得厲害，不過若是換了以前，她這麼小跑一會兒，得在床榻上坐個十來天不動彈才能好。

身子漸漸好轉，那便是好的開始。

如今夏日炎炎，祖母最怕熱，比他們這些小輩都要怕，但到了她這個年紀，又不能貪涼，昨晚祖母喝起銀丹草茶的時候表情愜意，今日剛好居家和阮家都要來，又是商議那麼重要的事，她一個小女娃，即使放在前世也不過二十來歲，並不能給什麼意見。倒不如做點兒清涼的糕點，送去給長輩讓他們商議起來不那麼燥熱。

門口的鶯柳看到齊眉有些訝異，迎夏揚了揚手裡的糕點，鶯柳會意地點頭。「五小姐進去吧。」

「不了。」齊眉卻是搖搖頭。「煩勞鶯柳幫我端進去就成了，祖母他們在裡邊聊天，我也不好進去打擾。」

糕點端了進去，鶯柳遞給了嚴媽媽。「這是五小姐做的。」

嚴媽媽把糕點端到老太太他們面前。

「這是什麼？」本來說著嚴肅的事兒，老太太卻忍不住地問了句。

糕點晶瑩剔透，外邊一層瑩白，內裡透著清清淡淡的嫩綠，湊近了一聞，飄來沁人心脾的清香味兒。

「五小姐做的糕點，是薄荷桂花糕，說請老太爺、老太太、大老爺、大太太、大學士一家和御史大人一家吃呢。」嚴媽媽滿面笑容。

薄荷桂花糕？聽著就能想到那種清涼的味兒，廳裡幾人正說得有些焦躁，都索性吃起了糕點，入口果然一陣難以言喻的清涼透到身體裡。

「陶老太爺多年未入朝，以我所見還是呈上一封書信給皇上更為妥當。」御史大人把筷子放下，薄荷桂花糕那清涼的味道潤著唇舌，直達心底，心裡只嘆這個陶五姑娘還真是心靈手巧。

老太爺咳嗽了幾聲，問道：「修書一封？有用否？」

「尋常的自是無用，每日呈遞的奏摺無數，皇上本就閱不盡，不少都是平甯侯……」話沒說完，但屋裡的人都明白了意思。

「世風日下！」老太爺憤憤地拍桌。

如今左家勢力已經這般大，老皇帝腦子卻也糊塗成這樣！

老太爺悲從中來，他和先父拚盡一切幫著先皇和皇上打下的天下，赤膽忠心日月可鑒，難不成江山最後將被逆臣收入囊中！

一時之間悲憤積於心頭，老太爺劇烈的咳嗽起來，帕子上是鮮紅的血。

老太太登時愣住，二姨娘小聲地道：「這真是，好的不靈壞的靈。」

都知道齊眉之前為了不讓老太爺被平甯侯氣壞身子，假借吐血讓眾人把他扶走，這下可好，還真的吐血了。

老太太眉頭微微鎖起，大太太想說些什麼，但現在顯然不是說別的事情的時候，況且二姨娘只說那麼一句，若她真的辯解了，等於不打自招。

「父親，怒能傷身。」大老爺扶著老太爺。丫鬟們已經亂作一團，只有清雅園的四大丫鬟知道老太爺的身子已經大不如從前，其餘的下人還都當老太爺是當年那個英勇的陶將軍。

嚴媽媽怒喝著讓呆愣的丫鬟們去請大夫。

忽而聽得咚一聲響，嚴媽媽和丫鬟驚慌回頭，老太爺手捏著枴杖，正在喘著氣，衝她們揚了揚手。

待到丫鬟到了面前，老太爺咬著牙關，聲音帶著虛弱卻字字清晰。「不許去請大夫。」

「可老太爺您都……」見著老太爺這樣，護主心切，丫鬟都忍不住勸。

「閉嘴，下去。」嚴媽媽小聲地呵斥。丫鬟的話讓老太爺又呼吸急促起來，再受不得什麼氣了。

「普通的奏摺自是無用，若是老將軍願意，不如寫血書一封呈給皇上，明日上朝就在百官的面前呈上！」御史大人似是靈光一閃。

「不大妥當。」大老爺蹙起了眉。

「但老將軍都已經這般了，若是勉強面聖，先不說皇上會如何，如若有事連個照應的人都沒有，若是老將軍能修血書一封，自是能引起足夠的重視，且老將軍也不必出府。」御史大人道。

阮大老爺也點頭。「這樣是現下最好的法子了。」

「也不用真的血，殺了雞鴨即可。」考慮到老太爺的身子，御史大人關心的道。

「不成！」一直在屏風後偷聽的齊勇忍不住站了出來。

花廳的長輩都驚訝的看著他，之前大太太讓他領著阮大少爺和居大少爺在府內遊玩，誰都沒想到他會在屏風後邊。

「你這是做什麼？」大老爺站起來，面上一片嚴肅。

齊勇沒有理會，也不顧大太太責難的眼神。「雖然齊勇年紀還很輕，但若是祖父的血書用的是雞血或者鴨血，被發現了那就是欺君之罪！」齊勇說得激動起來。

御史大人面露尷尬的神色。

齊勇緩了語氣。「這樣萬萬不妥。」

「御史大人是從老太爺的身體出發，本是好意。」阮大老爺忙道。

大老爺低著頭，若有所思。確實老太爺現在的身子不適合寫血書，只怕過頭了說不準一條命就這樣……可若是真的如御史大人所說的一樣用了其他的血來代替，一被發現那便是死路一條。

「我寫！」老太爺的聲兒不大，但每個人都聽得清楚。「陶家從未受過這樣的羞辱，祖宗安息的地方只因得一個莫須有的罪名被侵犯，等我死的那日，都沒臉下去見列祖列宗！若是能討個公道，即使我血流乾了又如何？」

鶯柳和鶯藍忙到廚子那邊問藥煎好了沒，她們服侍老太爺也近十年了，從未見過他這樣的時候，老太爺被悲憤和無奈激得身心俱疲，再這樣下去，只怕出師未捷身先死。

那一邊齊眉早就端了多做的糕點去找二哥他們，按著路上遇著丫鬟指的地方，齊眉帶著迎夏一路到了花園。

陶府的花園只修葺過一次，武將之家並沒那麼多情懷，花花草草並不多，反倒是一左一右的池塘延伸到中間，四處奇石嶙峋，給人一種奇異的張力。

中間的亭子裡正坐著一群男娃女娃。

齊眉遠遠地看著他們，個個面上都帶著笑意，或疏離或真心。

無論如何，現在大家還年紀頗小，大太太有句話，以後的幾家就都靠他們這一輩來維繫，亭子內的人不知道，花廳裡的人也不知道，以後的路走得多麼崎嶇。

齊眉到了偌大的亭內才發現阮成淵獨自一人坐在池塘旁，好似玩得尤其開心。

「這是我做的薄荷桂花糕，剛剛送去給長輩們吃了，消暑散熱特別的好，你們在這裡也好一陣了，吃了這個身上會舒暢些。」齊眉讓迎夏把糕點端到每個人面前。

石桌上擺了一圈晶瑩剔透的薄荷桂花糕，瑩白內透著嫩綠，點綴著桂花看上去就賞心悅目。

「五妹妹手藝竟是這般好？」二哥挾了一塊，剛吃了一口便連連稱讚。

齊英也跟著吃了一塊，嘴角帶著點兒笑意。

素來吃東西最厲害的陶蕊，卻只是小小的抿了一口。

齊眉忙問道：「不好吃嗎？」

「好吃的，不過妹妹吃不下了。」陶蕊笑得有些刻意。

齊眉餘光瞥到了側頭看著亭外風景的居玄奕，一直未回過神的樣子，只是他的側面也如雕刻一般，感覺到了身上投來的目光，轉頭剛好對上齊眉的視線，輕輕觸一下，齊眉挪開了眼。

「來吃薄荷桂花糕，這是我五姊姊做的。」陶蕊立馬湊過來，熱絡地指了指居玄奕面前的糕點，粉雕玉琢的小人兒，任誰也不會想拒絕。

「記得居大少爺可從不吃這些小食的，尤其對桂花過敏，一吃就身上出紅疹的。」二哥說著讓丫鬟把糕點端走。

居玄奕抬著手，讓丫鬟放下，拿起雕花鏤空銀筷挾了起來。

齊眉其實心裡莫名有些空空的，她前世從不知曉居玄奕碰不得桂花，想起那時候她送過一個香囊，裡邊裝滿了桂花，香味四溢，繡工雖不算多好，但十分的認真，裝滿了她的心意。

之後那個香囊從未見居玄奕戴過，後來竟在陶蕊的腰間看到。

怔忡之間，居玄奕已經吃了一塊，笑著看向齊眉。「這個很好吃。」

已經開始變聲的他不再是男娃的嗓音，略顯低沈，帶著點兒醉人的意味。
陶蕊笑得越發的開心。
齊眉心緒有點紛雜混亂。
一旁的阮成淵忽而看過來，又忙把頭轉回去。
齊眉悄聲問著陶蕊。「阮大少爺怎地一直不過來？」
她之前以為阮成淵是在池塘邊看到鯉魚便玩性大起，但看他剛剛的眼神又不大像，似是受了委屈卻不敢說。
「他剛剛被小廝誤認為是闖進來的，罵了幾句，他倒是有羞恥心。」陶蕊撇撇嘴。
「不要胡說。」齊眉搖搖頭阻止道。
居玄奕面色微變，但並沒多說什麼。坐得久了，陶蕊有些耐不住，讓齊賢帶著她在花園裡邊玩兒，居玄奕也被拉了過去。
齊眉端了一碟沒動過的糕點，走到阮成淵不遠處蹲下，側頭看著他。
「你要不要試試好吃的糕點？這個可能沒有糖塊甜，但是比糖塊好吃很多呢。」齊眉哄小孩子一般的語氣讓大家都捂嘴笑起來，明明自己也是個女娃子，卻有模有樣的。
阮成淵猶疑地看過來，不由得愣了一下。
齊眉歪著頭，笑得眼眸彎起來，裡邊閃著晶瑩的光。而透著層層樹葉照射下來的陽光映在她周身，似是染上了一層柔柔的金邊。
「淵哥兒吃！」阮成淵笑得咧開了嘴，直接從碟子裡抓了一塊往嘴裡送。

「好吃，真的比糖塊好吃！可就是太涼了……」阮成淵好像發現了特別新奇的事。「下次淵哥兒去採了月季送給妹妹！妹妹是不是最喜歡那個？」

齊眉卻看到他眼底一抹受傷的神色沒來得及收回去。

其實即使是傻子也有知覺的，誰嘲笑他、誰踩著他、誰欺負他，他分不清楚，可阮成淵還是知道自己會讓阮大夫人丟面子，只是無力反抗也沒法反抗，因為他想不明白是為何。

總覺得自己過得辛苦，其實誰又有多輕鬆？齊眉手撐著地，也坐到池塘邊，兩人中間隔著盛著糕點的碟子。

「我是最喜歡月季。」齊眉笑著點頭，看著遠處的鯉魚忽而躍起來，又一頭栽入池塘。「其實薄荷我也喜歡，和月季一樣，都是充滿希望的意思。」

齊眉看著遠處和陶蕊說著話的居玄奕，似曾相識的場景呈現在她面前。「其實人生難免有許多錯過的人或者事物，若能再次相遇並也相親和相愛，這機會幾乎沒有，而事情轉變可以完全依著自己想法而行的，這聽上去也是天方夜譚。越是沒有就越是想念，可當機會真真到你面前的時候，那是上天賜予的希望，必須要抓住、抓穩，一切都是在自己手裡的。」

知道阮成淵是傻子，齊眉絲毫不顧忌自己八歲的年紀，說著心裡的話。

那番話的後端，阮成淵雖然聽不懂，但齊眉是真真說給他聽的，不要放棄，傻子又如何，也是一樣存在於這個世間。

陶蕊往齊眉這邊招手，齊眉站起身，走了過去。

阮成淵低著頭，把糕點端到腿上，池塘裡倒映著他的身影，一動不動。

「剛剛居大公子吃了薄荷桂花糕，只怕是要出紅疹的，也不知要如何同御史大人和夫人交代才好。」齊賢道。

居玄奕擺擺手。「無妨，只不過回去服一、兩日藥罷了。」

陶蕊心裡歡喜，仰著頭望向他。「都是為了蕊兒才吃的是不是？」

居玄奕笑而不語，只是望向不遠處的亭子。

那個身著粉色襦裙的女娃正站起來，即使與她有些距離，也能見得那白皙的面容上，一雙月牙兒眸子彎彎的，溫柔如水。

「五姊姊。」陶蕊忽然衝過去要拉住齊眉的手，糕點卻一下倒在她身上。

「都是蕊兒不小心！」陶蕊慌亂地掏出絹帕擦拭著，淡粉的襦裙沾上了嫩綠晶瑩的糕點。

齊眉笑了笑，微微俯身摸摸她的頭。「不礙事的，姊姊回去換一身衣裳，晚些時候直接去花廳裡，妳和二哥、二姊就好好領著兩位公子遊園。」

「嗯！」陶蕊笑著點頭，但還是滿心抱歉。

款款地行到居玄奕身旁，齊眉微微福身，居玄奕只覺一陣清雅淡甜的氣息伴著微風拂過。

齊眉剛走出園子，馬車已經停在門口，被扶著坐上去，馬車緩緩行駛。

車簾被風吹得掀起，子秋匆匆地過來。「小姐果然在這兒，先前奴婢去了花園裡找您，丫鬟說您回來了。」

子秋轉身低聲道。「剛剛老太爺吐血了。」

「怎麼了？」齊眉訝異地問道。

子秋搖搖頭。「老太爺的性子小姐也是知道的，聽得一些閒言便當真起來，氣得生生地吐血了，本是要去請大夫，可老太爺不許請，鶯翠姊姊和鶯柳姊姊便急急地回園子去煎藥。」

「什麼閒言？」齊眉不解的問道。

子秋把聽到的過程簡單地說了一遍。之前齊眉去送糕點的時候，特意讓她留了下來，聽著花廳裡長輩們議事的動靜。子秋為人沈穩又大方，在丫鬟中口碑不錯，一直在簾子後和丫鬟閒聊，把花廳裡的爭論聽了個清楚，連齊勇站出來說的話都聽到了。

「哪裡有侯爺能幫皇上代為批閱摺子的？連奴婢都知道不可能，那個御史大人也不知道是哪裡聽的消息。」子秋蹙眉。

齊眉頓了下，看著緊閉的窗戶。「說不定是真的。」

「小姐？」子秋訝異的看著她。

迎夏沒過多久便挑開簾子進來，花廳那邊派了小丫鬟請齊眉過去。

看來事情已經商議完了，也不知最後的結論是什麼，剛剛聽子秋說長輩們差不多已經確認了是要寫血書，可齊眉卻總覺得不妥當。

老太爺終究還是自己去一趟的好，寫血書是能引人注意，可隨後而來的影響也不知道是好是壞，若是皇上龍顏大怒怪罪祖父逼他也不是沒有可能。
可齊眉不過八歲的年紀，她無人可說。
老皇帝本就看陶家不順眼了，若是真的誤解了意思，再讓有心之人添油加醋，陶府豈不是自個兒挖了個坑拉著整府的人一起往裡邊跳？
可是這樣的後果她陶齊眉能想到，在官場上打滾多年的父親幾人不可能想不到。
思來想去，齊眉始終無法安心，可她又無處可說。
老太爺頭一回聽著勸，好生休養了幾日後終是坐不住了，再白白休養下去，這個事只怕就會被這樣糊弄過去。陶府堂堂將門之家，任由小人這般肆意凌辱，當成市井一般來去自如，老太爺越想越覺得愧對祖宗，胸中一口鬱氣難以抒發，終是在八月初一的時候寫下了血書，與陶府被搜的時間也只隔了幾日，但老太爺覺得度日如年。
天還是漆黑的，老太太正看著丫鬟服侍老太爺服藥，眉間盡是鬱色。
「為何要走到這一步？寫血書的後果誰也無法預料啊。」老太太心有不解，看著老太爺虛弱的模樣，更是心裡都難受起來。
齊眉過去扶著老太太坐下，幫她揉著前額兩側。
「妳不懂，今日出了絹書，就這麼過去了，難保下次不會有別的絹書，無論平甯侯所說的話有幾分真實，單看他做法那樣囂張。皇上即使沒有直接授意，那也是默許了。」老太爺睜開眼，說不清是懊悔還是忿恨。「皇上這是要斬草除根，除了我們這忠心了百多年的陶家。」

齊眉感覺得到老太太的身子一震。

「這次搜不到，下次呢？」老太爺苦笑起來，而後眸中盡是堅定的神色。「這個事我們不能悶聲過去，修血書一封直接在眾臣面前呈遞給皇上，讓眾臣都知曉在陶家身上發生了怎樣的事。」

「這樣皇上定要有個交代，礙於群臣的議論，短時間內也不可能再動陶府。」

「可這般大的陣仗……」老太太心裡泛起涼意。「成功了便能保得陶家安全，不成……只怕株連九族。」

大老爺猛地站起來，眉眼間是從未有過的沈重，齊眉都能看到他的身子在微微顫抖。此番前去，手裡拿著的已經不只是父親鮮血寫成的血書，而是背負著陶家上下百餘人的性命。

大老爺現下的壓力無法想像，也無從可知，可這條路不得不行，不行就一絲希望都沒有了。

老太爺說得對，這次是絹書，下次會有什麼誰都防備不了，欲加之罪何患無辭。

昨夜老太爺已經在準備著，齊眉整晚未睡，到了三更天就起身去了母親的園子裡，母親亦是徹夜難眠，見著齊眉過來，索性帶著她一同去了清雅園，園子裡一直沈寂著，老太爺那一番話，令得沒有人再出聲。

老太爺端著自己親手寫下的血書，唇色蒼白得有些滲人，他慎重至極，逐字逐句地檢查了幾番。

齊眉鼻間飄過淡淡的血腥味，看著那盡是祖父鮮血的宣紙，心裡不由得酸楚。

祖父抖著手遞給面上盡是肅穆神情的父親。「交由你去呈遞，御史大人和大學士與你交好，定能幫著說些什麼。你還要記得我們陶家再是看似落寞，但我和你祖父的威嚴和功勞並不會隨著這些而消散，我麾下的死忠將士你是知曉的。」

祖父這番寶刀未老的言語說完，敵不住失血的虛弱，跌坐在軟榻上，祖母只顧得在一旁抹淚。

跟著大老爺走出屋子，老太太眼眶盡是殷紅，語氣沈重。「伯全，現下你父親走到這一步，為的是什麼你也清楚。無論你們有沒有後招，都只能說是孤注一擲。」

「母親您放心，兒子心中有數，父親的血斷不會白流！」大老爺收好血書，坐上了馬車。

齊眉站在遠處，看著馬車消失成一個點，轉身的時候，天際越過一絲白光，太陽正要昇起來了。

——未完，待續，請看文創風145《舉案齊眉》2

柔情似水・情意遲遲／蘇月影

舉案齊眉

全套四冊

柿子挑軟的吃！
嫡女竟不如庶女，
她堂堂將軍府的嫡女，
軟弱到被迫嫁給傻子夫君。
重生而來，
她要的不只是聽命地賴活著，
她不願再任人擺佈，
只是老天爺跟月老似乎沒喬好；
這世再活一遍，
但前世手上纏著的紅線似乎剪不斷、理還亂……

文創風 144 1

病殼子嫡小姐，軟柿子被人捏了一世，
從來都以為是她命該如此，
重生而來，雖然依舊氣弱、不受寵愛，
但她決心要改變命運，為自己努力一回……

文創風 145 2

前世她敵不過命運的安排，嫁給世家嫡子，
那人卻是傻子無知，人人都笑好一個門當戶對！
這世再來，與他相遇，
記起的竟是他為她做月季花香囊的溫柔……

文創風 146 3

他總是叫她「妹妹」，
他說「若是妹妹，那便是要一生保護的人」，
雖然她對他初初無情，但他的好卻一點一滴地流進她心裡，
她很慶幸能嫁如此真心實意的有情人……

文創風 147 4 完

前世舉家被滅，她病發而死……
重生的這世，救了她的竟是她憨直純情的夫君，
他的傻非真傻，對她的情卻比玉石堅定，
她不求榮華富貴，只盼能與他白首齊眉，舉案對心……

女子出嫁前靠的是娘家，出嫁後靠的是夫家，
前世，她娘家夫家都沒得靠，可憐兮兮；
這世，重生後，她立誓——
要活得穩穩當當，不僅要撐起娘家，還要立足夫家……

慧心巧思、獨樹一幟／凌嘉

穿越時空／靈魂重生／政商鬥爭／婚姻經營之傑出作品！

丫鬟我最大

全套五冊

知悉歷史，讓她洞燭先機、如魚得水；
運用智慧，計謀信手拈來、無往不利。
是個丫鬟又怎樣？她可不會那麼輕易就低頭認輸！

文創風 139 1

雲舒作夢也想不到，她不過是去相親，卻穿越時空來到漢朝！
原本身旁還有個看似可靠的相親對象陪伴，
結果他竟狠下心殺了她，只為了在沙漠生存下去！
痛苦絕望之中，她覺得自己的意識正一點點抽離肉體……
再次醒來，一雙小小的手與未發育的身材告訴雲舒，
她重生成一個十來歲的小女孩了！

文創風 140 2

收拾完幾個不識相的傢伙，雲舒在桑家的地位已不可同日而語，
然而大公子在仕途上的平步青雲，卻引來各方人士覬覦，
拉攏的人不怕死，説親的人厚臉皮，
就連雲舒本人的詢問度都大增，著實讓她嚇出一身冷汗。
只是幾年過去，兩個人都還抱持單身主義，
一個不嫁、一個不娶，看起來，似乎有點意思……

文創風 141 3

就在雲舒為這段戀情努力打拚的時候，
死亡的陰霾卻如影隨形地籠罩在她身邊……
當初殺害她的仇人，就像打不死的小強，一次次捲土重來，
教人防不勝防，時時刻刻提心弔膽！
老天啊，既然重新賜給她這條生命，還讓她找到真愛，
為什麼就不能善待她一些呢 ?!

文創風 142 4

眼看大公子無可避免地被捲入其中，
雲舒冒著生命危險趕到戰地，只為見他一面，
卻沒料想到他身邊竟有個才貌兼備的女子……
真是太讓人失望了！不給個合理解釋，她就跟他沒完！
什麼？兩年之約不算數？這玩笑也開得太大了吧？
在雲舒默默接受事實，聽從桑弘羊安排時，宮中傳來消息——
皇上召見她？這到底是怎麼一回事……？

文創風 143 5 完

她重生的這個身體，竟是漢朝皇室流落在外的公主！
雲舒除了震驚，再也找不到別的形容詞。
原來上天還是待她不薄，只是多花了點時間而已！
這下她不但被迎回宮中居住，還能風風光光嫁給桑弘羊，
看到老夫人面如土色，卻不得不恭恭敬敬接受她這個孫媳時，
長久以來的怨氣真是一吐而盡！

文創風 144

舉案齊眉 1

國家圖書館出版品預行編目資料

舉案齊眉 / 蘇月影著. --
初版. -- 臺北市 : 狗屋, 民102.12-民103.01
冊 ; 公分. --（文創風）
ISBN 978-986-328-209-9（第1冊 : 平裝）. --

857.7　　102024267

著作者　蘇月影
編輯　王佳薇
校對　黃亭蓁　林若馨
發行所　狗屋出版社有限公司
地址　台北市104中山區龍江路71巷15號1樓
電話　02-2776-5889～0
發行字號　局版台業字845號
法律顧問　蕭雄淋律師
總經銷　知遠文化事業有限公司
電話　02-2664-8800
初版　102年12月
國際書碼　ISBN-13　978-986-328-209-9
原著書名　《举案齐眉》，由起點女生網〈www.qdmm.com〉授權出版

定價250元
狗屋劃撥帳號：19001626
網址：love.doghouse.com.tw　E-mail：love@doghouse.com.tw